中外哲學典籍大全

總主編　李鐵映　王偉光

中國哲學典籍卷

近現代哲學類

# 復禮堂述學詩（上）

曹元弼　著

許超傑　王園園　點校

中國社會科學出版社

**圖書在版編目（CIP）數據**

復禮堂述學詩：全 2 册 / 曹元弼著；許超傑，王園園點校．—北京：中國社會科學出版社，2022. 10

（中外哲學典籍大全·中國哲學典籍卷）

ISBN 978－7－5227－0391－6

Ⅰ. ①復…　Ⅱ. ①曹…　②許…　③王…　Ⅲ. ①詩集—中國—近代

Ⅳ. ①I222. 76

中國版本圖書館 CIP 數據核字（2022）第 107762 號

---

出 版 人　趙劍英
項目統籌　王　茵
責任編輯　顧世寶
責任校對　單　釗
責任印製　王　超

---

出　　版　中国社会科学出版社
社　　址　北京鼓樓西大街甲 158 號
郵　　編　100720
網　　址　http://www.csspw.cn
發 行 部　010－84083685
門 市 部　010－84029450
經　　銷　新華書店及其他書店

---

印　　刷　北京君昇印刷有限公司
裝　　訂　廊坊市廣陽區廣增裝訂廠
版　　次　2022 年 10 月第 1 版
印　　次　2022 年 10 月第 1 次印刷

---

開　　本　710×1000　1/16
印　　張　63
字　　數　738 千字
定　　價　256.00 元（全 2 册）

---

# 中外哲學典籍大全

總主編　李鐵映　王偉光

顧　問（按姓氏拼音排序）

陳筠泉　陳先達　陳晏清　黄心川　李景源　樓宇烈　汝　信　王樹人　邢賁思

楊春貴　曾繁仁　張家龍　張立文　張世英

## 學術委員會

主　任　王京清

委　員（按姓氏拼音排序）

陳　來　陳少明　陳學明　崔建民　豐子義　馮顔利　傅有德　郭齊勇　郭　湛

韓慶祥　韓　震　江　怡　李存山　李景林　劉大椿　馬　援　倪梁康　歐陽康

龐元正　曲永義　任　平　尚　杰　孫正聿　萬俊人　王　博　汪　暉　王柯平

王　鐳　王立勝　王南湜　謝地坤　徐俊忠　楊　耕　張汝倫　張一兵　張志强

張志偉　趙敦華　趙劍英　趙汀陽

## 編輯委員會

主　任　張志强　趙劍英　顧　青

副主任　王海生　魏長寶　陳　霞　劉　豐

委　員（按姓氏拼音排序）

陳壁生　陳　靜　干春松　任蜜林　吴　飛　王　正　楊立華　趙金剛

## 編輯部

主　任　王　茵

副主任　孫　萍

成　員（按姓氏拼音排序）

崔芝妹　顧世寶　韓國茹　郝玉明　李凱凱　單　釗　宋燕鵬　涂世斌　王沛姬

吴麗平　楊　康　張　潛

中外哲學典籍大全

# 總序

中外哲學典籍大全的編纂，是一項既有時代價值又有歷史意義的重大工程。

中華民族經過了近一百八十年的艱苦奮鬥，迎來了中國近代以來最好的發展時期，迎來了奮力實現中華民族偉大復興的時期。中華民族祇有總結古今中外的一切思想成就，才能並肩世界歷史發展的大勢。爲此，我們須編纂一部匯集中外古今哲學典籍的經典集成，爲中華民族的偉大復興、爲人類命運共同體的建設、爲人類社會的進步，提供哲學思想的精粹。

哲學是思想的花朵，文明的靈魂，精神的王冠。一個國家、民族，要興旺發達，擁有光明的未來，就必須擁有精深的理論思維，擁有自己的哲學。哲學是推動社會變革和發展的理論力量，是激發人的精神砥石。哲學解放思維，净化心靈，照亮前行的道路。偉大的時代需要精邃的哲學。

## 一 哲學是智慧之學

哲學是什麽？這既是一個古老的問題，又是哲學永恒的話題。追問哲學是什麽，本身就是「哲學」問題。從哲學成爲思維的那一天起，哲學家們就在不停追問中發展、豐富哲學的篇章，給出一個又一個答案。每個時代的哲學家對這個問題都有自己的詮釋。哲學是什麽，是懸疑在人類智慧面前的永恒之問，這正是哲學之爲哲學的基本特點。

哲學是全部世界的觀念形態，精神本質。人類面臨的共同問題，是哲學研究的根本對象。本體論、認識論、世界觀、人生觀、價值觀、實踐論、方法論等，仍是哲學的基本問題和生命力所在！哲學研究的是世界萬物的根本性、本質性問題。人們可以給哲學做出許多具體定義，但我們可以嘗試用「遮詮」的方式描述哲學的一些特點，從而使人們加深對何爲哲學的認識。

哲學不是玄虛之觀。哲學來自人類實踐，關乎人生。哲學對現實存在的一切追根究底、「打破砂鍋問到底」。它不僅是問「是什麽」（being），而且主要是追問「爲什麽」（why），特别是追問「爲什麽的爲什麽」。它關注整個宇宙，關注整個人類的命運，關注人生。它關心柴米油鹽醬醋茶和人的生命的關係，關心人工智能對人類社會的挑戰。哲學是對一切實踐經驗的理論升華，它關心具體現象背後的根據，關心人類如何會更好。

哲學是在根本層面上追問自然、社會和人本身，以徹底的態度反思已有的觀念和認識，從價值理想出發把握生活的目標和歷史的趨勢，展示了人類理性思維的高度，凝結了民族進步的智慧，寄託了人們熱愛光明、追求真善美的情懷。道不遠人，人能弘道。哲學是把握世界、洞悉未來的學問，是思想解放、自由的大門！

古希臘的哲學家們被稱爲「望天者」，亞里士多德在《形而上學》一书中説，「最初人們通過好奇—驚贊來做哲學」。如果説知識源於好奇的話，那麽産生哲學的好奇心，必須是大好奇心。這種「大好奇心」衹爲一件「大事因緣」而來，所謂大事，就是天地之間一切事物的「爲什麽」。哲學精神，是「家事、國事、天下事，事事要問」，是一種永遠追問的精神。

哲學不衹是思維。哲學將思維本身作爲自己的研究對象，對思想本身進行反思。哲學不是一般的知識體系，而是把知識概念作爲研究的對象，追問「什麽才是知識的真正來源和根據」。哲學的「非對象性」的思想方式，不是「純形式」的推論原則，而有其「非對象性」之對象。哲學之對象乃是不斷追求真理，是一個理論與實踐兼而有之的過程，是認識的精粹。哲學追求真理的過程本身就顯現了哲學的本質。天地之浩瀚，變化之奧妙，正是哲思的玄妙之處。

哲學不是宣示絶對性的教義教條，哲學反對一切形式的絶對。哲學解放束縛，意味著從一切思想教條中解放人類自身。哲學給了我們徹底反思過去的思想自由，給了我們深刻洞察未來的思想能力。哲學就是解放之學，是聖火和利劍。

哲學不是一般的知識。哲學追求「大智慧」。佛教講「轉識成智」，識與智相當於知識與哲學的關係。一般知識是依據於具體認識對象而來的、有所依有所待的「識」，而哲學則是超越於具體對象之上的「智」。

公元前六世紀，中國的老子説，「大方無隅，大器晚成，大音希聲，大象無形，道隱無名。夫唯道，善貸且成」。又説，「反者道之動，弱者道之用。天下萬物生於有，有生於無」。對道的追求就是對有之爲有、無形無名的探究，就是對天地何以如此的探究。這種追求，使得哲學具有了天地之大用，具有了超越有形有名之有限經驗的大智慧。這種大智慧、大用途，超越一切限制的籬笆，達到趨向無限的解放能力。

哲學不是經驗科學，但又與經驗有聯繫。哲學從其作爲學問誕生起，就包含於科學形態之中，是以科學形態出現的。哲學是以理性的方式、概念的方式、論證的方式來思考宇宙人生的根本問題。在亞里士多德那裏，凡是研究實體(ousia）的學問，都叫作「哲學」。而「第一實體」則是存在者中的「第一個」。研究第一實體的學問稱爲「神學」，也就是「形而上學」，這正是後世所謂「哲學」。一般意義上的科學正是從「哲學」最初的意義上贏得自己最原初的規定性的。哲學雖然不是經驗科學，却爲科學劃定了意義的範圍、指明了方向。哲學最後必定指向宇宙人生的根本問題，大科學家的工作在深層意義上總是具有哲學的意味，牛頓和愛因斯坦就是這樣的典範。

哲學不是自然科學，也不是文學藝術，但在自然科學的前頭，哲學的道路展現了；在文學藝術的山頂，哲學的天梯出現了。哲學不斷地激發人的探索和創造精神，使人在認識世界的過程中，不斷達到新境界，在改造世界中從必然王國到達自由王國。

哲學不斷從最根本的問題再次出發。哲學史在一定意義上就是不斷重構新的世界觀、認識人類自身的歷史。哲學的歷史呈現，正是對哲學的創造本性的最好説明。哲學史上每一位哲學家對根本問題的思考，都在爲哲學添加新思維、新向度，猶如爲天籟山上不斷增添一隻隻黄鸝翠鳥。

如果説哲學是哲學史的連續展現中所具有的統一性特徵，那麽這種「一」是在「多」個哲學的創造中實現的。如果説每一種哲學體系都追求一種體系性的「一」的話，那麽每種「一」的體系之間都存在著千絲相聯、多方組合的關係。這正是哲學史昭示於我們的哲學多樣性的意義。多樣性與統一性的依存關係，正是哲學尋求現象與本質、具體與普遍相統一的辯證之意義。

哲學的追求是人類精神的自然趨向，是精神自由的花朵。哲學是思想的自由，是自由的思想。

中國哲學，是中華民族五千年文明傳統中，最爲内在的、最爲深刻的、最爲持久的精神追求和價值觀表達。中國哲學已經化爲中國人的思維方式、生活態度、道德準則、人生追求、精神境界。中國人的科學技術、倫理道德，小家大國、中醫藥學、詩歌文學、繪畫書法、武術拳法、鄉規民俗，乃至日常生活也都浸潤着中國哲學的精神。華夏文化雖歷經磨難而能够透魄醒神，堅韌屹立，正是來自於中國哲學深邃的思維和創造力。

先秦時代，老子、孔子、莊子、孫子、韓非子等諸子之間的百家争鳴，就是哲學精神在中國的展現，是中國人思想解放的第一次大爆發。兩漢四百多年的思想和制度，是諸子百家思想在争鳴過程中大整合的結果。魏晉之際，玄學的發生，則是儒道衝破各自藩籬，彼此互動互補的結果，形成了儒家獨尊的態勢。隋唐三百年，佛教深入中國文化，又一次帶來了思想的大融合和大解放，禪宗的形成就是這一融合和解放的結果。兩宋三百多年，中國哲學迎來了第三次大解放。儒釋道三教之間的互潤互持日趨深入，朱熹的理學和陸象山的心學，就是這一思想潮流的哲學結晶。

與古希臘哲學强調沉思和理論建構不同，中國哲學的旨趣在於實踐人文關懷，它更關注實踐的義理性意義。中國哲學當中，知與行從未分離，中國哲學有着深厚的實踐觀點和生活觀點，倫理道德觀是中國人的貢獻。馬克思説，「全部社會生活在本質上是實踐的」，實踐的觀點、生活的觀點也正是馬克思主義認識論的基本觀點。這種哲學上的契合性，正是馬克思主義能够在中國扎根並不斷中國化的哲學原因。

「實事求是」是中國的一句古話。今天已成爲深邃的哲理，成爲中國人的思維方式和行爲基準。實事求是就是解放思想，解放思想就是實事求是。實事求是毛澤東思想的精髓，是改革開放的基石。只有解放思想才能實事求是。實事求是就是中國人始終堅持的哲學思想。實事求是就是依靠自己，走自己的道路，反對一切絶對觀念。所謂中國化就是一切從中國實際出發，一切理論必須符合中國實際。

實踐是人的存在形式，是哲學之母。實踐是思維的動力、源泉、價值、標準。人們認識世界、探索規律的根本目的是改造世界，完善自己。哲學問題的提出和回答，都離不開實踐。馬克思有句名言：「哲學家們只是用不同的方式解釋世界，而問題在於改變世界！」理論只有成爲人的精神智慧，才能成爲改變世界的力量。

哲學關心人類命運。時代的哲學，必定關心時代的命運。對時代命運的關心就是對人類實踐和命運的關心。人在實踐中産生的一切都具有現實性。哲學的實踐性必定帶來哲學的現實性。哲學的現實性就是强調人在不斷回答實踐中各種問題時應該具有的態度。

哲學作爲一門科學是現實的。哲學是一門回答並解釋現實的學問，哲學是人們聯繫實際、面對現實的思想。可以説哲學是現實的最本質的理論，也是本質的最現實的理論。哲學始終追問現實的發展和變化。哲學存在於實踐中，也必定在現實中發展。哲學的現實性

## 二　哲學的多樣性

要求我們直面實踐本身。

哲學不是簡單跟在實踐後面，成爲當下實踐的「奴僕」，而是以特有的深邃方式，關注着實踐的發展，提升人的實踐水平，爲社會實踐提供理論支撑。從直接的、急功近利的要求出發來理解和從事哲學，無異於向哲學提出它本身不可能完成的任務。哲學是深沉的反思，厚重的智慧，事物的抽象，理論的把握。哲學是人類把握世界最深邃的理論思維。

哲學是立足人的學問，是人用於理解世界、把握世界、改造世界的智慧之學。「民之所好，好之；民之所惡，惡之。」哲學的目的是爲了人。用哲學理解外在的世界，理解人本身，也是爲了用哲學改造世界、改造人。哲學研究無禁區，無終無界，與宇宙同在，與人類同在。

存在是多樣的，發展是多樣的，這是客觀世界的必然。宇宙萬物本身是多樣的存在，多樣的變化。歷史表明，每一民族的文化都有其獨特的價值。文化的多樣性是自然律，是動力，是生命力。各民族文化之間的相互借鑒，補充浸染，共同推動著人類社會的發展和繁榮，這是規律。對象的多樣性、複雜性，決定了哲學的多樣性；即使對同一事物，人們也會産生不同的哲學認識，形成不同的哲學派别。哲學觀點、思潮、流派及其表現形式上的區别，來自於哲學的時代性、地域性和民族性的差异。世界哲學是不同民族的哲學的薈萃，如中國哲學、西方哲學、阿拉伯哲學等。多樣性構成了世界，百花齊放形成了花園。不同的民族會有不同風格的哲學。恰恰是哲學的民族性，使不同的哲學都可以在世界舞臺上演繹出各種「戲劇」。即使有類似的哲學觀點，在實踐中的表達和運用也會各有特色。

人類的實踐是多方面的，具有多樣性、發展性，大體可以分爲：改造自然界的實踐，改造人類社會的實踐，完善人本身的實踐，提升人的精神世界的精神活動。人是實踐中的人，實踐是人的生命的第一屬性。實踐的社會性決定了哲學的社會性，哲學不是脱離社會現實生活的某種遐想，而是社會現實生活的觀念形態，是文明進步的重要標誌，是人的發展水平的重要維度。哲學的發展狀況，反映着一個社會人的理性成熟程度，反映著這個社會的文明程度。

哲學史實質上是自然史、社會史、人的發展史和人類思維史的總結和概括。自然界是多樣的，社會是多樣的，人類思維是多樣的。所謂哲學的多樣性，就是哲學基本觀念、理論學說、方法的異同，是哲學思維方式上的多姿多彩。哲學的多樣性是哲學的常態，是哲學進步、發展和繁榮的標誌。哲學是人的哲學，哲學是人對事物的自覺，是人對外界和自我認識的學問，也是人把握世界和自我的學問。哲學的多樣性，是哲學的常態和必然，是哲學發展和繁榮的內在動力。一般是普遍性，特色也是普遍性。從單一性到多樣性，從簡單性到複雜性，是哲學思維的一大變革。用一種哲學話語和方法否定另一種哲學話語和方法，這本身就不是哲學的態度。

多樣性並不否定共同性、統一性、普遍性。物質和精神，存在和意識，一切事物都是在運動、變化中的，是哲學的基本問題，也是我們的基本哲學觀點！

當今的世界如此紛繁複雜，哲學多樣性就是世界多樣性的反映。哲學是以觀念形態表現出的現實世界。哲學的多樣性，就是文明多樣性和人類歷史發展多樣性的表達。多樣性是宇宙之道。

哲學的實踐性、多樣性，還體現在哲學的時代性上。哲學總是特定時代精神的精華，是一定歷史條件下人的反思活動的理論形態。在不同的時代，哲學具有不同的內容和形式，哲學的多樣性，也是歷史時代多樣性的表達。哲學的多樣性也會讓我們能够更科學地理解不同歷史時代，更爲内在地理解歷史發展的道理。多樣性是歷史之道。

哲學之所以能發揮解放思想的作用，在於它始終關注實踐，關注現實的發展；在於它始終關注著科學技術的進步。哲學本身没有絶對空間，没有自在的世界，只能是客觀世界的映象，觀念形態。没有了現實性，哲學就遠離人，就離開了存在。哲學的實踐性，説到底是在説明哲學本質上是人的哲學，是人的思維，是爲了人的科學！哲學的實踐性、多樣性告訴我們，哲學必須百花齊放、百家争鳴。哲學的發展首先要解放自己，解放哲學，就是實現思維、觀念及範式的變革。人類發展也必須多塗並進，交流互鑒，共同繁榮。采百花之粉，才能釀天下之蜜。

## 三　哲學與當代中國

中國自古以來就有思辨的傳統，中國思想史上的百家争鳴就是哲學繁榮的史象。哲學是歷史發展的號角。中國思想文化的每一次大躍升，都是哲學解放的結果。中國古代賢哲的思想傳承至今，他們的智慧已浸入中國人的精神境界和生命情懷。

中國共産黨人歷來重視哲學，毛澤東在一九三八年，在抗日戰爭最困難的條件下，在延安研究哲學，創作了實踐論和矛盾論，推動了中國革命的思想解放，成爲中國人民的精神力量。

中華民族的偉大復興必將迎來中國哲學的新發展。當代中國必須有自己的哲學，當代中國的哲學必須要從根本上講清楚中國道路的哲學道理。中華民族的偉大復興必須要有哲學的思維，必須要有不斷深入的反思。發展的道路，就是哲思的道路，文化的自信，就是哲學思維的自信。哲學是引領者，可謂永恒的「北斗」，哲學是時代的「火焰」，是時代最精緻最深刻的「光芒」。從社會變革的意義上説，任何一次巨大的社會變革，總是以理論思維爲先導。理論的變革，總是以思想觀念的空前解放爲前提，而「吹響」人類思想解放第一聲「號角」的，往往就是代表時代精神精華的哲學。社會實踐對於哲學的需求可謂「迫不及待」，因爲哲學總是「吹響」這個新時代的「號角」。「吹響」中國改革開放之

「號角」的，正是「解放思想」「實踐是檢驗真理的唯一標準」「不改革死路一條」等哲學觀念。「吹響」新時代「號角」的是「中國夢」，「人民對美好生活的向往，就是我們奮鬥的目標」。發展是人類社會永恒的動力，變革是社會解放的永遠的課題，思想解放，解放思想是無盡的哲思。中國正走在理論和實踐的雙重探索之路上，搞探索没有哲學不成！

中國哲學的新發展，必須反映中國與世界最新的實踐成果，必須反映科學的最新成果，必須具有走向未來的思想力量。今天的中國人所面臨的歷史時代，是史無前例的。十三億人齊步邁向現代化，這是怎樣的一幅歷史畫卷！是何等壯麗、令人震撼！不僅中國歷史上亘古未有，在世界歷史上也從未有過。當今中國需要的哲學，是結合天道、地理、人德的哲學，是整合古今中西的哲學，只有這樣的哲學才是中華民族偉大復興的哲學。

當今中國需要的哲學，必須是適合中國的哲學。無論古今中外，再好的東西，也需要再吸收，再消化，必須要經過現代化和中國化，才能成爲今天中國自己的哲學。哲學是解放人的，哲學自身的發展也是一次思想解放，也是人的一个思維升華、羽化的過程。中國人的思想解放，總是隨著歷史不斷進行的。歷史有多長，思想解放的道路就有多長；發展進步是永恒的，思想解放也是永無止境的，思想解放就是哲學的解放。

習近平説，思想工作就是「引導人們更加全面客觀地認識當代中國、看待外部世界」。這就需要我們確立一種「知己知彼」的知識態度和理論立場，而哲學則是對文明價值核心最精練和最集中的深邃性表達，有助於我們認識中國、認識世界。立足中國、認識中國，需要我們審視我們走過的道路，立足中國、認識世界，需要我們觀察和借鑒世界歷史上的不同文化。中國「獨特的文化傳統」、中國「獨特的歷史命運」、中國「獨特的基本國情」，「決定了我們必然要走適合自己特點的發展道路」。一切現實的、存在的社會制度，其形態都是具體的，都是特色的，都必須是符合本國實際的。抽象的制度，普世的制度是不存在的。同時，我們要全面客觀地「看待外部世界」。研究古今中外的哲學，是中國認識世界、認識人類史、認識自己未來發展的必修課。今天中國的發展不僅要讀中國書，還要讀世界書。不僅要學習自然科學、社會科學的經典，更要學習哲學的經典。當前，中國正走在實現「中國夢」的「長征」路上，這也正是一條思想不斷解放的道路！要回答中國的問題，解釋中國的發展，首先需要哲學思維本身的解放。哲學的發展，就是哲學的解放，這是由哲學的實踐性、時代性所決定的。哲學無禁區、無疆界。哲學是關乎宇宙之精神，是關乎人類之思想。哲學將與宇宙、人類同在。

## 四　哲學典籍

中外哲學典籍大全的編纂，是要讓中國人能研究中外哲學經典，吸收人類精神思想的精華；是要提升我們的思維，讓中國人的思想更加理性、更加科學、更加智慧。

中國有盛世修典的傳統。中國古代有多部典籍類書（如「永樂大典」「四庫全書」等），在新時代編纂中外哲學典籍大全，是我們的歷史使命，是民族復興的重大思想工程。

只有學習和借鑒人類精神思想的成就，才能實現我們自己的發展，走向未來。中外哲學典籍大全的編纂，就是在思維層面上，在智慧境界中，繼承自己的精神文明，學習世界優秀文化。這是我們的必修課。

不同文化之間的交流、合作和友誼，必須達到哲學層面上的相互認同和借鑒。哲學之間的對話和傾聽，才是從心到心的交流。中外哲學典籍大全的編纂，就是在搭建心心相通的橋樑。

我們編纂這套哲學典籍大全，一是中國哲學，整理中國歷史上的思想典籍，濃縮中國思想史上的精華；二是外國哲學，主要是西方哲學，吸收外來，借鑒人類發展的優秀哲學成果；三是馬克思主義哲學，展示馬克思主義哲學中國化的成就；四是中國近現代以來的哲學成果，特別是馬克思主義在中國的發展。

編纂這部典籍大全，是哲學界早有的心願，也是哲學界的一份奉獻。中外哲學典籍大全總結的是書本上的思想，是先哲們的思維，是前人的足迹。我們希望把它們奉獻給後來人，使他們能够站在前人肩膀上，站在歷史岸邊看待自己。

中外哲學典籍大全的編纂，是以「知以藏往」的方式實現「神以知來」；中外哲學典籍大全的編纂，是通過對中外哲學歷史的「原始反終」，從人類共同面臨的根本大問題出發，在哲學生生不息的道路上，綵繪出人類文明進步的盛德大業！

發展的中國，既是一個政治、經濟大國，也是一個文化大國，也必將是一個哲學大國、思想王國。人類的精神文明成果是不分國界的，哲學的邊界是實踐，實踐的永恒性是哲學的永續綫性，打開胸懷擁抱人類文明成就，是一個民族和國家自强自立，始終佇立於人類文明潮頭的根本條件。

擁抱世界，擁抱未來，走向復興，構建中國人的世界觀、人生觀、價值觀、方法論，這是中國人的視野、情懷，也是中國哲學家的願望！

李鐵映

二〇一八年八月

# 序

中國古無「哲學」之名，但如近代的王國維所説，「哲學爲中國固有之學」。「哲學」的譯名出自日本啓蒙學者西周，他在一八七四年出版的百一新論中説：「將論明天道人道，兼立教法的 philosophy 譯名爲哲學。」自「哲學」譯名的成立，「philosophy」或「哲學」就已有了東西方文化交融互鑒的性質。

「philosophy」在古希臘文化中的本義是「愛智」，而「哲學」的「哲」在中國古經書中的字義就是「智」或「大智」。孔子在臨終時慨嘆而歌：「泰山壞乎！梁柱摧乎！哲人萎乎！」（史記孔子世家）「哲人」在中國古經書中釋爲「賢智之人」，而在「哲學」譯名輸入中國後即可稱爲「哲學家」。

哲學是智慧之學，是關於宇宙和人生之根本問題的學問。對此，中西或中外哲學是共同的，因而哲學具有世界人類文化的普遍性。但是，正如世界各民族文化既有世界的普遍性，也有民族的特殊性，所以世界各民族哲學也具有不同的風格和特色。如果説「哲學」是個「共名」或「類稱」，那麽世界各民族哲學就是此類中不同的「特例」。這是哲學的普遍性與多樣性的統一。

在中國哲學中，關於宇宙的根本道理稱爲「天道」，關於人生的根本道理稱爲「人道」，中國哲學的一個貫穿始終的核心問題就是「究天人之際」。一般説來，天人關係問題是中外哲學普遍探索的問題，而中國哲學的「究天人之際」具有自身的特點。

亞里士多德曾説：「古今來人們開始哲學探索，都應起於對自然萬物的驚異……這類學術研究的開始，都在人生的必需品以及使人快樂安適的種種事物幾乎全都獲得了以後。」「這些知識最先出現於人們開始有閒暇的地方。」這是説的古希臘哲學的一個特點，是與當時古希臘的社會歷史發展階段及其貴族階層的生活方式相聯繫的。與此不同，中國哲學是産生於士人在社會大變動中的憂患意識，爲了求得社會的治理和人生的安頓，他們大多「席不暇暖」地周遊列國，宣傳自己的社會主張。這就決定了中國哲學在「究天人之際」

中首重「知人」，在先秦「百家争鳴」中的各主要流派都是「務爲治者也，直所從言之異路，有省不省耳」（史記太史公自序）。

中國哲學與其他民族哲學所不同者，還在於中國數千年文化一直生生不息而未嘗中斷，中國文化在世界歷史的「軸心時期」所實現的哲學突破也是采取了極温和的方式。這主要表現在孔子的「祖述堯舜，憲章文武」，删述六經，對中國上古的文化既有連續性的繼承，又經編纂和詮釋而有哲學思想的突破。因此，由孔子及其後學所編纂和詮釋的上古經書就以「先王之政典」的形式不僅保存下來，而且在此後中國文化的發展中居於統率的地位。

據近期出土的文獻資料，先秦儒家在戰國時期已有對「六經」的排列，「六經」作爲一個著作群受到儒家的高度重視。至漢武帝「罷黜百家，表章六經」，遂使「六經」以及儒家的經學確立了由國家意識形態認可的統率地位。漢書藝文志著録圖書，爲首的是「六藝略」，其次是「諸子略」「詩賦略」「兵書略」「數術略」和「方技略」，這就體現了以「六經」統率諸子學和其他學術。這種圖書分類經幾次調整，到了隋書經籍志乃正式形成「經、史、子、集」的四部分類，此後保持穩定而延續至清。

中國傳統文化有「四部」的圖書分類，也有對「義理之學」「考據之學」「辭章之學」和「經世之學」等的劃分，其中「義理之學」雖然近於「哲學」但並不等同。中國傳統文化没有形成「哲學」以及近現代教育學科體制的分科，但是中國傳統文化確實固有其深邃的哲學思想，它表達了中華民族的世界觀、人生觀，體現了中華民族的思維方式、行爲準則，凝聚了中華民族最深沉、最持久的價值追求。

清代學者戴震説：「天人之道，經之大訓萃焉。」（原善卷上）經書和經學中講「天人之道」的「大訓」，就是中國傳統的哲學；不僅如此，在圖書分類的「子、史、集」中也有講「天人之道」的「大訓」，這些也是中國傳統的哲學。「究天人之際」的哲學主題是在中國文化上下幾千年的發展中，伴隨著歷史的進程而不斷深化、轉陳出新、持續探索的。

中國哲學首重「知人」，在天人關係中是以「知人」爲中心，以「安民」或「爲治」爲宗旨的。在記載中國上古文化的尚書皋陶謨中，就有了「知人則哲，能官人；安民則惠，黎民懷之」的表述。在論語中，「樊遲問仁，子曰：『愛人。』問知（智），子曰：『知人。』」（論語顔淵）「仁者愛人」是孔子思想中的最高道德範疇，其源頭可上溯到中國文化自上古以來就形成的崇尚道德的優秀傳統。孔子説：「未能事人，焉能事鬼？」「未知生，焉知死？」（論語先進）「務民之義，敬鬼神而遠之，可謂知矣。」（論語雍也）「智者知人」，在孔子的思想中雖然保留了對「天」和鬼神的敬畏，但他的主要關注點是現世的人生，是「仁者愛人」「天下有道」的價值取向，由此確立了中國哲學以「知人」爲中心的思想範式。西方現代哲學家雅斯貝爾斯在大哲學家一書中把蘇格拉底、佛陀、孔子和耶穌作爲「思想範式的創造者」，而孔子思想的特點就是「要在世間建立一種人道的秩序」，「在現世的可能性之中」，孔子「希望建立一個新世界」。

中國上古時期把「天」或「上帝」作爲最高的信仰對象，這種信仰也有其宗教的特殊性。如梁啓超所説：「各國之尊天者，常崇之於萬有之外，而中國則常納之於人事之中，此吾中華所特長也。……其尊天也，目的不在天國而在世界，受用不在未來（來世）而在現在（現世）。是故人倫亦稱天倫，人道亦稱天道。記曰：『善言天者必有驗於人。』此所以雖近於宗教，而與他國之宗教自殊科也。」由於中國上古文化所信仰的「天」不是存在於與人世生活相隔絕的「彼岸世界」，而是與地相聯繫（中庸所謂「郊社之禮，所以事上帝也」，朱熹中庸章句注：「郊，祀天；社，祭地。不言后土者，省文也。」），具有道德的、以民爲本的特點（尚書所謂「皇天無親，惟德是輔」，「天視自我民視，天聽自我民聽」，「民之所欲，天必從之」），所以這種特殊的宗教性也長期地影響著中國哲學對天人關係的認識。相傳「人更三聖，世經三古」的易經，其本爲卜筮之書，但經孔子「觀其德義而已」之後，則成爲講天人關係的哲理之書。四庫全书總目易類序説：「聖人覺世牖民，大抵因事以寓教……易則寓於卜筮。故易之爲書，推天道以明人事者也。」不僅易經是如此，而且以後中國哲學的普遍架構就是「推天道以明人事」。

春秋末期，與孔子同時而比他年長的老子，原創性地提出了「有物混成，先天地生」（老子二十五章），天地並非固有的，在天地產生之前有「道」存在，「道」是產生天地萬物的總根源和總根據。「道」内在於天地萬物之中就是「德」，「孔德之容，惟道是從」（老子二十一章），「道」與「德」是統一的。老子説：「道生之，德畜之，物形之，勢成之。是以萬物莫不尊道而貴德。道之尊，德之貴，夫莫之命而常自然。」（老子五十一章）老子的價值主張是「自然無爲」，而「自然無爲」的天道根據就是「道生之，德畜之……是以萬物莫不尊道而貴德」。老子所講的「德」實即相當於「性」，孔子所罕言的「性與天道」，在老子哲學中就是講「道」與「德」的形而上學。實際上，老子哲學確立了中國哲學「性與天道合一」的思想，而他從「道」與「德」推出「自然無爲」的價值主張，這就成爲以後中國哲學「推天道以明人事」普遍架構的一個典範。雅斯貝爾斯在大哲學家一書中把老子列入「原創性形而上學家」，他說：「從世界歷史來看，老子的偉大是同中國的精神結合在一起的。」他評價孔、老關係時說：「雖然兩位大師放眼於相反的方向，但他們實際上立足於同一基礎之上。兩者間的統一在中國的偉大人物身上則一再得到體現……」這裏所謂「中國的精神」「立足於同一基礎之上」，就是説孔子和老子的哲學都是爲了解決現實生活中的問題，都是「務爲治者也」。

在老子哲學之後，中庸説：「天命之謂性」，「思知人，不可以不知天」。孟子説：「盡其心者知其性也，知其性則知天矣。」（孟子盡心上）此後的中國哲學家雖然對天道和人性有不同的認識，但大抵都是講人性源於天道，知天是爲了知人。一直到宋明理學家講「天者理也」，「性即理也」，「性與天道合一存乎誠」。作爲宋明理學之開山著作的周敦頤太極圖說，是從「無極而太極」講起，至「形既生矣，神發知矣，五性感動而善惡分，萬事出矣」，這就是從天道講到人事，而其歸結爲「聖人定之以中正仁義而主静，立人極焉」，這就是從天道、人性推出人事應該如何，「立人極」就是要確立人事的價值準則。可以說，中國哲學的「推天道以明人事」最終指向的是人生的價值觀，這也就是要「爲天地立心，爲生民立命，爲往聖繼絶學，爲萬世開太平」。在作爲中國哲學主流的儒家哲學中，價值觀又是與道德修養的工夫論和道德境界相聯繫。因此，天人合一、真善合一、知行合一成爲中國哲學的主要特點。

中國哲學經歷了不同的歷史發展階段，從先秦時期的諸子百家争鳴，到漢代以後的儒家經學獨尊，而實際上是儒道互補，至魏晉玄學乃是儒道互補的一個結晶；在南北朝時期逐漸形成儒、釋、道三教鼎立，從印度傳來的佛教逐漸適應中國文化的生態環境，至隋唐時期完成中國化的過程而成爲中國文化的一個有機組成部分；宋明理學則是吸收了佛、道二教的思想因素，返而歸於「六經」，又創建了論語孟子大學中庸的「四書」體系，建構了以「理、氣、心、性」爲核心範疇的新儒學。因此，中國哲學不僅具有自身的特點，而且具有不同發展階段和不同學派思想内容的豐富性。

一八四〇年之後，中國面臨着「數千年未有之變局」，中國文化進入了近現代轉型的時期。在甲午戰敗之後的一八九五年，「哲學」的譯名出現在黄遵憲的日本國志和鄭觀應的盛世危言（十四卷本）中。此後，「哲學」以一個學科的形式，以哲學的「獨立之精神，自由之思想」推動了中華民族的思想解放和改革開放，中、外哲學會聚於中國，中、外哲學的交流互鑒使中國哲學的發展呈現出新的形態，馬克思主義哲學在與中國的歷史文化傳統、中國具體的革命和建設實踐相結合的過程中不斷中國化而產生新的理論成果。中華民族的偉大復興必將迎來中國哲學的新發展，在此之際，編纂中外哲學典籍大全，中國哲學典籍第一次與外國哲學典籍會聚於此大全中，這是中國盛世修典史上的一個首創，對於今後中國哲學的發展、對於中華民族的偉大復興具有重要的意義。

李存山

二〇一八年八月

「中國哲學典籍卷」

# 出版前言

社會的發展需要哲學智慧的指引。在中國浩如煙海的文獻中，哲學典籍占據著重要地位，指引著中華民族在歷史的浪潮中前行。這些凝練著古聖先賢智慧的哲學典籍，在新時代仍然熠熠生輝。

收入我社「中國哲學典籍卷」的書目，是最新整理成果的首次發布，按照内容和年代分爲以下幾類：先秦子書類、兩漢魏晋隋唐哲學類、佛道教哲學類、宋元明清哲學類、近現代哲學類、經部（易類、書類、禮類、春秋類、孝經類）等，其中以經學類占多數。全本次整理皆選取各書存世的善本爲底本，制訂校勘記撰寫的基本原則以確保校勘品質。全套書采用繁體豎排加專名綫的古籍版式，嚴守古籍整理出版規範，並請相關領域專家多次審稿，整理者反復修訂完善，旨在匯集保存中國哲學典籍文獻，同時也爲古籍研究者和愛好者提供研習的文本。

文化自信是一個國家、一個民族發展中更基本、更深沉、更持久的力量。對中國哲學典籍進行整理出版，是文化創新的題中應有之義。中國社會科學出版社秉持「傳文明薪火，發時代先聲」的發展理念，歷來重視中華優秀傳統文化的研究和出版。「中國哲學典籍卷」樣稿已在二〇一八年世界哲學大會、二〇一九年北京國際書展等重要圖書會展亮相，贏得了與會學者的高度贊賞和期待。

點校者、審稿專家、編校人員等爲叢書的出版付出了大量的時間與精力，在此一併致謝。由於水準有限，書中難免有一些不當之處，敬請讀者批評指正。

趙劍英

二〇二〇年八月

# 點校説明

曹元弼（1867—1953），字穀孫，又字師鄭，號叔彦，晚號復禮老人，江蘇吴縣人，晚清民國時期最重要的經學家之一。曹元弼學於南菁書院，與張錫恭、唐文治等學者爲同學；後入張之洞幕，主兩湖書院、存古學堂經學總教等職；辛亥革命後閉門著述，唐蘭、吴其昌、王蘧常、王欣夫、錢仲聯、沈文倬等現代學術大家皆曾從其問學。曹氏精於禮學、易學、尚書學、孝經學等，著述宏富，撰有復禮堂述學詩、禮經學、禮經校釋、周易集解補釋、周易鄭氏注箋釋、周易學、尚書鄭氏注箋釋、復禮堂文集等論著。曹元弼作爲處在中國學術變遷轉折點上的傳統學者，被顧頡剛稱爲中國「最後一位經學家」。

復禮堂述學詩（以下簡稱述學詩）啓思於辛亥後，刊行於戊寅年，是曹元弼晚年撰寫的經學史專著。述學詩以七言絶句的詩歌體裁研究、闡發中國經學及經學史上的重要課題，是其數十年經學研究的總結，亦可謂曹氏經學研究的「晚年定論」。

曹元弼復禮堂述學詩序曰：

述學詩者，元弼自宣統辛亥後，悲天憫人，獨居深念，懼文武道盡、乾坤或息，憂患學易、覃精研思，默察天人消息，冀剥之反復、否之反泰。日月以幾，寒暑迭嬗，至丁巳之夏，普天希長夜復旦之光，率土屬倒懸解縲之望，而民今方殆，多難未已。九重城闕驟生煙塵，海濱微臣心膽摧裂。悲憤填膺，自恨讀聖賢書，受國家厚恩，曾不能奮身著尺寸效，心痗首疾、神志失度者累月……一日讀説文，喟然而歎歎，微吟一詩，有「九千文字歸忠孝，不數揚雄拜叔重」之句。先仲兄綺園逸史見而善之，謂盍放此例，每經各爲詩若干首，提挈綱維，開示來學，使記誦易而感發深，於經學人心蓋非小補。余敬諾，乃勉定心氣，綜括數十年治經心得，日作數詩……自九月至歲終，得詩六百數十首。

如其序所言，作述學詩之思起於辛亥清帝退位，而真正寫下第一首詩則是在丁巳年張勛復辟失敗後，在在顯示曹元弼對清廷、清帝之眷戀與關切。曹氏時時以遺老自居，時人亦視之若是，然吾人讀曹氏書，可見其所顧念者與其説是作爲政權擁有者的清廷，毋寧説是尊崇傳統儒家文化之清朝。曹氏於述學詩曰：

三代以上，禮明樂備莫如周，漢、唐以來憲章稽古莫如我朝。御纂、欽定諸經，兼收百代師儒之説，易、書、詩皆由宋溯漢，春秋以三傳爲主，三禮以鄭注爲主。而詩經傳説彙纂於鄭、衛諸篇皆表章小序及諸儒申序之説。於是函丈之儒、青衿之俊咸得指南，並式古訓，精發毛、鄭，旁通三家，微言大義雲爛星陳，郁郁彬彬會歸有極，如百川之朝宗於海矣。

由是可見，曹氏所守之清朝，非僅爲政權所屬之清朝，更是集中華文化、禮樂文明大成之清朝。周公、孔子之大化不行久矣，而曹氏以清爲二千年周孔文明大行之時，故其言曰：

周官典法曠代不行，惟我朝列聖體堯舜執中、文武緝熙敬勝之德，重熙累洽，致成王、周公禮樂交通、太平雅頌之盛。凡所以經緯天地、裁成萬物者，無一不與周官精義相符。恭讀欽定三禮義疏，可以知先聖後聖之一揆。

故曹氏之清朝，非僅爲滿族之政權所在，亦乃中國二千年文化之所繫。是所謂「先聖後聖，其揆一也」，其「一揆」之者即中華周孔之文化。故就曹氏所堅守者，與其說是政治之清廷，毋寧說是文化之中國。就曹氏而言，辛亥革命非但是革清廷之命，亦是革中國二千年文明之命。「中原陸沈，亂靡有定；人紀淪亡，天常反易。豈惟我朝之厄運，乃天生烝民有物有則、千聖百王以養以教禮道之大厄，而乾坤或幾乎息之秋也。微臣涕淚餘生，涓埃未報，潛蹤北海，仰希夷、叔待清；企想東京，深愧桓榮稽古。」由是可見，其所謂「中國」，即周孔之故國、文化之故國、文明之故國。

其第一首述學詩之「九千文字歸忠孝，不數揚雄拜叔重」句，實亦體現了此點，即以説文爲代表的傳統儒家文化歸結於忠孝，但忠孝歸根結底仍要回到許慎等前賢。故就曹氏學行及述學詩全文而言，曹氏固然眷戀故朝，但其所深望者則更在傳統文化之復興。是以，曹氏續言：「蓋處人道之窮，鬱無可奈何之孤憤，抱萬不得已之苦心，求存絶學於一綫，以俟天地之再清，此述學詩所爲作也。」

而曹氏之所以以詩體述學詩撰述經學源流，亦受葉昌熾之影響。「故侍講葉鞠裳前輩藏書紀事詩之例爲七言絶句，竊取小雅之義，其言有文，其聲有哀，俾吟詠之閒，抑揚反覆，足以感發人之善心。而韻語易記，治經綱目具在，興藝樂學，事半功倍。庶幾吾黨小子識之，凡百君子聽之。」是亦述學詩體例之先源。

述學詩共包括述易、述尚書、述詩、述周禮、述禮經、述禮記、述大戴禮記、述禮總義、述春秋、述左傳、述國語、述公羊傳、述穀梁傳、述孝經、述論語、述孟子、述小學、述羣經總義等十八部分，用六百數十首七言絶句概述中國歷代經學及經學發展史。就體例而言，「每經先舉大義，正宗旨也；次詳源流，明傳信也」。經學淵深，非二十八字可以涵括，故曹氏又爲之注，約成三十餘萬言。

曹元弼言：「詩作於宣統丁巳，注作於康德丙子，中更疾病患難，至戊寅夏始成。」就今所見，述學詩似僅有戊寅年刻本。曹氏於凡例言：「論撰既畢，與從母弟金智詮廣文、及門嚴鹿苹、王欣夫兩弟覆更對勘，詳悉審正。目瞑意倦，至秋始竣。」戊寅刻本雖經金智詮、嚴鹿苹、王欣夫等人詳加校勘，然訛誤之處仍復不少，且有多處墨釘尚未挖改。復旦大學圖書館藏戊寅刻本復禮堂述學詩一種，挖改、塗改百餘處，皆校正刻本之誤，故此書之點校以復旦大學圖書館藏本爲底本。爲便檢索，以卷爲單位，爲每首詩加序號。

本書由許超傑、王園園合作點校，其中許超傑負責序、卷一述易、卷四述周禮、卷五述禮經上、卷六述禮經下、卷十述春秋、卷十一述左傳、述國語、卷十二述公羊傳、述穀梁傳，王園園負責卷二述尚書、卷三述詩、卷七述禮記、卷八述大戴禮記、卷九述禮總義、卷十三述孝經、述論語、述孟子、卷十四述小學、卷十五述羣經總義。

述學詩涉及經學及經學史的方方面面，所論又多精深，限於能力與時間，此書點校必有許多不足之處，尚祈方家教之，亦期有改正之時。

許超傑　王園園

二〇一八年七月

# 目録

# 復禮堂述學詩序

述學詩者，元弼自宣統辛亥後，悲天憫人，獨居深念，懼文武道盡、乾坤或息，憂患學易、覃精研思，默察天人消息，冀剥之反復、否之反泰。日月以幾，寒暑迭嬗，至丁巳之夏，普天希長夜復旦之光，率土屬倒懸解縲之望，而民今方殆，多難未已。九重城闕驟生煙塵，海濱微臣心膽摧裂、悲憤填膺。自恨讀聖賢書，受國家厚恩，曾不能奮身著尺寸效，心痗首疾、神志失度者累月。幸昊蒼眷佑，辰居猶安，自夏徂秋，驚魂稍定。然槁灰餘氣，尚不能用深湛之思。一日讀説文，喟然而歎，微吟一詩，有「九千文字歸忠孝，不數揚雄拜叔重」之句。先仲兄綺園逸史見而善之，謂盍放此例，每經各爲詩若干首，提挈綱維，開示來學，使記誦易而感發深，於經學人心蓋非小補。余敬諾，乃勉定心氣，綜括數十年治經心得，日作數詩。

每經先舉大義，正宗旨也；次詳源流，明傳信也。述往事、思來者，率天常、正人倫，閑聖道、息邪説，庶幾人心一日復歸於正而天心厭亂也，王化一旦復行而殺運可止也。竊取高密詩譜之意，藉抒靈均離騷之哀。每日詩成，輒就兄與伯兄蘭雪老人審正推敲，因相與揚榷古今，慨論世變，以無忝君親、無負生平志學相慰勉。自九月至歲終，得詩六百數十首。蓋處人道之窮，鬱無可奈何之孤憤，抱萬不得已之苦心，求存絶學於一綫，以俟天地之再清。此述學詩所爲作也。

然經義淵深，經師家法源遠末分，百家得失參錯不齊，每一事以二十八字括之，其勢非注不明。戊午春，續周易鄭氏注箋釋稿，欲以餘力爲之，而易理微妙、思不可分，臣精銷亡、力又不及，先其難者，乃姑舍是。歲不我與，忽忽二十年，家國之感，身世之悲，不忍復言。而天動星迴，機旋輪轉；未濟之窮，受之以夬；十五國風，殿豳近雅；數極於亥，復從一起。君子益信定理之不誣。自顧衰病殘年，尚幸須臾能待，前此周易孝經箋釋、大學中庸通義皆已卒業，乃從事此書。略加修改，增補數詩；博引羣書，稽譔其説。更疾病患難，出入三年而注成，乃序其意曰：

嗚呼，學之不可以已也。人而無學，則近於禽獸；國而無學，則趨於亂亡。學而不以正，非所學而學，則率獸食人，而亂亡無日矣。撥亂世反諸正，君子反經，莫先正學。夫學惡乎始哉？學者，覺也，效也。易曰：「天地變化，聖人效之。崇效天，卑法地。」孝經曰：「天地之經，民是則之。」孟子述伊尹之言曰：「天之生斯民，使先知覺後知，先覺覺後覺。」天地之性人爲貴，人受天地之中以生，自然有仁、義、禮、智、信五常之性，可敘而爲君臣、父子、夫婦、昆弟、朋友五品之倫，以爲天下之達道，而立萬事之根本，所謂「天命之謂性，率性之謂道」也。然陰陽鼓盪，不無偏勝，故剛柔始交而難。物生而蒙，凡民雖皆有善性而不能自覺。天生上聖，作之君師，聰明睿智，生而知之，盡其性以盡人之性，效天法地，以其所覺者覺民，而天下之民恍然盡覺，翕然效之，如晦見明，如影附形。暴者仁，散者聚，危者安，亂者治，天地之灾除而萬物之生遂，所謂「修道之謂教」也。上古聖人效天立教以覺民，因人性固有之善，垂萬世不易之經，由是後聖效先聖，後王效先王，下覺於上，愚覺於賢，民興於善，而天下由此可永治，是之謂學。

自伏羲氏開闢草昧，作易八卦，象法乾坤以立君臣、父子、夫婦之義，人倫正、王道興而孝弟、忠順、友恭、貞信、神明之德通。合敬同愛，備物致用，相生相養相保。萬物之情類，實爲天地剖判、開元建始、政教之本。聖作物睹，天下文明，六經之學於是權輿。歷神農、黃帝以至堯、舜，開物成務，創制顯庸，利濟萬世，而連山、歸藏之教，丹書之戒，成均之法，倉頡文字之義，皆由蒼牙通靈，引而申之。法始於伏羲而成於堯，唐、虞所以平地成天，夏后、殷、周所以禦灾捍患、長治久安，聖學聖治著在詩、書。堯、舜之道，不外孝弟；三代之學，皆明人倫。至周公制禮作樂而人道立極，天地之大無復有憾。孔子修定前聖典文，本之作春秋，以治萬世之天下，而六學於是乎大成。

是故古之所以治天下，學而已矣；古之所以謂學，經而已矣；經之所以爲經，人倫而已矣。論語發首言「學而時習之」，「之」字即指所學，所學者六經也。首章言學，次章言孝弟不好犯上作亂，學以明倫，所以仁天下也。孝經言「夫孝，天之經」，此經之所由起。又言「夫孝，德之本，教之所由生」。上之所以教，即下之所以學，此學之所由起。大學隱括六經之旨而顯揭其道，以文王止仁、止敬、止孝、止慈、止信，明止至善之義，學以明倫也。中庸言天下之達道五，其下即言好學力行，又言博學、審問、慎思、明辨、篤行，明倫由學也。

孔子曰：「君子學道則愛人，小人學道則易使。」天下所以治也；孟子曰：「上無禮，下無學，賊民興。」天下所以亂也。又曰：「經正則庶民興，庶民興斯無邪慝。」此憂亂望治之君子所以不得不自任以反經也。經者，常也，所以御變；經者，經也，所以統緯。形而上爲道，形而下爲器。自生民以來，天下之變多矣，聖人因時制變之器各不同，而其道則一。道者，經也。是故網罟、耒耜、衣裳、宮室、舟楫、弧矢不同制也，而本於作八卦、定人倫，使人類相愛相敬，以養生送死、除害興利則同。夏尚忠，商尚質，周尚文，春秋因衰世之事、明先王經世之志，不同法也。而三綱五常，殷因於夏，周因於殷，其或繼周百世可知者則同。蓋王者治天下之具，緯也，窮則變、變則通、通則久者也；其本，經也，天不變、道亦不變者也。

道之大原出於天，聖人則天因地以立萬世不易之常經，後聖學先聖，後覺效先覺。故堯、舜稽古，周公思兼三王，孔子祖述憲章，信而好古。六經之文，千聖同道，萬古不變。徵諸周官，天文、地理、兵法、工事之學多矣，而教民必以六德、六行、中禮、和樂爲本。徵諸漢史藝文所載，諸子百家之學多矣，而折衷必以六藝。徵諸歷代，爲政於天下之法，自漢以來各異矣，而致治必由尊經明倫。我朝列聖以堯、舜、周、孔之道治天下，經學昌明，遠過漢唐。故道一風同，媲隆唐虞。國於天地，必有與立。學術正則人心正，而人才皆用於忠孝仁義，經文緯武，以造天下莫大之福。學術亂則人心亂，而人才皆趨於悖逆詐僞，貪暴殘殺，以貽蒼生無窮之憂。故經者，天地之心，生民之命，崇德廣業、立功立事之大本，舍是無所謂學也。

古之興學也，司徒修六禮、明七教，樂正崇四術，順先王詩、書、禮、樂以造士。子所雅言，詩、書、執禮。史記稱孔子以詩、書、禮、樂教，而經解言入其國其教可知，下文因歷説詩、書、樂、易、禮、春秋之教。孔子、孟子及春秋時賢卿大夫論事，多引詩、書，斷之以禮。蓋古之學者玩經文，舉大義，心通而身行之。達諸政事，成綱紀文章，隨所得淺深以爲德業之大小，此古之經學也。

然自羲、軒以至殷、周，不知其歷世歷年幾何，十口相傳，積久茫昧，於是周公始作爾雅以釋詁訓，孔子、子夏增修之。孔子作易傳、書序、論禮，子夏作詩序、禮喪服傳，七十子之徒作禮記，左丘明及子夏之徒作春秋傳，實爲後世經學之始。所以使遂古以來言語文字、典章經制、治亂興衰、譜牒世系，神聖相傳精言奧義、天道性命布在方策者，昭然著明於百世之下。至德要道、大經大法，舉而措之，天下裕如也。是故學以經爲主，經以學而明。

然孔子没而微言絶，七十子喪而大義乖。源遠流分，傳聞異辭。重以戰國縱横，楊、墨交亂，雖孟子闢之廓如，又值政、斯焚坑，陳、項驅除，漢定天下，然後儒者得修經業，師弟相傳，家法莫或淆雜。至於武、宣之世，五經大師蔚然踵起，章句並立學官。帝者尊儒術，用循吏，尚德教，緩刑罰，盪亡秦之毒螫，復三代之愷悌，元元之民各得安其性命，勝殘去殺，欣欣有樂生之心。然後天下皆知聖人之道所以仁覆萬世，美利無疆，歷二千餘年，無敢有公然離經叛道、非聖無法者，天下雖屢亂而可復治。

總覽古今，學術明晦盛衰與世運升降關係至切。斯道之在天下，無中絶之時。雖神州板蕩，禮樂分崩，必有好學樂道、艱貞不拔之士獨抱遺經，尋墜緒而維頽綱，守先王以待後學。而數百年之間，學派積久，異義紛出。且太虚之中，治亂之氣流通相殽，人心不能有正而無偏，即學術不能有純而無駁。心達而險、言僞而辯之徒，往往乘間竊發，以汩亂經義，流爲世禍，涓涓不息，將成江河。於時必有命世大才，道德、學問、文章絶類離倫豪傑之士起而别同異、明是非，彙衆説而折其中，息羣邪而反諸正，繼往聖絶學以開萬世太平。

故戰國時道術爲天下裂，而孟子稱堯、舜，學孔子，明王道，正人心，洙泗之教如日再中；荀卿勸學論禮，傳授羣經，功亦相亞。而毛公詩傳，文約道精，出於其間。漢初五經先師，若易之田生，書之伏生，詩之浮丘伯，禮之高堂生，春秋左傳之張倉，孝經之顏氏，皆自周末篤學潛修，更亂瀕危，保殘守闕，以待天下大定，傳之其人。由是楊叔、丁將軍、歐陽、夏侯、孔安國、申公、轅生、韓傳、小毛公、蕭、孟、后氏、胡毋生之等繼之，轉以相授。而董子以身通六藝、王佐之才，際人主尊經，推明孔氏，抑黜百家，遂開漢四百年經學政治之盛。然去聖久遠，軌轍寖殊，一易也，而施、孟、梁丘、京、費不同；一書也，而今古文不同；一詩也，而齊、魯、韓、毛不同；一禮也，而大、小戴、慶氏不同；一春秋也，而三傳不同；周禮故書及杜、鄭本，孝經古今文，論語魯、齊、古，亦頗岐出。雖所講者仁義，所守者聖法，天秩民彝同歸一致，而文字、訓義、名數之屬各習其師，惟達才通人乃能博稽詳擇，觀其會通。而守文之徒滯固所稟，黨同妒真，不求至是。東京之末，其弊滋甚，物腐蟲生，道將微而世亦衰。時則有名德大儒鄭君康成，囊括大典，網羅衆家，刪裁繁誣，刊改漏失，自是學者略知所歸。

魏晉以後，天下大亂，邪説文姦，清談誤國，作僞誣經，而聖人之道不絶，惟鄭氏禮學是賴。六朝禮議義疏，精研經義，輔翼名教，風雨雞鳴，碩果不食，孝行儒風，肫肫藹藹，遂啓河汾之學，佐唐貞觀之治。魏文貞勸太宗行仁義，致隆平，尊顯儒術，敕孔穎達等撰五經正義，而陸德明、賈公彦、楊士勛並通儒碩學，先後論著，頒列黌序，傳習至今。雖易、書、左傳用注失當，而大較猶本鄭、服，未離其宗。

先是，俗儒以秦隸書説字解經，迷誤不諭，許君叔重作説文解字以述倉頡、史籀、孔壁古文之義，至唐立學課士，後世言文字者皆祖述之。蓋聖文神恉達於洨長，聖經元意述於司農，二君之書實惟經學正宗。但唐自正義頒校官、著功令，學者往往依傍其文、剽掠其説，以趨利禄之途。辭賦家更不深求經義，駢儷塗澤之文，意爲辭掩。昌黎韓子乃強學力行，沈潛乎訓義，磨礲乎道德，而奮發乎文章。觀其議禮諸篇，於鄭學蓋甚深，潛心六經、孟子，以及周秦古子、兩漢之書，揭聖人立教之要在仁義道德、人倫政治，使人相生養之道。法孟子以承聖學，誦伯夷以勵士節，實開宋范文正、司馬文正儒行相業，周、程、張、朱理學之先。而朱子解經，體會辭意，纖微不爽，言明且清，俾後覺一覽而悟，其法實自韓文而來。

秦火之厄，先王之法盡滅，故漢儒務發明經訓以興王道。五季之衰，人心陷溺已極，故宋儒務闡揚義理以覺民迷。自宋初敕邢昺、孫奭等校補經疏，儒學蔚興。而濂溪、明道、伊川、橫渠諸賢，以躬行心得、窮理儘性之學爲人倫師表。朱子集其大成，極畢生之力作四書章句集注，窮性道之奥，嚴誠僞之辨，判義利之界，明邪正順逆之分。宋末以來家絃户誦，明代用以取士，而三綱四維、凡民皆知，盡忠蹈仁、志士接踵，氣節之盛與東漢等。周禮師儒以道得民，其效大彰明較著矣。

然周、程、張子之學，實皆自熟讀注疏、博學反約、含咀英華而出。朱子尤覃研羣經，服膺鄭君禮學，其於國家治亂、民生休戚之實，無不講求有素。而末學失真，避難就易，高語精微，不求實事，處常無輔世長民之具，處變無禦灾捍患之方。亭林顧先生當貞元之會，慤惻當世，大振頹風，其學以「行己有恥，博學於文」二語爲主，實握經明行修、通經致用之要，自文字、訓詁、聲韻、名物、度數、禮樂、刑政、性與天道、微言大義以及郡國利病、山川險要、士風民俗，細無不包、大無不舉，而處心光明正大，廓然有斯人吾與吉凶同患之意。雖耿耿孤忠繫心先代，皦皦大節不事二姓，而著書立言中正平實，絶無過激險怪之論貽患來世。學派既開，英儒宏彦翕然宗之，式古訓、講實學，以求儒效。恭逢景運中天，列聖郅治，御纂、欽定諸經，同符堯、舜、周、孔，彝教迪民，洪化育才。經師大儒雲會星聯，承流宣風，修學興道。於是易有惠、張、姚氏，書有江、孫、段、王，詩有二陳、馬、胡，禮有江、戴、金、張、淩、胡，春秋有惠、顧、孔、陳、鍾氏，孝經、論語、孟子有阮、劉、焦氏，爾雅、説文有邵、郝、段、桂、王氏，羣經通義有阮氏、陳氏，皆博極古義、精發聖言，自七十子以至漢儒千載垂絶之學一旦昭炳光明。而湯文正、陸清獻、張清恪諸公以理學名德光輔聖治，曾文正、胡文忠、左文襄諸公以博學達政底定中原。蓋我朝德厚侔天地，教澤溥四海，人識尊親，家敦詩、禮，學術之純，人才之盛，千古未有也。

然陰陽倚伏，平陂相因，氣運循環，崇極而圮。當經學極盛之時，異説已萌，通人或蔽，浸淫不已，流弊兹多。故茂堂段氏之言，深歎當時後生一知半解，謏聞動衆，自謂所學遠跨宋儒，而置身心倫物無何有之鄉。又謂專講漢學，不講宋學，乃今日世道之大憂。東塾陳氏之言曰：「鄭君之學，中正無弊。學漢儒之學，尤當學漢儒之行。國朝考據之學源出朱子，不可反詆朱子。」先黄元同師之言曰：「乾嘉之間，學者祧宋學而宗漢學，得處多，失處少。道咸之間，又祧東漢之爲古文學者而宗西漢之今文家，得處少，失處反多。」夫宋學末流空言荒經，無本無用，矯其弊可也，而并譏程、朱則謬矣。今文舊義，捨遺訂墜，録而存之可也，而巧借單文孤證以力攻古文家通儒考定之説則謬矣。譬諸農夫，今文家如大凶荒後穀種僅存，初從事南畝；至古文出而藏穀所得漸多，千耦其耘，田功乃備。漢儒耕之，唐儒穫之，宋儒舂揄簸蹂而精之，非相違也而相成也。若不念先疇之勤勞，而妄以揠苗害田稚，以烏附易黍稷，其不至於烝民不粒者幾希。爲學而不由先儒成訓求先聖之道，體諸身、達之天下，而徒挾求勝古人之見，惟怪欲聞，自是其妄。既薄理學爲土苴，又以講肄鄭學爲蹈常襲故，且苦詩箋、禮注完然具存，必專久讀疏乃通，而喜今文家遺説無多，可憑臆穿鑿，驚世盜名。攻注不已，進而疑經，進而非聖。由是壞法亂紀，斁綱斁倫，犯上作亂，無所忌憚。經術亂而人心亂，人心亂而天下亂矣。

三代之學莫盛於周，而其後邪説特甚。漢、唐以來之學莫盛於我朝，而今日邪説更甚，豈極盛之後必推至大衰，衰既極而後可復盛，理勢然耶？元弼幼承父師之訓，知人所以異於禽獸在倫理，而倫理之本在忠孝。弱冠前後出入十年，博觀羣經注疏、各家之説，專力尤在禮。每日夙興，必讀孝經、論語，沈潛既久，竊窺要旨，以爲聖人生養保全天下生民之道在愛敬，自天子至於庶人，各推愛親敬親之心以愛人敬人，則和睦無怨，禮達分定，上下相安，天下國家永治無亂。本父子，定君臣，人倫明，王道浹，此天地之經緯，民之所由生。易所謂「乾以易知，坤以簡能」，極萬世之變易而歸於不易；詩、書所稱功烈休德；春秋所以撥亂反正，其道惟一。先王先聖著之爲經，後王後賢以之爲學。歷觀古今百家，以爲鄭君、朱子集經學、理學之成。理學從經學出，政治從聖經義理出。而慨夫綴學之士不達道本、不務躬行，其尤甚者，譎觚奇衺，決裂禮坊，謬種流傳，變本加厲。遂至詆鄭君所注及所傳諸經本存於世者皆爲僞，而惟借公羊家有爲言之非常異義可怪之論以誣先聖而蕩衆心，其勢必爲天下大患。私衷惻然憂之，不揆檮昧，竊以息邪距詖自任。通籍後，應閣師張文襄公聘，相與商榷抑洪撲燎之方。公既爲勸學篇，又屬元弼編十四經學。先爲原道、述學、守約三篇，以提其綱。又與執友梁文忠公同編經學文鈔，所録皆發揮大義、通貫源流之文。蓋大義明則人心正，而反易天常之禍息；源流辨則師承著，而矯誣聖經之奸破。述學之詩，正此志也。

然而匪風、下泉，悲愈深矣；天問、哀郢，窮無告矣。茫茫大地，五帝三王將大去其天下，而書種將絶乎？悠悠蒼天，横目之民將化爲猿鶴、淪爲梟獍，而人種將絶乎？予不得已，冀存書種以存人種。上溯伏羲以至孔、孟作者之聖，漢初以及近儒述者之明，君子由之吉，小人悖之凶，天下由之則治，不由則亂，已試之效，不易之定理。總平生所讀之書，提其綱要，明其得失，推論世變，發抒心胸。放故侍講葉鞠裳前輩藏書紀事詩之例爲七言絶句，竊取小雅之義，其言有文，其聲有哀，俾吟詠之閒，抑揚反覆，足以感發人之善心。而韻語易記，治經綱目具在，興藝樂學，事半功倍。庶幾吾黨小子識之，凡百君子聽之。當時仲兄屢趣作注，前年伯兄猶復言及，今常棣華殘，桑榆景迫，急抒心得，黽勉成之。

二十餘年歌哭無端，序大意既畢，乃廢書歎曰：自古天下之亂，經術之厄，莫如暴秦，而今更倍蓰過之。秦所焚者，簡策之書；今所焚者，人心之書。當春秋、戰國亂賊橫行，詖邪交作，孔、孟起而救之，生民之禍猶如此，况在今日。如之何！如之何！自漢以來，天下屢亂，而要君無上，非孝無親，非聖無法，從未有如今日之極者。自古易姓改物不知其幾，從未有二百數十年深仁厚澤，無絲毫失德於民，而大盜移國，羣狂喪心，孑遺黎民水深火熱、糜爛不救，如今日之極者。蓋風俗人心百年必世養之而不足，一朝一夕敗之而有餘。痛乎庸臣誤國，因噎廢食，變法而釃其本，同流以從於邪。學術一謬，貽害至此。如之何！如之何！

既而幡然改曰：天下亂由人心亂，人心亂由學術亂，則正人心以正天下，亦在乎正學而已矣。學術亂由經義亂，則正學術以正人心，亦在乎正經而已矣。乾坤無或息之時，禽獸逼人，堯憂終釋；澆殪惡稔，禹積重光。地雖不寧，天則永清。班孟堅説建武之事曰：「四海之内，更造夫婦，肇有父子。君臣初建，人倫實始。」績善餘慶，天理不爽；舊邦新命，徯志丕應；下人號而上述，上帝懷而降鑒。必有王化復行，起太學，建三雍，立五經十四博士，講藝白虎觀，如石渠故事之一日。請以我所述者俟之。

康德五年六月卦氣直鼎，賜進士出身、誥授中憲大夫、翰林院編修加二級吴縣曹元弼書於復禮堂，時年七十有二

# 凡例

一、是書所述皆經學，經學明而後百氏之書有折衷，萬方之略有根源，博物多能，智勇辯力，皆以禦亂而不爲亂，生人而不殺人，立功立言，一歸忠孝，故學以經爲大本。

一、經之所重在義，記曰：「禮之所尊，尊其義也。」故是書每經首明大義。經必由師以傳，漢書曰：「説經者誦先師之言，非從己出。」故每經詳敘源流。治經有一定之軌轍，今擷別各家，取其師傳最正、説義尤精者，約舉書目，列每類後。

一、學以明倫，聖人人倫之至，正經所載古聖行事皆天經地義、人倫之正，足法萬世，而傳記緯候每多異説。如文王受命自天見於經，正也；而緯家有改元稱王之説，則戾於論語三分服事之訓。武王伐紂救民見於經，正也；而逸書有三發懸旗之事，則甚於樂記聲淫志荒之疑。其尤謬者，孔子作春秋，正名分，討亂賊，而公羊家有黜周王魯之説，顯與論語「爲東周」、中庸「吾學周禮，憲章文武」之文大悖。在漢儒本以繼周而王之法託之春秋，欲引其君盪亡秦之毒螫，復三代之善治，救世苦心，當時有益。而不意後世堅僻之學張大其辭，包藏禍心之徒遂借以亂經誣聖、迷國誤朝、壞法擾民，其禍輾轉蔓延不可收拾。履霜堅冰，殃來有漸，由辯之不早辯也。今皆據正經伸大義以祛來惑。

一、聖人之言洞視萬古，國家禍敗，千載上不啻已大聲疾呼。余每讀易至「小人勿用，必亂邦也」，讀詩至「枝葉未有害，本實先撥」，讀大學至「長國家而務財用，必自小人，菑害並至，雖有善者，無如之何」，及其他沈痛之言不可勝數，未嘗不掩卷流涕。今引申經義，箴砭時弊，俾從政者知所鑒焉。

一、每經通例爲大義所由著，余撰十四經學，首明例，次要旨，今提挈宏綱，俾學者得門而入，心目開朗，於力則鮮，於思則寡。

一、治經必明家法。自七十子後學者以至漢儒，本末源流見史、漢儒林傳、鄭君六藝論、陸氏經典釋文敘録，燦然分明。余向有釋文敘録考正，今掇其要，更詳加稽覈，著於篇。

一、經非注不明，注非疏不明，而各經注有臧否，疏有優劣。國朝諸儒善承注疏之學，補苴罅漏，張皇幽渺，探賾索隱，墜緒復舉。陳蘭浦先生語門人云：「國朝經師皆造五鳳樓手，余特爲諸君置五鳳樓梯耳。」兹并論次古今，辨章得失，使經義無岐，以便學者升階。

一、儒者讀聖人書，務在躬行，若言與行反，即爲聖經罪人。是書於古今諸儒，論其學必論其行，行之不臧，雖博聞強識、雅達廣覽，不過一藝專長，何足千載取法。試觀劉歆之學非不逮其父，而後世皆推仰中壘、吐棄國師。馬融之學未必遠遜鄭君，而南郡爲當時正直所羞，北海爲百世師儒之冠。故曰經師易得，人師難求。實則修名不立，適以玷辱聖經，何足爲經師。讀聖賢書所學何事，敬告儒林，顧名思義。

一、王肅、王安石輩離經叛道，流爲世禍。今日邪説，尤爲暴行先驅。特嚴辯之，以塞亂源。

一、所舉各書皆治經正軌，學者由此研求，庶不誤入岐趨。

一、所列各本皆取通行本中善者，若宋元孤本希世罕見，自有藏書家著録，今皆不列。國朝經師書，余少壯所讀多據經解兩編，其原刻單行本，敝篋有其書，及曾在友人處繙閲，記憶明審者著之，記不甚審則但注經解本。

一、是書雖直抒心得，然引用各書皆檢閲原本，其直引本文者稱「某氏曰」，有删字、無增字，其撮舉大意者則稱「某氏謂」，一如元弼所著他書之例。凡元弼所著書，無敢有一字虚浮草率，使學者疑誤，是亦區區尊重聖經、愛敬來哲之心也。

一、元弼稟承家訓，服膺師傳，又獲覯乎在位通人、處逸大儒，尊聞集益不敢忽忘，論學精言敬載注中。近日友朋及弟子或以見聞所及相示，皆題著其説，無或掠美。論語曰「友多聞」「樂道人之善」，記曰「辨言之樂不下席」，隨文記録，庶幾此意。

一、詩作於宣統丁巳，注作於康德丙子，中更疾病患難，至戊寅夏始成。亂離倉猝，謄清本及校正新刻樣本各散失數卷，幸初稿具在，書版完善。論撰既畢，與從母弟金智詮廣文、及門嚴鹿苹、王欣夫兩弟覆更對勘，詳悉審正。目瞑意倦，至秋始竣。經義淵深，自愧檮昧，恐多差忒，庶有達者理而董之。

# 復禮堂述學詩卷一　述易

## 一

蒼牙先覺獨通靈，大啓文明焕日星。
皇策既垂人紀定，百王千聖奉天經。

易緯通卦驗曰：「蒼牙通靈。」案：蒼牙謂伏羲，伏羲以木德王，應帝出乎震之象。蒼，木色。牙同芽。伏羲繼天立極，作八卦，定人倫，萬世治法由此萌芽，故稱蒼牙，猶木官名句芒也。「通靈」，繫辭傳所謂「通神明之德」。

文言傳曰：「見龍在田，天下文明。」案：文明對草昧言。天造草昧，治始於伏羲。

民自無禮而有禮，自無別而有別，是謂文明。文明者，人之所以別於禽獸。禽獸無倫理，故昏亂；人有倫理，故文明。伏羲作八卦，通德類情，所以開萬世文明之治。

孔氏穎達周易正義八論引乾鑿度曰：「垂皇策者羲。」案：「策」謂蓍策，生蓍倚數，立卦之本，詳元弼所爲周易學明例。

焦氏循易圖略原卦曰：伏羲氏之畫卦也，其意質而明，其功切而大。陸賈新語云：「先聖乃仰觀天文，俯察地理，圖畫乾坤，以定人道，民始開悟，知有父子之親、君臣之義、夫婦之道、長幼之序，於是百官立，王道乃生。」白虎通云：「古之時未有三綱六紀，民人但知其母，不知其父。於是伏羲仰觀象於天，俯察法於地，因夫婦、正五行，始定人道，畫八卦以治下。」譙周古史考云：「伏羲制嫁娶，以儷皮爲禮。」伏羲之前有男女而無定偶，則人道不定；伏羲定人道而夫婦正、男女別。」繫辭傳云：「天尊地卑，乾坤定矣。」序卦傳云：「有天地然後有萬物，有萬物然後有男女，有男女然後有夫婦，有夫婦然後有父子，有父子然後有君臣，有君臣然後有上下，有上下然後禮義有所措。」所以明伏羲定人道之功也。知母不知父，則同於禽獸。父子君臣上下禮義必始於夫婦，則伏羲之定人道不已切乎？以知識未開之民，圖畫八卦以示之，而民即開悟，遂各遵用嫁娶，以別男女而知父子，非質而明能之乎？故在後世，觀所畫之卦，陰陽奇偶而已。而在人道未定之先，不知有夫婦者知有夫婦，不知有父子者知有父子，人倫王道自此而生，非聖神廣大何以能此？然則伏羲之卦可知矣，爲知母不知有父者示也。故乾坤定位，而後一索、再索、三索以生六子，有父子而長少乃可序，吾知伏羲之卦必首乾而次坤。或謂伏羲之卦爲連山，連山首艮，是仍無父之子矣。伏羲不爾也。案：伏羲之卦固當首乾，但連山首艮別有取義，不得如焦氏所譏。故傳云「天尊地卑，乾坤定矣」，明伏羲之卦首定乾坤也。乾坤生六子，六子共一父母，不可爲夫婦，則必相錯焉，此六十四卦所以重也。猶是巽之配震也，坎之配離也，兑之配艮也，在三畫則同一父母之所生，在六畫則已爲陰陽之相錯。相錯者，以此之長女配彼之長男，以彼之中男、少男配此之中女、少女，一相錯而婚姻之禮行、嫁娶之制備。八卦成列，因而重之，吾於此知伏羲必重卦爲六十四。或謂伏羲但作八卦不重卦，則所以制夫婦之禮即用一父母所生之男女矣。伏羲必不爾也。故傳云「有男女然後有夫婦」，不贊於乾、坤而贊於咸、恆，明伏羲之定人道、制嫁娶，在相錯爲六十四也。孔子於序卦明男女之有夫婦，而於伏羲作八卦統其辭，云「通神明之德，類萬物之情」，「六爻發揮，旁通情也」。旁通情即所以類萬物之情，可知卦之旁通自伏羲已然，非旁通無以示人道之有定而夫婦之有別也。情性之大，莫若男女。人之性孰不欲男女之有別也？方人道未定，不能自覺，聖人以先覺覺之，故不煩言而民已悟焉。民知母不知父，與禽獸同。伏羲作八卦而民悟，禽獸仍不悟也。此人性之善所以異乎禽獸，所謂神明之德也。民之性在飲食、男女，制嫁娶使民各有其偶也，教漁佃使民自食其力也。聖人治天下，不過男女、飲食，爲之制嫁娶、教漁佃，人倫正而王道行矣。神農、黄帝、堯、舜踵此而擴充之，文王、周公、孔子述此而闡明之，所以參天地、贊化育者非它也，易簡而天下之理得矣。「非它」以下十二字今易。

案：焦氏此説深得作易垂教之旨。天地之性人爲貴，伏羲本天道定人紀，别夫婦以正父子之本，實明王孝治天下之始，禮之所由起。孝經曰：「夫孝，天之經也，地之義也，民之行也。」春秋傳曰：「夫禮，天之經也，地之義也。」其義皆自大易而來。

## 二

十言八卦兼消息，可見庖羲卦已重。
立本剛柔推變化，潛升貞利妙亨龍。

重卦之人，說者不同。虞仲翔傳孟氏易，謂伏羲畫八卦，即重爲六十四。繫云：「八卦成列，因而重之。」明是八卦既成，即重爲六十四。繫又云：「庖犧氏始作八卦，以通神明之德，以類萬物之情。」萬物即六十四卦、萬一千五百二十策，所謂「二篇之策萬有一千五百二十，當萬物之數也」。伏犧重卦，聖傳明文。鄭君稱虙羲作十言之教，曰乾、坤、震、巽、坎、離、艮、兑、消息。朱震漢上易傳引。六十四卦之體以八卦括之，三百八十四爻之往來以「消息」二字括之。消息者，設卦既備，推剛柔以生爻之事。虙羲立消息，則已重卦明矣。孔氏云：「鄭玄之徒以爲神農重卦，蓋爲鄭學者推衍之說，非鄭注本文。」元弼於周易學及周易鄭氏注箋釋論之詳矣。

繫曰：「剛柔者，立本者也。」又曰：「剛柔相推而生變化。」包羲既作八卦，重爲六十四，天道備、人倫正，於是觀日月之行。以乾坤十二畫剛柔相推，立消息十二卦；以十二消息剛柔相之，通變神化，覆成六十四卦，而天運循環、人事吉凶之由靡不章著。詳周易學明例。

揚子法言問明曰：「亨龍潛升，其貞利乎？或曰：『龍何如可以貞利而亨矣？』曰：『時未可而潛，不亦貞乎？時可而升，不亦利乎？潛升在己，用之以時，不亦亨乎？』」案：此消息之義。

三

憂患生民演六爻，懿文畜德自西郊。

首乾始復庖羲舊，大義連歸未可淆。

繫曰：「作易者其有憂患乎？」謂文王。

淮南子要略云：「伏羲爲之六十四變，周室增以六爻。」高誘注云：「周室謂文王也。」姚氏配中周易學贊元云：「據此是文王增爻。」

小畜彖辭曰：「自我西郊。」劉子政上疏曰：「周文開基西郊。」

象曰：「小畜，君子以懿文德。」

法言問明曰：「盛哉，文王淵懿也。重易六爻，不亦淵乎？浸以光大，不亦懿乎？」

乾用九：「見羣龍無首，吉。」宋氏說：「純陽天德，萬物之始，莫之能先，故曰無首吉。」易鄭注箋釋曰：「此周易首乾之大義。蓋連山首艮取以人事平地成天，歸藏首坤取撥亂反正，皆一王之時義，非萬世通訓。周易始復伏羲之次，首乾次坤，崇天卑地，扶陽抑陰，君君臣臣、父父子子、夫夫婦婦，正人倫、明王道，爲萬世法。繫辭所謂天尊地卑而乾坤定。乾元首出，任賢君民，天下平治，故吉也。」周易學解紛曰：「伏犧之卦首乾，神農更之而首艮，是曰連山。後世因稱連山氏，亦稱列山氏。黄帝又更神農之次而首坤，是曰歸藏，後世因稱歸藏氏。禹因神農之次而繫之辭。湯因黄帝之次而繫之辭。文王始復伏犧之次而繫之辭，又加以六爻，謂之周易。三易皆神聖所作，故周公並列之太卜。

但連山、歸藏非伏犧原次，周易依伏犧原次。連山、歸藏有彖無爻，其文略；周易有彖復有爻，其道備。三易之有周易，猶三正之有夏時，四代樂之有韶舞，皆聖道之造極者。且孔子志文王、周公之志，故專贊周易云。」

# 四

詩稱王室著周南，演易明夷至理涵。
服事孤忠正名分，庖羲位五自居三。

詩汝墳：「王室如燬。」箋云：「是時紂存。」史記太史公自序曰：「昔西伯拘羑里演周易。」易明夷象曰：「内文明而外柔順，以蒙大難，文王以之。」象曰：「君子以莅衆，用晦而明。」案：文王蒙難而作易，以啓萬世文明，用晦而明，莫大於此。易鄭注箋釋序曰：「殷之末世，紂爲無道，文王以聖德爲天命人心所歸，三分天下有其二，撫殷之叛國，命三忠以奉勤於商。羑里之難，致命遂志，困而不失其所亨。王臣蹇蹇，匪躬之故，哀殷命之將訖而莫之挽也，憂生民之倒懸而莫之解也。日見暴主作威無藝，萬姓離心，諸侯背叛，懼民彝之從此大泯亂也。於是深觀天人之故而演易，上本包義設卦垂象之意，首乾次坤，以顯天道、正人倫，原始及終。類序六十四卦，著天下治亂、人事得失，天命靡常、禍福由己，必然之驗。推三百八十四爻剛柔而生變化，窮極陰陽消息、幽明之故、死生之説、鬼神之情狀，以範圍天地之化，曲成萬物。和順於道德而理於義，窮理盡性以至於命。每卦觀其象而繫之辭，以明吉凶悔吝，知周萬物而道濟天下，是謂周易。文王之書易也，繫包義於乾五而自居乾三，曰『君子終日乾乾，夕惕若』，爲臣止敬，懼以終始也。於坤五曰『黄裳元吉』，明當降乾二，忠順之至也。於晉曰『康侯用錫馬蕃庶，晝日三接』，順而麗乎大明，事暴主與事聖主同也。於明夷曰『利艱貞』，身雖蒙難，猶望箕子之貞也。雖其道甚大，初不限於一時一事，而惓惓至忠，情見乎辭。欲祈殷命而濟生民，一卦一爻之中三致意焉。故夫子三陳九卦，反覆贊歎，以明聖人人倫之至，而稱之爲至德。詩曰『文王之德之純』，此之謂也。」

虞仲翔繫辭注云：「文王書經，繫庖羲於乾五。」「易之興也，其於中古乎」注。又云：「文王居三。」「亢龍有悔」節注。

# 五

坤貞牝馬吉黄裳，地道无成得主常。
九卦三陳西伯志，二篇序意此提綱。

坤：「利牝馬之貞。」乾爲馬，牝馬之貞，言順乾之正也。侯氏曰：「誠臣子當至順。」「六五，黄裳元吉。」謂坤凝乾元，乾元正位，則降二承之。干令升曰：「陰登於五，柔居尊位，言必忠信，行必篤敬，然後可以取信於神明，无尤於四海。」繫辭傳歷陳履、謙以下九卦之德，九家易曰：「西伯勞謙，殷紂驕暴，臣子之禮有常，故創易道以輔濟君父者也。然其意義廣遠幽微，孔子指撮解此九卦之德，合三復之道，明西伯之於紂不失上下。」案：聖人之情見乎辭，文王序二篇之卦而繫之辭，以明天道人倫，爲臣止敬、視民如傷之意隨處可見。夫子舉九卦之德以明之，而其餘可隅反矣。此所陳上經三卦、下經六卦，數適相對，實文王次序之精意，胡氏炳文始言之，御纂周易折中乃盡發其緼。

六

乾坤辭並文王制，餘卦爻辭公旦成。
兩字文言區别審，當名可見聖人情。

卦辭、爻辭，孔氏謂鄭學之徒以爲並文王作，馬融、陸績以爲卦辭文王、爻辭周公。易學解紛曰：「孔以卦辭、爻辭並文王作之説屬諸鄭學之徒，則非鄭注本文。蓋鄭先通京氏易，又注乾鑿度。神農重卦，京氏易説；易歷三聖，乾鑿度説。故鄭學之徒皆依用之。考孔子於六十四卦通爲彖傳、象傳，而於乾、坤二卦又别爲文言傳。『文言』名義説者不一，惟惠氏棟節取梁武帝義，以爲文王之言，最爲得之。易是文王所作，六十四卦孰非文言？而孔子特目乾、坤二卦爲文言，一若六十四卦同名彖、象而不得同稱文言者。且上繫七爻，下繫十一爻，亦文言之類而不入之文言。然則六十四卦彖辭、爻辭，孔子不皆以爲文言也。蓋夏、殷易有卦無爻，文王演易，既作卦辭謂之彖；又分别每卦之六畫，觀其變動，謂之爻；而於乾、坤二卦繫之辭以爲例，自屯以下則周公續成之。乾、坤卦爻辭皆文王作，故仲翔謂文王書經繫庖犧於乾五。屯以下卦辭文王、爻辭周公，故爻辭中多文王後事。孔子名乾、坤卦爻辭爲文言以别於屯以下之不盡文言。文言之義明而卦辭、爻辭之誰作定，文王服事之至德益彰，聖人正名辨物旨深而用大矣。」

# 七

龍出滎河八卦彰，麟傷大澤十篇詳。
羣言淆亂衷諸聖，觀象玩辭有典常。

易正義序曰：「龍出於河則八卦宣其象，麟傷於澤則十翼彰其用。」案：周衰教失，易道榛塞，至孔子作十翼而前聖繼天立極、開物成務、崇德廣業之大義昭昭揭日月而行。萬世學者求象釋辭，於是折衷，傳所謂既有典常也。漢書謂費長翁以十篇解説上下經，此治易之定法。凡古今百家以十篇説易者，皆是也；其舍十篇而自爲説，或穿鑿十篇以強就其私智者，皆非也。

八

知化窮神盡變通，一言以蔽曰時中。
羲和測日禹行水，萬古彪蒙賴聖功。

惠氏棟易尚時中説曰：「易道深矣，一言以蔽之曰時中。孔子作彖傳，言時者二十四卦，言中者三十五卦；象傳言時者六卦，言中者三十八卦。其言時也，有所謂時者、待時者、時行者、時成者、時變者、時用者、時義時發時舍時極者；其言中也，有所謂中者、中正者、正中者、大中者、中道者、中行者、行中者、剛中柔中者。而蒙之象則又合時中而命之。蓋時者舉一卦所取之義而言之也，中者舉一爻所適之位而言之也。時無定而位有定，故象多言中少言時。然六位又謂之六虛，唯爻適變，則爻之中亦無定也。位之中者惟二與五，漢儒謂之中和。揚子法言曰：『立政鼓衆莫尚于中和。』又云：『甄陶天下，其在和乎？龍之潛亢，不獲其中矣。是以過則惕，不及中則躍，其近於中乎？』注云：『二五得中，故有利見之占。』太玄曰：『中和莫尚于五。』故象傳凡言中者皆指二五，二尚柔中，五尚剛中，五柔二剛亦得無咎。二與四同功而二多譽，三與五同功而五多功，以其中也。孔子晚而好易，讀之韋編三絶而爲之傳，蓋深有味于六十四卦、三百八十四爻時中之義，故于彖傳、象傳言之重、詞之復。子思作中庸，述孔子之意而曰『君子而時中』。孟子亦曰：『孔子聖之時。』夫執中之訓肇于中天，時中之義明于孔子，乃堯、舜以來相傳之心法也。其在豐彖曰：『天地盈虛，與時消息。』在剥曰：『君子尚消息盈虛，天行也。』文言曰：『知進退存亡而不失其正者，其惟聖人乎？』皆時中之義也。知時中之義，其于易也，思過半矣。」

易學明例曰：「易象見春秋傳頗詳，至其所以爲象則絶無文。蓋孔子讀易，韋編三絶，始發凡起例，創通大義，以示萬世。前此微言奥義湮絶無傳，失其義、陳其數，以爲卜筮之用已耳。故繫辭明之曰：『夫易何爲者也？夫易，開物成務，冒天下之道，如斯而已者也。』又曰：『夫易，聖人之所以崇德而廣業也。』又曰：『夫易，聖人之所以極深而研幾也。』易有聖人之道四，而卜筮其一。又諸章屢以易之爲書發端，明易者聖人之大道，而卜筮其一隅。易之爲易不明於天下者久，故爲之反覆提撕以著明之。子曰：『書不盡言，言不盡意。』聖人之意其不可見乎？聖人之情見乎辭，而其辭文、其旨遠。如傳所稱三才、六位、中正、變、應、互、據、承乘、消息、上下之等，求之經文雖觸處皆是，而未嘗一質言之。藉非聰明睿知之聖，加以好古敏求之功，安能於人亡道息之後據至簡至奥至變之文，推明義例，批卻導窾，使萬象一貫，昭昭揭日月而行乎？居今日而言易例，雖叵復見遠流，其詳可得略説。當孔子時，則如羲、和之測天行，在歷法未建之時；大禹之辨地脉，在洪水懷山之日；雖天縱之聖，猶必韋編三絶而後彬彬焉。後人或疑十翼非夫子作，其妄固不待辯。近焦氏循又謂如先儒舊解則易道初無難明，韋編何待三絶，此尤大謬之説，不顧是非，不知難易深淺，徒欲以私智穿鑿聖文、破壞古義，大爲經學風氣之害，且啓人心不靖之憂。孟子曰『所惡於智者，爲其鑿也』，此之謂矣。焦氏易學惟原卦一篇獨得要領，餘率以巧慧自誤，且貽誤後人，今分别論之。」

蒙九二「苞蒙，吉」，鄭注云：「苞當作彪，彪，文也。」

## 九

惟初太極即乾元，兩地參天既濟原。
八卦日辰行不息，盈虚出入易之門。

繫曰：「易有太極，是生兩儀。」虞注云：「太極，太一也。」又曰：「一陰一陽之謂道。」又曰：「陰陽不測之謂神。」

乾鑿度曰：「太易者，未見氣也。易无形畔，易變而爲一，一變而爲七，七變而爲九。九者，氣變之究也，乃復變而爲一。一者，形變之始，清輕者上爲天，濁重者下爲地。物有始、有壯、有究，故三畫而成乾，乾、坤相並俱生。物有陰陽，因而重之，故六畫而成卦。」張氏惠言周易虞氏消息曰：「易无形畔者，太易也，未見氣也，一、七、九曰氣變。說文解字之義，惟初太始，道立於一，二三四皆从積數，四，古文作亖，其从卯，象四方分布，蓋非初義。按：从卯，「从」當爲「作」，下从乂同。五象交午，古文从乂。六从入而八分，七象氣出於一，初動屈而直出，說文以爲微陰，非也，當爲微陽。按：說文陰字蓋傳寫之誤，許君偁易孟氏，無不知七爲少陽之理。八象分別相背之形，九象屈曲究盡，十象氣具四方中央。易變而爲一者，太易動而有氣也，積三午五動七而上出，故曰一變而爲七、至九而究盡，故曰七變而爲九。陰陽之氣相並俱生，易變而爲一，則二亦生矣，積三交乂而動，一變而七，則二亦變而爲八矣。陽動而進，陰動而退，七上出，八當下入，故八象分別相背也。七上究而九，則八亦下究而六矣，故六从八入也。五交於中，十則具焉。函三爲一，故復變而爲一。此一爲形變之始，是爲太極。分爲天地，則太極之氣出陽入陰，變天化地，以生萬物，是乃所謂易也。太極雖兼有陰陽，然陰不自生，麗陽而生，故言一、七、九，不言二、八、六也。太極不可見，以其主乎天，故指太一以況之。鄭氏云：『太一者，北辰之神名，居其所曰太一，常行於八卦日辰之間曰天一。』常行於八卦日辰之間即變化消息也。太極之行又不可見，日月相運而成四時、二十四氣、七十二候，是太極變化之迹，故謂之神，神即太極也。自太一居所則謂之道，一陰一陽，一、二、七、八、九、六是已。易者，合道與神而名太極者也。聖人以三畫象一、七、九而謂之乾，即太極也。既立乾，然後效之而爲坤，則以乾象天、以坤象地。七、九象陽之氣，八、六象陰之氣，而以一爲乾元，故曰天下之動貞夫一者也。其在爻則爲復初，二麗於一。一爲乾元則二爲坤元，乾元統天，坤元順承天，則坤元亦乾元所統。此五語今易。乾元之氣正乎六位則謂之道，即太極之正也；行乎陰陽、出入變化則謂之神，即太極之行也。」案：三畫成乾，以坤兩之，一陰一陽。太極之正即既濟之位，六十四卦所以皆當成既濟，復太極本體，人皆可以爲堯、舜也。日月相推，寒暑相推，太極之行即消息之時。元氣出乾入坤，終則又始，以生萬物。乾、坤所以爲易之門，而君子尚消息盈虛、自強不息以法天行也。虞氏言消息，此其本。

## 一〇

易尚中和贊化育，乾坤升降各三爻。
推爻萬變同歸極，品物咸亨天地交。

乾：「元亨利貞。」惠氏周易述曰：「乾六爻二、四、上匪正，坤六爻初、三、五匪正。乾道變化，各正性命，保合太和，乃利貞。傳曰：『利貞，剛柔正而位當也。』」又曰：「經惟既濟一卦剛柔正而位當，乾用九、坤用六，成既濟定，中庸所謂『致中和，天地位焉，萬物育焉』是也。」文言：「雲行雨施，天下平也。」荀慈明注曰：「乾升於坤曰雲行，坤降於乾曰雨施，乾、坤二卦成兩既濟，陰陽和均而得其正，故曰天下平。」惠氏易漢學曰：「荀慈明論易，以陽在二者當上升坤五爲君，陰在五者當降居乾二爲臣，蓋乾升坤爲坎、坤降乾爲離，成既濟定則六爻得位，利貞之道也。」

姚氏曰：「乾二之坤五、四之坤初、上之坤三，成一既濟；坤初之乾四、三之乾上、五之乾二，亦成一既濟。所謂各正性命。」乾九四案。

文言：「六爻發揮，旁通情也。」陸公紀注曰：「乾六爻發揮變動，旁通於坤，坤來入乾，以成六十四卦，故曰旁通情也。」

案：乾升坤降，義主二、五，蓋乾二升坤五正上坎，坤五降乾二正下離，合之即既濟，所謂天尊地卑乾坤定也。由是乾四之坤初、上之坤三，坤初之乾四、三之乾上，所謂地氣上躋、天氣下降，皆乾元、坤元二五升降之用。且如是則六爻得位，一陰一陽，陽倡陰和，與陽升陰降義亦同。二卦成兩既濟，成己成物，繼明長治之象。由乾、坤交通而出六十四卦消息，發揮旁通，反覆相受。或兩象互易，升降无常，唯變所適，而每卦皆當成既濟，復太極本體，一如乾、坤六位。泰九二升五，象曰「天地交而萬物通也」，是成既濟之準。荀氏言升降，此其要。

荀又於需、升二卦謂内卦當升外卦之上，此觀象玩辭別取時義，非升降通例。

## 一一

日月在天成八卦，易函三義豈難知。
乾元變化坤貞吉，禮效天尊法地卑。

虞氏繫注曰：「日月在天成八卦。」

鄭君易論、易贊曰：「易一名而函三義：易簡，一也；變易，二也；不易，三也。」箋釋曰：「三義之著莫如日月，日以照晝，月以照夜，有目共見，易簡也。長短分至、晦朔弦望，周流不已，變易也。日月運行，終古不忒，不易也。鄭說三義各引繫辭明之，繫辭首章『天尊地卑』一節，不易之體；『剛柔相摩』一節，變易之用，易消息所以變動周流；『乾以易知』一節，易簡之德，易簡而天下之理得，天下之理得而易成位乎其中，則成既濟定，復太極本體，不易之道。」

案：易簡，元也，聖人有以見天下之賾也。變易，亨也，聖人有以見天下之動而觀其會通也。不易，利貞也，觀會通以行其典禮也。乾元用九以通坤，坤元用六以承乾，乾道變化，坤安貞吉，由易簡而變易以歸於不易，天尊地卑、君君臣臣、父父子子、夫夫婦婦盛德大業由此出焉。鄭氏言禮象，此其本。

## 一二

乾元通變六爻貞，失位爻須學養成。
從此有恆無大過，自強不息法天行。

乾元通坤則六爻皆正，凡爻失位者皆當變而之正，如人性本善而不能自覺，須學問以養成之，本惠義。故乾二當變之坤五。傳言學以聚之、問以辯之，學問之道始於有恆，終於無過。論語「言有恆，無大過」，實舉學易之要。易恆通益，又變成益，然必九三立不易方，乃可成益，否則「不恆其德，或承之羞」，益上所謂「立心勿恆，凶」也。繫以恆與損、益相次，惟恆以一德，乃能懲忿窒欲、遷善改過，日進无疆、其益无方。至於成既濟，則純善無過矣。聖人未嘗有過，曰無大過者謙辭，所以勉人學易寡過也。無大過必基於有恆，故論語首「學而時習」，易象首「自強不息」。

一三

萬物皆資陽氣生，六陽消息與時行。
剥窮碩果留真種，即此可知天地情。

繫曰：「天下之動，貞夫一者也。」虞注云：「萬物之動，各資天一陽氣以生。」乾彖傳：「六位時成，時乘六龍以御天。」張氏惠言周易虞氏義曰：「六陽消息，周三百六十五日成歲，四時乘六位以行乎天。」姚氏曰：「十二消息皆主陽，消謂消陽，息謂陽息。」箋釋曰：「六陽消息，自復至剥。孕乎坤，又出復。復至乾，陽息而陰佐之；姤至坤，陰消而陽即伏其下。」剥上九：「碩果不食。」程子易傳曰：「剥之爲卦，諸陽消剥已盡，獨有上九一爻尚存，如碩大之果不見食，將有復生之理。上九亦變則純陰矣，然陽無可盡之理，變於上則生於下，無間可容息也。聖人發明此理，以見陽與君子之道不可亡也。」又曰：「陽剥爲坤，陽來爲復，陽未嘗盡也，剥盡於上則復生於下矣。故十月謂之陽月，恐疑其無陽也。」惠氏曰：「剥之上即復之初，窮上反下，故在上爲木果、在下爲萌芽。乾鑿度曰：『剥當九月之時陽氣衰消，而陰終不能盡陽，小人不能決君子，此碩果所以不能食也。』」箋釋曰：「陽剥入坤，即潛孕坤中，入坤出坤，陽未嘗盡，碩果之種入地復生，終古不絶也。夏有少康、靡，則禹績更窮過之禍而復光；周末有孔、孟，則羲、農、堯、舜、三代之道厄戰國、秦火而復興。是碩果不食之效。」案：十二消息，一乾元之出入耳。陽道有出入而無絶息，故君子之道無中絶於天下之時，此復所以見天地之心也。

一四

君子道消終不亡，乾陽否五繫苞桑。
否將反泰先成益，民説无疆道乃光。

否九五：「休否，大人吉。其亡其亡，繫于苞桑。」荀九家說：「陰欲消陽，五處和居正，以否絶之。桑者，上玄下黄，以象乾坤。乾在上，坤在下，繫其本體，不能亡。」

鄭君曰：「苞，植也，聖自繫于植桑不亡。」

姚氏曰：「繫于包桑，言恩澤之在民者固也。」

箋釋曰：「否消卦不利君子貞，而稱大人吉者，否下體雖消，乾升坤降，尊卑合宜。九五君位，六二應之，以卑承尊，故於五特明天上地下、君尊臣卑之義。聖人之大寶曰位，君位有常尊，冠履定分不可干也。匪人不利君子貞，君子守正，以否絶之，故唯大人能吉。吉則用否而亨，泰而濟矣。乾爲存，坤爲亡，五爲君位，消四至五，剥及君位，陽盡入坤則亡矣。否時乾猶在上，若以爲存而不戒，斯不旋踵而剥。能休否而側身修行，憂勤惕厲，常曰其亡其亡，則陰固承陽者也，民固從君者也。乾猶在上，坤順在下，天覆地載，上下相苞，如桑之上玄下黄，本枝相承。共主居正，民心固結，上下各繫本體，匪人雖欲逞志於君，烏得而亡之？陰繫於陽，陽繫於元，乾坤各繫上下本體，則陰繫陽不上消。而君德在民，植基深厚，又陽所以不可亡也。苞者，乾坤相苞，又植也、本也。乾陽苞陰，陰中又有伏陽，此乾元之所以能反乎内，益下成泰也。」案：君子之道不可亡，大人能正否則易亡爲存、轉危爲安矣，其要在益民。

上九：「傾否，先否後喜。」虞注曰：「否終必傾，盈不可久，故先否。下反於初，成益體震，民説无疆，故後喜。」

益象傳曰：「損上益下，民説无疆。自上下下，其道大光。」此否反泰之本。

一五

遯艮否坤防逆節，剥床可柰蔑貞凶。
寒泉井底冰霜漸，差若毫釐間不容。

坤文言曰：「積善之家必有餘慶，積不善之家必有餘殃。臣弒其君、子弒其父，非一朝一夕之故，其所由來者漸矣，由辯之不早辯也。」虞注曰：「坤消至二，艮子弒父；遯艮。至三成否，坤臣弑君。」

太史公自序曰：「春秋弑君三十六、亡國五十二，察其所以，皆失其本已。故易曰『差以豪釐，繆以千里』。故曰：『臣弑君、子弑父，非一旦一夕之故，其漸久矣。』」

剥初六：「剥床以足，蔑貞，凶。」案：剥初即姤初，二即遯二，姤遯之時，貞之非難也，輕蔑而不貞，故至於剥而凶。張氏曰：「小人乘君子，非一朝夕之故也，動于其初而莫之正也。于足而弗貞也，于辨而弗貞也，雖欲不凶不可得也。」

九家坤初六注曰：「初六，始姤。五月陰氣始生地中，言始於微霜，終至堅冰，以明漸順至也。」

參同契曰：「履霜最先，井底寒泉。」

姚氏說：「履霜堅冰皆由於始，所謂早也。由微陰之生，漸而霜而冰。其起甚微，非遠見者烏睹冰霜之由，由於盛夏之微陰哉？」案：陰消陽爲逆，凝陽爲順，順逆之辯間不容髪，箋釋論之詳矣。

# 一六

積善成名惡滅身，亢終有悔屈求伸。
繫爻十九三隅反，禍福無門召自人。

上繫曰：「君子居其室，出其言善則千里之外應之，出其言不善則千里之外違之。」下繫曰：「善不積不足以成名，惡不積不足以滅身。」此吉凶之定理也。上繫以亢龍繼勞謙，下繫言尺蠖之屈以求伸、龍蛇之蟄以存身。能消者息，必專者敗，此消息之大要也。上繫七爻明擬議動賾之本，下繫十一爻極象像爻效之用，無非此理。其間又特說大有上九一爻，且三復言之。君子履信思順則純善無過，乾元常存，自天祐之，吉无不利矣。春秋傳曰：「禍福無門，惟人自召。」三百八十四爻其義吉、其義凶，皆當以此三隅反之。

一七

雜卦微言千載蒙，孰知互卦發源同。
聖人百世真相俟，大義仁皇實創通。

雜卦之義千古未發，元儒胡氏炳文略窺微指，至御纂周易折中探賾索隱、辯物稽類，其義始昭炳光明、如日中天。臣恭繹聖旨，敬謹引申，爲學者行遠登高之助。繫曰：「雜物撰德，辯是與非，則非其中爻不備。」此雜卦之義所由起也。雜，互也。伏羲畫卦，八卦成列，相錯爲六十四，相錯即雜互之義。六畫成卦，中四爻二至四、三至五，自然互三畫卦者二，合之即成一六畫卦。文王演易，每卦既觀其兩體本象、六爻消息變動，又觀其中四爻之互象而繫之辭。卦辭、爻辭取義互象，觸處皆是。每卦正象二、互象二。繫曰：「易有四象，所以示也。」蓋兼斯義，故夫子於繫辭傳略論其指，又專作雜卦傳以明其大例。錯綜變化，具有精理，竊附管窺，著於箋釋。

# 一八

淄川授易到田、丁，施、孟、梁丘並受經。
焦易傳京兼孟義，長翁古本亦分庭。

史記儒林傳曰：「漢興，言易自菑漢書作「淄」。川田生。」

陸氏經典釋文敘録曰：「自魯商瞿子木受易於孔子，以授魯橋庇子庸，子庸授江東馯臂子弓，子弓授燕周醜子家，子家授東武孫虞子乘，子乘授齊田何子莊。高士傳云：「字莊。」漢書儒林傳云：「臨淄人。」及秦燔書，易爲卜筮之書，獨不禁，故傳授者不絶。漢興，田何以齊田徙杜陵，號杜田生，授東武王同子中及洛陽周王孫、梁人丁寬、字子襄，事田何，復從周王孫受古義，作易説三萬言，訓故舉大誼而已。藝文志云：「易説八篇，爲梁孝王將軍。」齊服生，劉向別録云：「齊人，號服先。」皆著易傳。漢初言易者本之田生。同授淄川楊何，字叔，一本作字叔元，太中大夫。寬授同郡碭田王孫，王孫授施讎及孟喜、梁丘賀，由是有施、孟、梁丘之學焉。施讎，字長卿，沛人，爲博士。孟喜，字長卿，東海蘭陵人，曲臺署長、丞相掾，爲易章句，授同郡白光及沛翟牧。梁丘賀，字長翁，琅琊諸人，少府，本從太中大夫京房受易，房，淄川楊何弟子。案：此與京君明異人，漢有兩京房。後更事田王孫。」

案：據此則易自淄川田生遞傳至碭田王孫，而施、孟、梁丘三家之學出焉。丁寬所受古義蓋亦自商瞿以來相傳，或子襄未及親受田生，更從周王孫得之。

敘録又云：「京房字君明，東郡頓丘人，本姓李，推律自定爲京，至魏郡太守。受易梁人焦延壽。字延壽，名贛。延壽云嘗從孟喜問易，會喜死，房以延壽易即孟氏學。翟牧、白生不肯，曰：『非也。』房爲易章句，説長於灾異。」張氏易義別録曰：「漢書藝文志：孟氏京房十一篇，灾異孟氏京房六十六篇。此京氏注孟也。自君明長於灾異，易家世應、飛伏、六位、十甲、五星、四氣、六親、九族、福德、刑殺皆出京氏。然嘗推求漢、唐以來引京氏言灾異者，皆舉其易傳，而未嘗及章句。至陸德明、李鼎祚往往引京氏之文，率與易傳大異，蓋出於章句。將非京氏自以易説灾異，而未始以灾異説易，後世之言京氏者失其本邪？余嘗善陸績治易京氏，而其言純粹，如其言雖謂之出孟氏也可。使京氏章句而在，其不當在陸下，章章明矣。六日七分、卦候消息、風雨寒溫，此孟氏所傳。以一行所議京氏法四時卦用事，上減九卿卦之七十三分，則亦其不與孟氏相應之大者。惜乎章句之文百不存一，京氏之大義亡矣。」案：劉子政謂焦延壽獨得隱士之傳，其法蓋與孟義相近而不盡同。今其遺説猶可推校，易道屢遷，難以執一。且所異者不過卦候占驗之法，其説經訓詁大義則同，觀章句遺文及陸注可見矣。干令升注亦時有京易微言。

敘録又云：「費直字長翁，東萊人，單父令。傳易，爲費氏學。本以古字號古文易，無章句，徒以彖、象、繫辭、文言解説上下經。七録云：「直易章句四卷，殘缺。」漢成帝時劉向典校書，以中古文易經校施、孟、梁丘三家之易，經或脱去『無咎』『悔亡』，唯費氏經與古文同。後漢陳元、馬融、鄭衆、鄭玄、荀爽並傳費氏易。」案：費氏雖無章句，必有口説相傳大義，如尚書、禮經、孝經古文説之比。以鄭、荀注考之，其義當與孟、京諸家大同，而文字獨得古正，故後漢通儒皆宗之。子政言施、孟、梁丘經或脱去「無咎」「悔亡」，虞注宗孟，今考其義，未見脱文，疑仲翔據費本補之。

一九

衆逆同心至德潛，君平授易閉空簾。
推爻觀象言忠孝，千古神蓍有達占。

京氏易傳曰：「衆逆同心，至德乃潛。」
漢書王貢兩龔鮑傳序曰：「蜀有嚴君平，師古曰：「地理志謂君平爲嚴遵。」修身自保，非其服弗服，非其食弗食，卜筮於成都市。人有邪惡非正之問，則依蓍龜爲言利害。與人子言依於孝，與人弟言依於順，與人臣言依於忠，各因埶導之以善，從吾言者已過半矣。裁日閲數人，得百錢足自養，則閉肆下簾而授老子。」
唐李太白詩云：「君平既棄世，世亦棄君平。觀變窮太易，探玄化羣生。寂寞綴道論，空簾閉幽情。」
案：易不可以占險，易所謂吉凶者，其義吉、其義凶也。君平因筮化衆，深得聖人作易垂教本旨。傳曰：「易無達占，而子孝、弟順、臣忠則天下之達道，如是必吉、反是必凶，不易之達占也。」弼也不敏，數十年説易，竊比於我君平。

## 二〇

費氏解經依十篇，正如規矩定方圓。
鄭、荀作注參京、孟，虞學專家衍孟傳。

陳氏澧東塾讀書記曰：「漢書儒林傳云：『費直以彖、象、系辭十篇、文言解説上下經，澧案：「十篇」二字當在「文言」二字下，文義乃順。釋文序録無「十篇」二字。此千古治易之準的也。孔子作十篇，爲經注之祖。費氏以十篇解説上下經，乃義疏之祖。費氏之書已佚，儒林傳云「亡章句」，釋文序録則云「費直章句四卷，殘缺」。澧謂此章句蓋傳費氏學者筆之於書，非費直自作。而鄭康成、荀慈明、王輔嗣皆傳費氏學。元弼案：王弼多襲鄭義而棄其精要，雜以穿鑿不根之論，名爲治費，實臆説耳。此後諸儒之説，凡據十篇以解經者皆得費氏家法者也，其自爲説者皆非費氏家法也，説易者當以此爲斷。錢辛楣周易讀翼揆方序云：「三聖人爲之經，宣尼爲之傳，故舍十翼以言易，非易也。」

後漢書鄭君傳：「鄭玄，字康成，北海高密人，少通京氏易。」

鄭君自序曰：「爲袁譚所逼，來至元城，乃注周易。」孝經御注序正義。

後漢書荀爽傳：「荀爽，字慈明，一名諝，潁川潁陰人，著易傳。」

荀悦漢紀曰：「臣悦叔父故司空爽著易傳，據爻象承應陰陽變化之義，以十篇之文解説經意，由是兖豫之言易者咸傳荀氏學。」

後漢書儒林傳：「陳元、鄭衆皆傳費氏易，馬融亦爲其傳，鄭玄作易注，荀爽又作易傳，自是費氏遂興。」

案：鄭君先通京氏，後注費氏，又注易緯乾鑿度等篇，蓋田、楊以來舊説盡在其中。其爻辰之説本乾鑿度，與京氏源同而法異。荀氏卦世遊歸之説皆本京氏，乾、坤二卦成兩既濟，則與虞述孟義同。蓋易家皆祖田何，楊叔、丁將軍，孟、京、費同出一源，故諸家説並行不悖，非相違也，而相成也。

三國志虞翻傳：「虞翻，字仲翔，會稽餘姚人。翻與少府孔融書，並示以所著易注。」裴松之注引别傳：「翻初立易注，奏上之，稱五世傳孟氏易。」

案：仲翔專治孟易，然亦有與孟氏章句不盡同者，蓋古人傳業世精，非徒墨守而已。鄭、荀、虞三家説經大義詳箋釋序。

二一

蒙莊學派本西河，諷籀南華易義多。
韓傳亦稱子夏傳，叢殘收拾尚無訛。

莊子之學源出子夏，其書多與易義相表裏。如云：「乘天地之正而御六氣之辯。辯讀爲變。」「承雲氣，御飛龍。」即時乘六龍以御天之義。又云：「其神凝，使物不疵厲而年穀熟。」蓋指元而言。此卜子微言，與商子同受聖人者。

釋文敘録：「子夏易傳三卷。」七略云：「漢興，韓嬰傳。」張氏曰：「漢書藝文志易有韓氏二篇。劉向父子博學近古，以爲韓嬰，當必有據。儒林傳稱韓生亦以易授人，推易意而爲之傳，不聞其所受，意者出於子夏，與商瞿之傳異邪。今所傳子夏傳十一卷，惠徵士以爲宋人僞爲，然即釋文、集解所引亦非真韓氏書，殆永嘉以後好事者聚斂衆説爲之。」案：韓詩外傳多涉易義，如論困三、艮三兩條，與虞述孟義異而説甚美，殆傳自子夏者。釋文、集解所引雖文句不類漢人，然義理無誤。

二二

自知自勝是明強，柱史微言述仲翔。
王弼不曾引莊、老，憑虛牽合幻譸張。

箋釋序曰：「自王弼借老、莊以虛辭説易，創忘象之説，盡破古經師家法，至顯背聖人立象盡意之訓而不顧。雖用舊義，深没其本；閒有名言，得不償失。浸淫不已，遂啓清談誤國、廢禮壞坊之禍。夫老子本歸藏之學，莊子得子夏之傳，如仲翔所引『自知者明，自勝者強，善建者不拔』之等，固與易相表裏。但仲翔取老子精義以證易，王弼則穿鑿易文以附合老、莊，飾虚逞臆，并非老、莊本旨。晉范武子深罪之，非過也。」

## 二三

輔嗣易行無漢學，推尋猶可見根苗。
舊文未墜相參證，不獨江都舉數條。

惠氏易漢學序曰：「六經定于孔子，燬于秦，傳于漢，漢學之亡久矣，獨詩、禮、公羊猶存毛、鄭、何三家。春秋爲杜氏所亂，尚書爲僞孔氏所亂，易經爲王氏所亂。杜氏雖有更定，大校同于賈、服，僞孔氏則雜采馬、王之説，漢學雖亡而未盡亡也。惟王輔嗣以假象説易，根本黄、老，而漢經師之義蕩然無復有存者矣。故宋人趙紫芝有詩云：『輔嗣易行無漢學，元暉詩變有唐風。』蓋實録也。」

焦氏周易補疏序曰：「易之有王弼，説者以爲罪浮桀、紂，近説漢易者屏之不論。壬中夏，余與友人言易及趙賓解『箕子』爲『荄茲』，或曰：『非王弼輩所知。』余取王弼注指之曰：『弼解正用趙賓説。』非特此也，如讀彭爲旁，大有四。借雍爲甕，井二。通孚爲浮而訓爲務躁，姤初。解斯爲廝而釋爲賤役。旅初。諸若此，非明乎聲音、訓詁，何足以明之？」又謂「弼之學根本於劉表，而實淵源於王暢」。

案：音訓、通假之理，漢、魏人皆明之，而姤初、旅初王弼之讀皆於經文不順，井二之讀亦與卦辭羸瓶之文不合，明夷六五讀「箕子」爲「其茲」，與趙賓説相似而不同。趙賓義詳箋釋。輔嗣既盡破漢經師家法，而承用古説之處皆深没其本，離合參半。李氏周易集解間采王弼，其與漢師同異較然可辨。余撰集解補釋，往往疏通證明之，因一反三，根原多可推尋，不但如里堂補疏所舉而已。古書之存者希矣，王弼之書未可置之不論，但當别同異、明是非而已。王暢之學絶無可考，景升之説則明白篤實，在宋、陸之次，與王弼殊不類也。

二四

正義雖非易學宗，遺文每述鄭司農。
史徵口訣猶明晰，薇隱鉤沈以類從。

孔沖遠奉詔爲五經正義，易不用鄭注而用王弼，微言絶而大義乖，不能無責。然疏中引鄭注頗多，其言平實，説理或多引伸鄭義。陸氏釋文雖以王爲主，而博采各家異文，皆有輔弱扶微之功。史徵口訣義約注疏之文，義雖淺近，辭頗明晰。其閒援引古説，孫氏星衍周易集解備采之，余據引入集解補釋中。薇隱，孫氏別字也。

二五

今欲宏儒易置王，譬猶北軫赴衡湘。
歸儒沖遠功非淺，窮理伊川義更長。

王氏應麟玉海鄭氏周易序曰：「江左鄭學與王學並立，荀崧謂康成書根源，疑有脱字。顔延之爲祭酒，黜鄭置王。齊陸澄詒王儉書云：『易自商瞿之後雖有異家之學，同以象數爲宗，數百舊無「百」字，丁氏杰據南齊書陸澄傳補。年後乃有王弼之説。』王濟云：『弼所誤者多，何必能頓廢先儒？今若宏儒，鄭注不可廢。』河北諸儒專主鄭氏，隋興，學者慕弼之學，遂爲中原之師，此景迂晁氏所慨歎也。」

陳氏澧曰：「孔正義用王注，近人以王注以字今易。并詆正義，此未知正義之大有功也。沖遠正義序云：『江南義疏十有餘家，皆辭尚虚元，義多浮誕，若論住内住外之空、就能就所之説，斯乃義涉於釋氏，非爲教於孔門也。』據此則江左説易者不但雜以老氏之説，且雜以釋氏之説，沖遠皆掃棄之，大有廓清之功也。」

周易學明例曰：「易自王弼注行，聖道爲異學所亂，孔沖遠始返之於儒，然明而未融。程子奮自千載之後，以閑邪存誠、敬義夾持之功身體力行，本其所得，依經立傳，平實説理，而後聖人窮理盡性、開物成務之道復明於世。顧氏炎武謂説易者無慮數千百家，然未見有過於程傳者。其説義之精得乎人心之所同然，自天命民彝、聖教王政、物理世變無不言之深切著明，日可見之行事，學者觀象玩辭、通經致用，莫近於此。」

## 二六

治易伊川功最深，一尊別白記亭林。
研幾隱合漢師法，精義灼知先聖心。

易學明例曰：「愚嘗取程傳與漢儒遺説、王弼注逐條比勘：有王弼之謬，程傳辭而闢之者，如一陰五陽之卦，王弼謂一陰爲之主，程子謂衆陽説於一陰，説之而已，非陰爲陽主之等，是也。有漢儒之説待程傳而明者，如虞氏説貞有二義，失位者以之正爲貞，得位者以不動爲貞，程子謂經言貞吉，有貞正而吉者，有得正則吉者，義與虞同。虞注履卦謂：『與謙旁通，以坤藉乾，以柔履剛。』又謂：『謙坤爲虎、艮爲尾，乾兑乘謙，震足蹈艮，故履虎尾。』坤履乾，乾履坤，二義糾纏，若矛盾之甚。程傳曰：『履，踐也、藉也，履物爲踐，履於物爲藉。』分履爲二義，虞義乃明，以坤藉乾，以乾踐坤。是也。有程傳密合經旨，獨勝古今諸儒者，如遘言防小人，即言用君子，張皋文謂諸儒並言防陰，惟程傳言求賢，與象爲脗合之等，是也。有經中難義，程傳沈潛反復，得其本旨，足以豫闢後世邪説者，如象傳三言柔進而上行，虞例不能畫一，遂使焦氏緣隙奮筆、破壞古義，程傳一言以蔽之曰『凡离在上而象欲見柔居尊者，皆曰柔進而上行』，足以豫執巧説衺辭之口，是也。此類致多，姑舉一二爲例。學者知此，可以破除漢、宋門户之見而專心致力以求精義利用矣。」

## 二七

先天納甲理原同，河洛循環數盡通。
易道屢遷難執一，慎修精藴闡無窮。

箋釋序曰：「康節邵子究極理數，所傳河洛先天之説後儒或力攻之。然河圖即天地五十有五之數，爲生蓍立卦之本；洛書即易緯太一行九宫之法，與『帝出乎震』一節用異而位同。北周盧僕射説明堂已目此數爲龜文。先天加一倍法，與太玄合；八卦分陰陽，與參同契合，蓋立卦已備。比六十四卦陰陽之畫而觀之，以起消息，推剛柔之事，與虞氏之法同源而分流。要之，河洛先後之名不必深求，其法則確有所由來也。」案：易道屢遷，同歸殊塗，江氏慎修河洛精藴推闡甚詳，愚於雜卦傳箋釋又合諸漢易，辨其源流。納甲、先天皆立消息生爻之事，爲窮理極數之資，不必交譏而互誚也。

# 二八

上參羲畫演周經，程、邵如分素與青。
本義、啓蒙兼二學，儼如雙立擢金莖。

朱子讀易五贊云：「邵參羲畫，程演周經。」易明例曰：「易之大義程傳已備，故朱子惟以尚占爲教，使讀經者知如何則吉、如何則凶，不待卜筮而敬吉怠滅，義從欲凶、善慶惡殃，不啻羲、文、周、孔耳提面命。龜、象、蓍、數日出其兆，所謂无有師保、如臨父母，雖欲不改過遷善、去邪存誠而有所不能。易者，聖人贊化育、寡過之書，而其明得失以濟民行則存乎卜筮。其書在周時掌於太卜，故朱子以占言易，而名其書曰本義。」

案：朱子既作本義以補程傳之微言，又作啓蒙以闡邵易之奥旨，蓋伊川窮理、堯夫極數，紫陽實兼之。

班孟堅西都賦曰：「擢雙立之金莖。」引以比類。

# 二九

分傳附經非鄭君，憲公正義有明文。
新安定本無疑義，魏志訛文待解紛。

胡氏培翬周易分傳附經考曰：「易經伏犧畫卦，文王作卦辭，周公作爻辭，謂之經。

經分二篇，自乾至離爲上經，自咸至未濟爲下經。孔子作十翼謂之傳，傳分十篇，上彖一、下彖二、上象三、下象四、上繫五、下繫六、文言七、說卦八、序卦九、雜卦十。以上本孔穎達說。漢書藝文志云：『易經十二篇，施、孟、梁邱三家。』師古曰：『上、下經及十翼，故十二篇。』是三家皆經傳別行也。自王輔嗣作注，以彖傳、大象附卦辭後，以小象分附各爻後，以乾、坤文言分附其卦後，而易非復十二篇之舊。晁以道曰：『先儒謂費直專以彖、象、文言參解易爻，以彖、象、文言雜入卦中者，自費氏始。』此其說非也。漢儒林傳云：『費直治易長於卦筮，亡章句，徒以彖、象、繫辭、文言十篇解說上下經。』謂其以十篇之言解說經意耳，非謂其以彖、象、文言入卦中，如今所傳輔嗣本也。藝文志云：『劉向以中古文易經校施、孟、梁邱經，或脫去「無咎」「悔亡」，唯費氏經與古文同。』初未嘗言其篇敘與三家異，則知費氏經猶是古文十二篇之舊，而析傳附經，費氏不應受過矣。戴氏震亦嘗辨之，但云康成合彖、象於經，猶沿舊說。鄭康成傳費氏易者也，其所注易十卷今不傳，然北宋時猶存一卷，崇文總目稱存者爲文言、說卦、序卦、雜卦四篇，則鄭本尚以文言自爲一傳。呂伯恭乃謂康成、輔嗣合彖、象、文言於經，學者遂不見古本。後人又謂鄭康成合彖、象於經，如今所傳輔嗣本之乾卦。紛紛議論，俱無依據。孔穎達坤卦正義云：『夫子所作象辭，元在六爻經辭之後，以自卑退，不敢干亂先聖正經之辭。及至輔嗣，以爲象者本釋經文，宜相附近，其義易了，故分爻之象辭各附其當爻下。』據此則分傳附經始於輔嗣，斯言殆得其實已。見研六室文鈔。

周易學解紛曰：「三國志：高貴鄉公幸太學，問諸儒曰：『孔子作彖、象，鄭元作注，雖聖賢不同，其釋經義一也。今彖、象不與經文相連，而注連之，何也？』博士淳于俊對曰：『鄭元合彖、象於經，欲使學者尋省易了也。』帝曰：『若合之於學誠便，孔子曷爲不合以了學者乎？』對曰：『孔子恐其與文王相亂，是以不合，此聖人以不合爲謙。』帝曰：『若聖人以不合爲謙，則鄭元何獨不謙耶？』後人據此志文，遂謂合傳於經自鄭君始，不知此志乃鄭本經傳不合之確據，何則？魏君臣以彖、象與鄭注並論，則當時所講者鄭易也。既據鄭本而曰彖、象不與經連，則鄭本經自經，彖、象自彖、象明甚。曰彖、象不與經連而注連之，則鄭自以注連經，而未嘗以彖、象連經又明甚。帝執彖、象之不連以難注之連，故博士對以合注於經之意。其曰鄭元合彖、象於經者，『彖象』二字必『注』

字之誤。若作彖、象，則是帝所問者注之連，而博士所對者乃彖、象之連。帝明云彖、象不連經，而博士妄稱彖、象合經，其誣且戾與趙高之指鹿爲馬無異，帝何以不駁而釋之？及再問再答，而帝詰之曰『鄭某何獨不謙』，惟鄭自以注連經，故有不謙之嫌。若以彖、象合經，則鄭豈當代孔子謙者？後人尊孔子與尊文王同，以彖、象合經，謂之不古可也，謂之不謙可乎？合上下文義求之，合彖、象於經爲合注於經之誤，灼然無疑矣。」

案：古易十二篇爲王弼所亂，宋晁以道始加考正，東萊呂氏爲之音訓，至朱子作本義而其本始定。胡氏據孔疏明分傳附經始於王弼。今又訂正魏志訛字，衆説紛紜乃豁然解矣。憲公，沖遠謚。

三〇

誠齋最是有心人，憂國情深見道真。
引史證經明失得，瞭如政事賈生陳。

宋楊氏萬里誠齋易傳本程傳之義而引史事以證明之，蓋干令升説經遺法。周易學流別曰：「宋史稱誠齋致仕後，聞北伐啓釁，憂憤不食卒，其知時識務、忠君愛國若此。故其書于治亂安危之故言之最詳，吉凶之所由、憂娱之萌漸，昭昭在斯。實事求是，莫此爲切；通經致用，莫此爲近。宋易自程、朱傳義外，此書最宜亟讀。」

案：誠齋書國初之時引用頗鮮，乾隆時儒臣奉詔編武英殿聚珍版叢書，據江西巡撫采進本印行，乃顯於世。其間惟「蓍之德圓而神」節忽生疑竇，失之武斷，然不足累其大醇也。

三一

欲窮神怡測天倪，王弼以來不齊。

玉海藏珍存鄭易，枯楊得氣復生稊。

自王弼注行，漢學寖微寖滅，王氏應麟始博稽羣籍，輯成鄭氏易注專書，著在玉海，如枯楊生稊、萎而復榮。國朝諸儒講求漢易由此肇端，其有功聖經大矣。

鄭注輯本厚齋草創，惠氏棟補之，丁氏杰、張氏惠言又補之，並加考正。元弼撰周易鄭氏注箋釋，録注文多依張、丁本。

三二

商瞿一綫在資州，蠹簡沈霾孰校讐。
雅雨精刊紅豆本，豁開茅塞見平疇。

箋釋序曰：「李氏鼎祚爲絶學於舉世不爲之日，集虞、荀等三十餘家，刊輔嗣之野文，補康成之逸象，漢師遺説墜緒茫茫，百世之下得有所考，惟此書是賴。可謂豪傑之士，扶弱輔微，干城大道者。李君本治虞學，且其序云『王、鄭相沿，頗行於代』，則當時鄭易雖不立學，猶有好古之士傳習。此書意在表微，故引荀、虞注視鄭爲多。又消息變化之義，鄭與荀、虞大同，而虞氏逸象特多，故以虞補鄭，則輔嗣野文自不得而淆亂。曰刊曰補，從違之意昭然可知，且鄭注藉以存者亦復不少。」

案：隋時王弼注漸盛，唐初正義據以爲本，而鄭、荀、虞諸家之注漸亡，商瞿以來古義千鈞一髮，惟資州集解是賴。而唐宋間傳習絶鮮，訛舛特甚。元弼年二十餘，曾見惠定宇先生手校本，正誤補脱、乙衍改錯，不可勝數；依據宋本，證以各書，釐然確當，如晦見明，即盧氏見曾雅雨堂本所據。又周氏孝垓枕經樓本與盧本大同，有數處較勝，蓋同出惠校而稍有詳略。又明朱氏睦㮮刊本雖落葉未掃，而時有佳處。余撰周易集解補釋，據此三本，擇善而從，放鄭注周禮、禮經之例，詳疊異文，以備考省。

惠氏書齋有紅豆樹，世稱紅豆先生。

三三

月窟天根誰作階，通儒崛起惠松崖。

利貞一義全經貫，上契文思洽孔懷。

朱子康節先生贊曰：「手探月窟，足躡天根。」謂易道極深處。

阮氏元周易校勘記序曰：「國朝之治易，未有過於徵士惠棟者。」

陳氏澧曰：「虞仲翔注乾卦云：『惠定宇周易述云：『既濟乾六爻，二、四、上匪正；坤六爻，初、三、五匪正。乾道變化，各正性命，保合太和，乃利貞。傳曰：「利貞，剛柔正而位當也。」』澧案：乾之所以利貞者，以變既濟而六爻各正，既濟象傳乃說『利貞』二字之通例。此虞氏之最精善處，亦惠氏最精善處，此真以十篇說經者矣。』」

易學明例曰：「王弼注行而易象亡，李氏存之；易理亂，孔氏稍正之；至程子而易理明，至惠氏而易象明。其興滅繼絕、振衰起廢之功，當與聖經並垂不朽。其書曰易漢學、曰周易述、曰易微言、曰易例，易例、易微言未成。然易漢學敘述漢師家法，表章古義，條舉件繫，即無異釋例。微言大義則周易述具矣，謂之述者，承累世家學、述漢師之義，以荀、虞爲主而參以鄭、宋諸家。其例一準漢師之例，其大義在正乾元以立中和之本。乾坤相通，以陰從陽，成兩既濟，六爻和會，剛柔位當，所謂致中和、位天地、育萬物。易備三才，聖人以至誠無息參天地，故六十四象皆言君子。時有否泰，位有失得，君子因時以求中，閑邪以正己正人，故學易無大過。陽息陰消，往來上下，變通趣時，歸於既濟，雲行雨施而天下平。其精言要旨多融會羣經、周秦漢古籍而出，足以明道立教。學者讀之，有益于身、有用于世。蓋自李氏集解而後千餘年僅見此書。間有千慮之失，如箕子之明夷用趙賓説，趙説本可通，惠主之太過，詳箋釋。繫辭、説卦中或以聖傳爲後師之説，改易經字不盡確據，徵引禮象或乖鄭義，業已宗尚虞學則求象不免過密。凡此數端，皆其小疵，要不足以掩大醇也。

案：惠先生棟，字定宇，號松崖，江蘇元和人，承其曾祖樸菴先生有聲、祖研溪先生周惕、父天牧先生士奇之學，傳業世精。天牧先生易説已闢漢易途徑，先生更極深研幾、盡通藴奥。周易述四五易稿，尚缺鼎以下十五卦經傳及序卦、雜卦傳義。蓋漢易至先生而始大明，張、姚皆由此踵起，創始者難爲功也。其易大義有中庸一篇，愚多采其説入中庸通義；其明堂大道録則違戾頗多，禘説較勝。先生精於易、疏於禮，當分别論之。

三四

臯文虞義貫纖微，消息旁通盡發揮。
易出復初周萬變，盈虛摩盪妙旋機。

箋釋序曰：「張編修惠言因惠氏學而加精，成虞氏義、虞氏消息，推本太極氣變，一陰一陽，列乾坤六位以正八卦，考日月進退，審察消息，陽盈陰虛，坎離交會，剛柔相摩，屈信往來，以敘六十四卦。每卦據消息以明爻象變動、吉凶之由，息卦成既濟，消卦取息陽，泰反復道則息乾，否上益初則反泰。始於復，終於坤，坤又出復，積善餘慶，乾元周流不息，文約理該，斯爲絜靜精微。虞氏易禮推禮象至確，易事、易言通達治體，辯君子小人消長之幾，國家安危存亡之故，足爲從政者蓍蔡。鄭荀義、易義別録、易緯略義亦多精言。」

案：張先生惠言，字臯文，別字茗柯，江蘇武進人，精治虞氏易、鄭氏禮。其序六十四卦消息，據仲翔各卦注排比推校，得其要領。以十二消息統各卦，陽息由復而臨而泰，泰反成否，消觀窮剥入坤，坤又出復，陰消由姤而遯而否，否反成泰，息、大壯決夬盈乾，乾又生姤，而剥、復、夬、姤之間，乾坤往來。每兩卦旁通，陰陽相摩相盪，以生萬物、周流上下，一皆乾元通坤爲之。原始及終，具有至理。惟虞氏義求象太密，學者苦其支窒，故氏姚仲虞變通其法，又屬辭過簡。初學必先讀惠氏書，乃能離其句讀。易事、易言各自爲書，學者尋省或不易了。愚撰易箋釋，備引惠、張、姚三家，辯其同異，易事、易言每卦每爻與虞氏義通合引之，伸其隱滯，理其參錯，庶乎童蒙之流一覽而悟矣。先生禮學别詳後。

三五

鄭言禮象荀升降，消息宗虞文最完。
漢學師承分别録，惠、張相繼拾叢殘。

惠氏書主虞而輔以荀，又輔以鄭及各家，别爲易漢學，著孟、京、鄭、荀、虞易學源流。張氏申虞至詳，又爲鄭、荀各通其要，别録漢、魏諸家易，引申其旨，古義彬彬，於斯爲盛矣。

三六

旁通卅證義皆偏，延壽裔孫太自專。
原卦獨明開物本，一篇足蓋畢生愆。

焦氏治易，自謂冠絶古今，實則所列旁通三十證，皆支離穿鑿、強經就我。如其説，則是田、楊以來無人知易，直至焦氏而其義始明，恐無此理。愚别爲説辯之。易文雖奇，實易簡而理得。即如元亨利貞，如虞、荀、惠、張義，何等明白確當。如焦説，雖費辭無算，而按之經文，終無自然密合之望，餘可知矣。國朝經師有才極高、學極深而其謬特甚者，禮有程氏瑶田、易有焦氏循，皆由求勝古人一念誤之。然焦氏原卦一篇實得易教本義，足蓋其全書之失。易補疏等時有佳處，禹貢、孟子精處尤多，惟易章句、圖略、通釋如之楚北行、治絲而棼，羣經官室圖亦頗類此。間有一二獨到處，通識之士固可披沙揀金、去瑕取玖，初學則不可爲所迷誤也。焦氏，字里堂，江蘇江都人，所著書彙爲雕菰樓叢書。

三七

澄觀世變一經廬，讀易遊心天地初。
辯物正言濟民行，鄭君意在仲虞書。

箋釋序曰：「惠、張易學皆主虞氏，兼及鄭、荀，姚明經配中始由虞、荀以通鄭，本乾鑿度注以推鄭君注易大例，作周易學。以爲易者元也，乾元坤元交，成六十四卦，卦各有元，皆本乾坤。元者⚊⚋，元發爲畫，六畫成體，陰陽氣著，是謂七八。畫變成爻，動而用事，是謂九六。爻極乃化，九六又變則陰陽易。元起於初、終於上而藏於中，故乾元位

五、坤元位二，六爻皆元所爲，亦皆元所用。乾元用九，坤元承乾，則陰陽各正。六十四卦之爻，得位者不可化，失位者當化之正，一如乾元之用。既濟之位，是謂典禮，君臣、父子、夫婦、昆弟、朋友各行其所當行。典禮行則得失著，得則吉、失則凶。吉人動而爲吉事、吉報焉，凶人動而爲凶事、凶報焉。若凶人而變爲善，吉人而反爲不善，則皆化矣。易者，易也，易簡之善，乾坤合於一元也；變易也，元之發動而爲畫爻也；不易也，六十四卦皆化成既濟也。其書博采羣籍，據象説義，能見其大，又推論文王忠敬之心，著明確當，可謂智足知聖、明於大誼者。」易明例曰：「姚氏由虞、荀以通鄭，涵泳經傳本文，依象以説義，不泥象以窒義。又師惠氏之法，博采漢以前古説足證發經義、裨補政教者，以己意推演之。當時經術已衰，邪説方興，世變將作，凡今日内憂外患皆已萌兆。姚氏見微知著，憂深思遠，故其書於倫理治化、是非得失之故辯之早辯，合於作易憂患之旨。其説經之例與惠、張大同，惟據乾鑿度『陽動而進，變七之九；陰動而退，變八之六』之文，於爻變外推出畫變一義，爲理藏於古而得之於今。然主持太過，據以説經處太多。又以乾元爲在坤元中，係歸藏首坤之義，非周易首乾之旨，且未免義涉老氏，學者分別觀之可也。」

案：姚先生配中，字仲虞，安徽旌德人，著周易姚氏學，又有周易通論、月令二卷及一經廬文鈔。

三八

焦贛、揚雲、魏伯陽，夜光隱隱在珠囊。
惠、張、姚氏精探索，漢易遺文可補亡。

焦贛易林，揚子雲太玄、法言，魏伯陽參同契，並多古易微言，惠、張、姚三家皆引以證經。

三九

江流萬古此心閒，正氣浩然天地間。

楚客當年同讀易，一編風雨話焦山。

吾故友梁文忠公鼎芬，字星海，號節盦，廣東番禺人，師事陳蘭浦先生。博通經史，負匡濟才。官編修時，劾大學士李鴻章，貶秩歸里。時閣師張文襄公之洞督粵，聘主講廣雅書院。尋文襄移節兩湖，節盦遊吴中，避暑鎮江焦山海西菴，臨江讀易，俯仰乾坤，清氣浩然。取法亭林，熟復程傳，遇切中學術治道利病處輒連圈識别之。光緒戊戌，與余同掌兩湖書院教事，出此編見示，相與極論世運否泰之由，深慨學術文體之壞，約余同編經學文鈔。當時即成易鈔兩册，商榷去取，具有微意。厥後次第續成，今行於世。公謀國至忠，操守至廉，教士竭誠懇惻，每與學子慨論世變，聲淚俱下，以激發其天良。居官政績卓然，劾慶親王奕劻、軍機大臣袁世凱，義形於色。亂後入朝，請謁陵，上嘉其忠，命爲崇陵種樹大臣。衣冠跪風雪中手植，奇寒徹骨不少休。生平志行足使頑夫廉、懦夫立，事詳國史列傳。王臣蹇蹇，匪躬之故。君子人與？君子人也！

四〇

十翼解經明聖學，三綱植教奉乾元。
察來彰往無窮意，敬述前修未盡言。

元弼治易階先儒成訓，私竊論撰大意如此。千言萬語，歸於明作易垂教、憂患生民本意。率天常、正人倫、閑聖道、息邪説，依象立義、由體達用，順性命之理、通天下之故，始於正乾元、終於成既濟而已。周易鄭氏注箋釋自序及周易集解補釋自序言之極詳，後之君子幸鑒其苦心焉。

# 復禮堂授易書目

## 講習書

學者讀易，由易入難，宜先講程傳、朱子本義，通行本以江甯局刻爲善，近有古逸叢書覆宋本程傳、劉氏世珩覆宋槧本義。輔以誠齋易傳，武英殿聚珍版本、湖北崇文書局本。進而恭讀御纂周易折中，武英殿本、浙江書局本，七經皆同。乃敬就聖學所指，考求注疏及漢易古義，列目如左：

周易注疏阮氏附校勘記本最便初學，羣經同。

周易釋文通志堂本、盧氏抱經堂本，羣經同。

周易鄭氏注張、丁輯本最備，茗柯遺書本、湖海樓叢書本。

周易荀九家茗柯遺書本。

周易集解盧氏雅雨堂本、周氏枕經樓本、古經解彙函本，元弼補釋本於初學似尤便，此外舊本難得者不列。

孫氏周易集解岱南閣叢書本、雅堂叢書本。

惠氏易漢學畢氏經訓堂叢書本、皇清經解續編本。

周易述附易微言原刻本、皇清經解本。

易例貸園叢書本、皇清經解續編本。

張氏周易虞氏義附虞氏消息茗柯遺書本、皇清經解本。

虞氏易事皇清經解續編本。

虞氏易言茗柯遺書本、皇清經解續編本。

虞氏易禮茗柯遺書本、皇清經解本。

姚氏周易學原刻本、崇文書局本、皇清經解續編本。

元弼自撰周易學朱竹石方伯師刻本。

周易鄭氏注箋釋家刻本。

周易集解補釋家刻本。

周易文鈔經學文鈔内一種，江蘇存古學堂印本，羣經同。

## 參考書

易緯武英殿聚珍版本、古經解彙函本。

京氏易傳漢魏叢書本。

惠氏易説舊刻本、皇清經解本。

惠氏周易古義在九經古義中，舊刻本、皇清經解本。

周易本義辨證省吾堂本。

易大義中庸説一篇，舊刻附江氏藩周易述補後。

張氏周易鄭荀義茗柯遺書本、皇清經解本。

易義别録同上。

易緯略義同上。

虞氏易候茗柯遺書本、皇清經解續編本。

易圖條辨茗柯遺書本、皇清經解續編本。

李氏道平周易集解纂疏湖北叢書本，聞有湘刻本較善。此書雖不甚深，亦多可采。

李氏富孫周易異文釋皇清經解續編本，審別異文甚精。

焦氏循易章句、易圖略、易通釋雕菰樓叢書本、皇清經解本。此三書係易家外道，故附參考書末。

## 易支流

焦氏易林士禮居叢書本。

太玄經

參同契汲古閣本。以上三書多古易精義。

江氏河洛精蘊舊刻本。此書雖非專說易，而其理甚精，外篇多參證數理。易道無所不該而辭有定解，

江氏以算理證易數，可也；焦氏循借算法以鑿易辭，不可也。

# 復禮堂述學詩卷二　述尚書

一

孔子得書始帝魁，百篇獨載帝堯來。
成天平地開千古，聖治爲民禦大災。

書緯云：「孔子求書，得黄帝玄孫帝魁之書，迄於秦穆公，斷遠取近，定可以爲世法者。」尚書序正義。

史記五帝本紀贊曰：「尚書獨載堯以來。」

春秋僖公二十四年左氏傳引夏書曰：「地平天成。」

案：孟子言：「當堯之時，天下猶未平，洪水橫流，禽獸偪人，堯獨憂之，舉舜敷治。舜使益掌火，禹治水，稷教稼穡，契教人倫。」又言：「天下之生，一治一亂。堯時水逆行，民無所定，使禹治之，然後人得平土而居。」蓋洪荒之世，生民之患至多，人與禽獸雜處無別。自伏羲氏作八卦定人倫，而民始別於禽獸；作網罟教佃漁，而民始不爲禽獸所害。歷神農、黄帝、少昊、顓頊、高辛，備物致用，立成器以爲天下利，而屯蒙猶未尽闢。至唐虞之際，然後天地之灾盡去，烝民乃粒，萬邦作乂，百姓親，五品遜。蓋三皇五帝繼天立極之功於是成，而三王以下萬世治安之基於是奠。堯典發首称「粵若稽古」，明其集上古帝皇之大成，以與天同功也。揚子曰：「治始於伏羲而成於堯。」故孔子贊易述伏羲，而删書首堯典。

二

泰伯諸章堯曰篇，尚書大義括其全。

天書垂法皆民事，無逸勤民克顧天。

陳氏澧東塾讀書記曰：「經學之要皆在論語。論語言易、書者少，然『有恆』『無大過』『思不出其位』，易之精義也；『孝友施於有政』，書之精義也。『巍巍乎舜、禹之有天下也』數章，及『堯曰咨』一章，論堯、舜、禹、湯、文、武。尚書百篇，此提其要矣。」

案：讀論語此數章，可以見古帝王聖德之純粹中正，王道之光明正大。所以能參贊天地，保民无疆，大經大法，奠安萬世。而雜霸功利不足與於治，邪説矯誣不待辯而息，此治書之大要也。

鄭君書贊云：「孔子撰書，乃尊而命之曰尚書。尚者，上也。蓋言若天書然。」經典釋文序録，尚書序正義。

案：書務以天言之，故發首稱「曰若稽古」，稽古所以同天也。曰「欽若昊天」，曰「惟時亮天功」，曰「天工人其代之」，曰「天敘有典」「天秩有禮」「天命有德」「天討有罪」，明王者立法一本天道，而其所以敕天命、承天休者，則惟體天地生生之大德，以愛敬生養斯民。民心即天心，故曰「天聰明自我民聰明」「天明威自我民明威」。孟子引泰誓曰：「天視自我民視，天聽自我民聽。」百篇中言天必及民，故曰「天顯民祇」，曰「以小民祈天永命」，曰「天命自度，治民祇懼，不敢荒寧」。凡聖帝明王夙夜兢兢，乾惕震懼，敬德無逸，皆以勤恤民隱而「顧諟天之明命」也。天道蕩蕩乎大無私，王者愛民，其仁如天，因民之所利而利之，因民之所惡而去之，因民受天地之中固有之知覺而覺之。堯命舜曰：「天之歷数在爾躬，允執其中。」孔子稱舜之大知，用其中於民，此萬世爲人君者敬天勤民之準則也。

三

烝烝大孝盡人倫，夔樂來歆厎豫親。
舜治無非熙帝載，代終猶是作堯臣。

堯典「以孝烝烝」。依王氏引之讀。

孟子曰：「舜察於人倫。」又曰：「舜盡事親之道而瞽瞍厎豫。」

禮中庸記，子曰：「舜其大孝也，與宗廟饗之。」

皋陶謨夔曰：「戛擊鳴球，搏拊琴瑟以詠，祖考來格。」馬氏曰：「此舜除瞽叟之喪，祭宗廟之樂。」

案：六經大義皆發於孔子，而善承孔子之學者莫如孟子。孟子萬章篇論舜之大孝，可謂深知聖人之心，立萬世人倫之極，明乎此而天下之爲父子者定。

堯典舜曰：「咨，四岳！有能奮庸熙帝之載。」

史遷說上文「惇德允元而難任人」曰：「論帝德，行厚德，遠佞人。」史記五帝本紀。

孟子曰：「欲爲君，盡君道；欲爲臣，盡臣道。二者皆法堯、舜而已矣。不以舜之所以事堯事君，不敬其君者也；不以堯之所以治民治民，賊其民者也。」

易坤文言傳曰：「地道也，臣道也，地道无成而代有終也。」

案：舜治天下知人安民之宏綱盡在堯典。蓋舜雖代堯踐帝位，君天下三十九年，詳本紀。而盛德大功皆以爲熙帝之載。代帝以有終，始終一臣道而已。故虞史伯夷本其意，於堯典篇書「月正元日，舜格于文祖」。書舜曰：「咨，四岳，有能奮庸熙帝之載。」其後乃書「帝曰」。而篇終總書「舜生三十，徵庸二十，在位五十載，陟方乃死」，以明堯之爲天下得人，真可爲萬世法。蓋堯君道之極，舜臣道之極，舜之盡君道正以盡臣道也。孟子時百篇之書具在，離婁此章及萬章篇論堯、舜、禹之事，蓋統論堯典、舜典之大義，據尚書正經明文以闢齊東野語，明乎此而天下之爲君臣者定。堯治民之事，堯典具矣。舜事親事君之詳，蓋在舜典，觀書序可見。賴孟子述之，孟子曰：「聖人，人倫之至也。」此二典之總贊，即全書及羣經之總贊也。

# 四

安民要道在知人，爲翼明聽舜五臣。
千載重華渺難就，陳詞誰答屈靈均。

皋陶謨帝曰：「臣作朕股肱耳目。」因歷説汝翼、汝爲、汝明、汝聽。

論語：「舜有臣五人而天下治。」

屈原離騷曰：「就重華而陳詞。」

案：書之大義，知人安民，而安民之本在於知人。故孔子歎才難，無窮慨慕於唐虞之際。又曰：「無爲而治者，其舜也與。」自古生民之安莫如唐虞，人才之多亦莫如唐虞。孟子曰：「堯以不得舜爲己憂，舜以不得禹、皋陶爲己憂。」今讀典謨之文，其所以修身而取人者，本原至正；其所以教育人才敷奏而明試者，意至美、法至詳。而君明臣良，元首股肱歡然一體，曲盡下情，以弼上德，數千載後猶使人神往不置。宜乎屈原忠而被謗、信而見疑，不勝傷今思古之情也。孔、孟而下，樂道堯、舜之道者也，靈均亦其人哉。

五

四罪加誅非一時，康成剖裂有深思。

君臣父子理皆順，歎息傳訛轉啓疑。

堯典：「殛鯀于羽山，四罪而天下咸服。」鄭注云：「禹治水事畢，乃流四凶。」堯典疏、春秋左傳襄二十一年疏。案：四當爲三，傳寫訛謬久矣。

左傳疏約鄭義云：「言其先舉禹而後誅鯀。」襄二十一年。案：此正因三訛作四而誤，當正之云：「先誅鯀而後舉禹。」

案：注文傳寫訛倒，王肅乘閒攻駁，具載書、左傳疏。使鄭注原本果爾，則肅之難當矣，然豈不義而鄭君言之？愚嘗反復推求，著論辨之曰：鄭注四凶之四當爲三，舉禹誅鯀先後當互易。蓋經文敘事以類相從。舜受終文祖之後，首言察璣衡、審天象，次敘祭禮，次敘巡守、朝覲之禮，次敘封山濬川，即禹平水土之事在其中，次敘恤刑，因及四罪。此聖人勸賞而畏刑、先禮而後刑之義，初不泥行事先後也。四凶流放，亦連類併舉，非一時事也。鄭以封山濬川之文在前，四罪之文在後，又春秋傳稱舜「賓于四門，流四凶族」，恐人疑經之以事先後爲次，而四罪出於一時也，故特辯之曰「禹治水既畢，乃流三凶」。又謂舜「先殛鯀而後舉禹」，所以明經文記載之法據事不據時，讀者不可誤會。傳所謂「賓于四門，流四凶族」者，亦大略言之，不可以辭害意。蓋正慮迂愚之徒不達經旨，或如王肅所疑而豫破之耳。豈料傳寫互誤即出於此，以致受誣千載也哉。不然，封山濬川與四罪之文先後自明，而鄭云先舉禹後誅鯀，贅此不急之語，徒見其於理不安，甚無謂矣。鄭志答趙商云：「鯀非誅死，鯀放居東裔，至死不得反于朝。禹乃其子也，以有聖功，故堯興之。若以爲殺人父用其子，而舜、禹何以忍乎？」夫殺人父用其子，聖人所不忍，則因子之功而放其父，亦豈忍耶？如志之文，與洪範言「鯀則殛死，禹乃嗣興」，傳言「舜之罪也殛鯀，其舉也興禹」，又言「鯀殛而禹興」，語意脗合，則疏引注文之誤彰彰明矣。蓋共工、驩兜皆後世所謂非常之才，在堯之朝亦不能爲大惡，故帝謂之「靜言」，謂之「象恭」。惟其讒慝傲很出於性成，積久而惡終著，故舜賓于四門乃流放之。鯀治水之初未嘗無功，而剛愎自是，有聖子而不能聽納其言，至九載績用弗成。或不勝其忿忿之意，逆水之性而障塞之，使滔天之勢愈張，昏墊之禍愈烈，故亟貶黜之，宥之以遠。而其子有聖德，即舉之以補救其失，急拯民患。鯀之得罪與三凶不同時，事勢固然。洪範稱：「鯀陻洪水，汩陳其五行，帝乃震怒，不畀洪範九疇，彝倫攸斁。」則當時泛濫横決，使民父子兄弟蕩析離居，天怒人怨，慨可想見。帝之殛鯀，勢不得以已也。禹知父之不善，帝之至仁，孜孜勤勞以蓋前愆，卒至地平天成，烝民乃粒，萬邦作乂，天人皆因禹之功而忘鯀之罪。故洪範曰：「天乃錫禹洪範九疇，彝倫攸敘。」帝嘉其績，授以天下，後遂以鯀配郊，永列祀典，斯爲大孝。使禹錫玄圭之日而鯀未没，帝必不令終殀乎羽之野斷斷可知，豈有如王肅所譏者哉？總之舜以堯臣不忍盡法治之，此義四凶所同。又將用其子，寬其父之罪。此義鯀所獨。禹竭力忘身以幹父之蠱，紓帝之憂，救民之厄，皆天理之正，人倫之至，忠孝仁義於是立極。經傳之文相證自明，鄭注誤字讀正後，涣然冰釋，怡然理順。惜當時學者未探碩意，不能解肅所難耳！曰是皆然矣。春秋傳言流四凶族以禦魑魅，史記言以變夷蠻戎狄，何也？曰：四人本皆王臣外兼岳牧，今黜爲遠方小侯，使知天討之幸免而勤修職事，以功贖罪，此亦聖人天覆地載之德也。

# 六

四臣獻寶出戡者，旋伐崇墉奉上辭。

大傳稱王休誤解，試徵小雅出車時。

論語：「三分天下有其二，以服事殷。周之德，其可謂至德也已矣。」

詩采薇序：文王以天子之命，命將率遣戍役。

出車：「王命南仲。」傳曰：「王，殷王也。」又四牡傳曰：「文王率諸侯撫叛國，而朝聘乎紂。故周公作樂以歌文王之道，爲後世法。」

易明夷彖曰：「内文明而外柔順，以蒙大難，文王以之。」

損彖曰：「損下益上，其道上行。」

繫辭傳説文王處憂患之道曰：「巽以行權。」

尚書大傳説文王受命七年之事曰：「文王一年質虞芮，二年伐于，三年伐密須，四年伐畎夷。紂乃囚之，四友獻寶，乃得免於虎口，出而伐耆。」耆，古文作黎。又説：「散宜生等獻寶陳於紂之庭。紂大悦曰：『非子罪也，崇侯也。』遂遣西伯伐崇。」又云：「六年伐崇則稱王。」

孫氏星衍尚書今古文注疏曰：「得戡黎者，紂赦西伯，賜之弓矢斧鉞，使得征伐。」

戡，説文作𢦏，殺也。蓋黎侯無道，殺之而不取其國。

易晉上九：「晉其角，維用伐邑，厲吉无咎，貞吝。」箋釋曰：「維，詞也。用伐邑，謂紂遣文王伐崇也。」然文王所望於紂者，在用其道以濟天下，非但望其能用己伐罪人而已，故「厲吉无咎，貞吝」。

案：虞、芮質成，諸侯稱西伯爲受命之君。封建之世，朝諸侯即爲有天下。天下歸周三分有二，蓋王周而不復王殷。文王爲臣止敬，率以奉勤於商。蓋諸侯所王者文也，文之所王者紂也。羑里之難，四臣獻寶，蓋增修柔順，損下益上，隆朝貢之禮，以回暴主之怒。所謂「巽以行權」，權而得中，至誠妙用，無不感孚。是以紂雖至暴，亦悦而暫悟，既釋西伯，又爲除炮烙之刑，且遣之伐崇。大傳既云紂遣西伯伐崇，又云伐崇稱王，蓋稱王命以伐有罪，猶出車云「天子命我耳」。大傳文略，緯候家誤以爲文王身自稱王，斯大謬矣。崇虎譖文王將不利於紂，自稱王則適以實其言，非惟謬於聖心，亦豈當於事勢。將伐崇先戡黎者，黎蓋與崇虎同惡，其國在殷畿内，文王爲紂三公，奉上命而出征，由近及遠，其勢固然。紂既命文專征，事與伐崇連類，勝之而不有其地，故紂絶不以爲意。文王方獻洛西之地於紂，則戡黎必不取其國。孫氏之言當矣。聖人無富天下之心，而嚴於君臣之義。愚嘗深考易文及詩、書、禮記、春秋傳，知文王必無身自稱王之事。往時作文王受命改元稱王辨三篇，依據論語，博引經傳，論之詳矣。干令升之注易曰：「文王之忠於殷，抑參二之強，以事獨夫之紂，蓋欲彌縫其闕而匡救其惡，以祈殷命，以濟生民也。紂遂長惡不悛，天命殛之。是以至於武王，遂有牧野之事。」斯言最爲當理。

## 七

武王從諫即還師，義士猶興虞夏悲。
豈有鹿臺灰燼後，更加三發又懸旗。

今文泰誓説武王觀兵盟津，八百諸侯皆曰紂可伐矣，武王曰女未知天命，未可也，乃還師。孫氏星衍曰越絶書云：「時比干、箕子、微子尚在，武王賢之」。鄭注樂記云：「武王除喪，至盟津之上。紂未可伐，還歸二年。」案史記伯夷列傳云：「西伯卒，武王載木主，號爲文王，東伐紂，伯夷、叔齊叩馬而諫。」武王知天命未可伐，不獨爲三仁之存，必因夷、齊之諫，聖人以人心知天命，義士非之，故知未可伐也。又武王從諫還師論曰：孟子曰聖人行一不義、殺一不辜而得天下不爲也。是時升舟得魚以爲燎，武王已改稱王，因夷、齊一言，本人心以推天意，而云紂未可伐，聖人無利天下之心於是見矣。還歸二年，則夷、齊之諫行矣。紂不能畏懼改行，二句略有改字。甚至奴箕子、殺比干，太師、少師與微子俱去。至十三年戊午渡師時，既無扣馬諫阻之人，且有抱器歸周之士，於是人心大去，天意可伐，故曰「共行天罰也」。揚子曰：「史以天占人，聖人以人占天。」武王以夷、齊一言而知天意，孰謂非聖人哉。若夷、齊者，不獨商之忠臣，亦爲周之諍友。首陽者，遼西首陽也，諫行而全其身，商亡而反其國，求仁而得仁，又何怨。

易泰上六箋釋曰：「或曰：『設武王觀兵之後，紂果能悛，如之何？』曰：『聖人嚴於君臣之義，而無富天下之心。文王率殷之叛國以事紂，武王即位亦然。至紂惡欲稔，庶民弗忍，叛國率無可率，不得已而觀兵孟津，應天稱王，以懷諸侯。猶以三仁在朝，殷民尚有萬一之息肩，曰紂未可伐。使紂懼而能悛，甲子之師必不集于商郊，天下雖失，殷邦猶存。封建之世，朝諸侯即有天下，聖人至公無私，必不如後世所云卧榻之側不容人酣睡也。』」

案：武王雖應天救民出於不得已，猶以三仁尚存，夷、齊直諫，決然還師，絶無坐失機宜後或難圖之慮，立心可謂至公。而他日克殷，夷、齊猶有虞、夏已没我安適歸之歎。故周公作樂，著大武之容，曰「未盡善也」，與「湯有慚德」同。則周末子史説牧野之事，鋪張失實者，可知其妄矣。

逸周書克殷篇：「武王以虎賁、戎車馳商師，商師大崩。商辛奔内，登于鹿臺，自燔于火。武王入，適王所，射之三發，而後下車，擊之以輕吕，斬之以黄鉞，折縣諸大白。」史記本此。

賈誼新書：「紂將與武王戰，紂陳其卒，鼓之不進，皆還其刃，顧以鄉紂，紂死。民之觀者皆進蹴之，蹈其腹，蹷其腎，踐其肺，履其肝。周武王乃使人帷而守之，民之觀者攣帷而入，提石之者猶未肯止。」

案：武王伐紂，迫於天命人心，但求出民水火之中耳。使獨夫不死，亦不過如湯之於桀，放之而已。鹿臺火焚，紂既自伏天誅極刑，何必三發，用劍、用鉞，縣諸大白，而後爲咸劉厥敵，誅殘賊一夫，以示天下諸侯大戮哉？吾聞聖人言武王未及下車而封黄帝、堯、舜之後，下車而封夏、殷之後，封比干墓，釋箕子囚矣。不聞其言未及下車而射紂三發，下車而更擊斬縣旗也。且武王克紂，即以其京師封紂子武庚爲殷後，惟紂自焚死，而武王初無所加，故仍立其子而無所疑忌，此聖人至公之心也。若如逸書所言，豈不慮武庚復仇而養虎自貽患乎？逸書出晚周人手，先王訓典與五霸陰謀、七雄力征之説雜糅，此篇言武王戮紂之事，正與世俘言「諴億」同。王曰：「無畏，寧爾也，非敵百姓也。」古武成有血流漂杵之言，本謂商人自相殺，孟子猶以爲未可盡信，而云「諴億」乎。凡此皆齊東野語，鋪張失實，有同戲劇。蓋習見戰國殺人盈野，誇如火如荼之觀，而不顧其大謬於事、大悖於道。書大傳絶無此等語，以此見伏學之純，不惑稗官雜子。賈子新書所説尤見仁至義盡。説武王事當以此二書爲正。抑又有説焉，天下之怨紂極矣，如新書所言，紂雖自焚，猶未足厭百姓之心，人心以爲必武王戮之如是而後快。傳説既久，遂以爲事實而筆之書。譬如後世吕政、胡亥、楊廣，使漢祖、唐宗生得而戮之，天下必無不稱快。辟則爲天下戮，有天下有國者其可不慎乎！雖然，君臣之義，天地之常經也。湯、武革命，萬不得已而行權也。聖人之弘而猶自以爲慚德，義士猶或非之。若君非桀、紂之暴，臣非湯、武之聖，而敢以下犯上，反易天常，糜爛生民，則天地所不容之亂賊終必伏王莽、侯景之誅而已矣。

又案：紂既自焚，而殷民猶踐踏之不止，則當時衆口傳播，必誇張取殘之烈，侈大殺伐之功。不自知其言之過，浸淫增加，歷世既久，遂至如逸書所言。當時夷、齊隱於首陽，或因傳聞之言而興以暴易暴之歎。然以多方、多士之文考之，他日殷民爲三監煽惑者絶未聞以「三發」「馘億」爲辭，則其爲誣明矣。即如國初史案，明之遺臣或有異辭，邇來横議藉肆狂狺，殊不知當時吏議牽連擬大辟者不可勝數，賴我聖祖仁皇帝如天之仁，除確鑿犯案若而人外，一概豁免弗問，拯罟擭垂入無算性命而保全之。當時蒙更生之恩而不知，今遭陽九奇厄，内府典册流落人間，或得舊日案卷讀之，乃知天高地厚之恩所保至大。故友費樹蔚仲深爲我言此事，以今況古，則稗官小説矯誣無稽，皆搢紳先生所不道明矣。

# 八

洪範五行學至精，帝王鑒戒炯然明。
臯謨九德即三德，原本陰陽治性情。

洪範五行與易道陰陽相經緯，乃聖學之至精。孔子贊周易、删書、録洪範，皆以言性與天道也。繫辭傳曰「易有大極」。極，中也。大極元氣函三爲一，皇極所由建，彝倫所由敘。民受天地之中以生，受此道也。大極生兩儀，天秉陽，地秉陰，合而生成五行。兩儀生四象，即五行，春夏木火爲陽，秋冬金水爲陰，土分旺四時，兼有陰陽。四象生八卦，震陽木、巽陰木、乾陽金、兑陰金、艮陽土、坤陰土、坎水陰中有陽、離火陽中有陰。天地之數，八卦之位，無非五行。蓋陰陽精氣在天爲五星，在地爲五材，在人爲五性。木神則仁、金神則義、火神則禮、水神則信、土神則智，故五行者，五行下孟反。也。五行發而爲五事，貌屬木、言屬金、視屬火、聽屬水、思屬土。五事之應爲五徵，雨木氣、暘金氣、燠火氣、寒水氣、風土氣。王者建極，敬用五事，則五行得其性，而三德協於中。八政修、五紀順、龜筮從、庶徵時而五福以類升。若王之不極，五事失道，則五行交沴而六極以類降。言出乎身、加乎民，行發乎邇、見乎遠，人事感于下，天道應於上。積善積惡，殃慶之報；禎祥妖孽，興亡之徵。氣類相通，禍福自求。如水流溼、火就燥，事有必至，理有固然。是以聖人見休而戒，遇咎而懼。赤烏以穀俱來，周公曰天之見此以戒之。桑穀生朝，雊雉升鼎，懼而修德，卒致中興。日月告凶，山冢崒崩，胡憯莫懲則敗；旱既大甚，蘊隆蟲蟲，側身修行則興。蓋坱然太虛之中，無非陰陽五行，我身之陰陽五行與天地之陰陽五行初無閒隔。故王者受命在天位，能盡其性則能盡人性、盡物性，可以贊天地之化育。君子爲天地立心，非禮勿視聽言動，則下學人事可以上達天命。其理一也。漢世儒者如伏生、董子、劉子政、鄭君，皆深明陰陽五行之學。翼子政所上灾異封事，千載後讀之猶驚心動魄，而時主不悟，卒成新莽之篡。經義之關係家國豈不大哉！漢書五行志載諸儒説易、書、春秋灾祥之應，雖或歧異，要其大旨歸於使人君敬天勤民，反身修德，足以弭當時之禍亂、垂後世之法戒而已。陰陽五行之學，自誠意正心以至平天下，自戒慎恐懼以至位天地、育萬物，一以貫之。與丹書「敬吉怠滅，義從欲凶」之旨若合符節，非術數小道所可同日語也。

皋陶謨「九德」，鄭注云：「寬柔擾三者相類，即洪範云柔克也；愿亂直三者相類，即洪範云正直也；簡剛彊三者相類，即洪範云剛克也。」凡人之性，有其上者不必有下，有其下者不必有上。上下相協，乃成其德。孫氏曰：「上謂寬至彊，文在上。下謂栗至義，文在下。此似相反而實相成。」五行生克之用，聖人法陰陽以治性情之學也。

洪範「三德」，一曰正直，二曰剛克，三曰柔克。鄭君曰：「克，能也。剛而能柔，柔而能剛，寬猛相濟以成治立功。」孫氏曰：「此言人有三德，當自治其性。」

案：皋陶謨鄭注以洪範三德爲治性之事，洪範注則以爲治人之事，實則剛柔相濟而協於中，盡性在此，盡人性即在此，治己治人非有二用。皋陶謨九德皆言「而」，古「而」與「能」通。克，能也，勝也。正直，中道也。剛克，剛德之能也；柔克，柔德之能也。能者，能勝其偏以歸於中也。平康正直，兼治己治人言之。平康之性，以正直之道順理之；平康之國，以正直之人善治之。是謂中道。「彊弗友」二句，言剛柔各當其用，就治人言之，而治己亦然。「沈潛」二句，言剛柔互相爲用，就治己言之而治人亦然。蓋梗頑難化之俗當用剛能之人，以忠信明決服其不義，不可失之柔。寬柔和親之俗當用柔能之人，以溫慈惠和教其未逮，不可失之剛。以言乎治己，則剛克謂修慝懲忿力去其惡，柔克謂漸仁摩義、馴致乎成，此剛柔各當其用以協於中也。性沈潛者偏於柔，當以剛自克，使振拔而有爲，則柔而能剛。性高明者偏於剛，當以柔自克，使孫志而循理，則剛而能柔。以言乎治人，則滯弱之俗當振之以剛，亢爽之俗當馴之以柔，此剛柔互相爲用以歸於中也。左傳文五年甯嬴引書「沈潛」二句，亦指治己言之。要之皇建有極，惟能盡其性，乃能盡人之性。不剛不柔，用中於民，而刑賞悉歸忠厚，以裁成天地之道。所謂乾道變化，各正性命，保合太和，雲行雨施，天下平也。五行相克，正以相生；剛柔相克，所以成能。聖學之要，變化氣質；王道之成，移風易俗。皆大易既濟之事也。

又案：下文云「惟辟作福」「惟辟作威」「惟辟玉食」。作福，謂慶賞，由燮友柔克而推之也；作威，謂刑罰，由彊弗友剛克而推之也。玉食，謂萬民惟正之供，治人者食於人，君爲之主，乃能以裁成天地之道，使民各安其日用飲食，而王道正直、家用平康也。

作福、作威，皆承上「惟皇作極」之文。王者自治其性情，建中和以爲民極，乃能用三德之臣，以申天命、行天討、享天禄。上云攸好德錫之福，所謂作福也；無虐煢獨而畏高明，所謂作威也。八政首食、貨，君得有其玉食，則食足貨通，民富可知也。三者皆統於君，天下定於一也。又君道剛，故惟辟作福、作威、玉食；臣道柔，故無有作福、作威、玉食。君君臣臣，則人無頗僻，民無僭忒，而天下平康矣。若臣而竊威福之柄，攘玉食之奉，如魯之季，齊之田，漢之莽、卓，及後世巨姦，其害於國而禍及天下也大矣。箕子深識遠見，故因治用三德而及此，明敷治在臣，而用臣出治之權在君。上文反覆以戒王之不極，此痛切以戒臣之不軌，而爲人君者當修身尊賢以慎刑賞，而使富貴不離其身者亦從可知矣。

九

要識三占從二義，善鈞從衆作權衡。
庶人卿士皆謀及，建極惟皇政乃平。

洪範：「立時人作卜筮，三人占則從二人之言。」

左傳成六年欒武子曰：「善鈞從衆。夫善，衆之主也。」

洪範又曰：「凡厥庶民，無有淫朋，人無有比德，惟皇作極。」

又曰「無偏無陂，遵王之義」云云。

案：「善鈞從衆」一語實聖人與衆同欲之權衡，必周初以來書家相傳古義，而欒書聞之。欒書後雖作亂，而當時無惡。此語深合書旨，必出舊聞，故或人引書而即以此答。傳述有本，確乎可信。蓋三兆三易皆神聖制作，而所立卜筮人亦必學問相等，所謂善鈞，故占辭吉凶不同則舍寡從衆。推之以圖事，亦必所與謀之人德之優劣等，所謀之言理之短長等。而持論各異，難以義決，乃以衆爲斷，所謂善鈞從衆者如此。若其人其言善不善不鈞，則必惟善是從，非衆是徇。蓋善者，天下之公言也，雖其人或寡，而得乎天下人心之所同然，故曰「善，衆之主也」。不善者，淫朋比德之私言也，雖其人或衆，而犯天下之所同惡，豈得爲衆乎？聖人與衆同欲，與億兆生民同欲也，非與結黨營私、十百爲羣者同欲也，故此云「三占從二」。而上文先云「皇建有極」，又云「無有淫朋，無有比德」，又云「無偏無黨，王道蕩蕩；無黨無偏，王道平平」，「會其有極，歸其有極」。極者，善之至也，善所在而王從之。樂取於人以爲善，執其兩端，用其中於民，所以能建有極而庶民于汝極，所以能作民父母以爲天下王。若不惟其善而惟其衆，則國家多難之秋小人道長，惡直醜正實繁有徒，蜩螗沸羹以惑上聽、以蕩衆心，君子孤危而小人横肆、神姦大憝，遂劫衆以擅作威福，覬覦玉食。趙高脅羣臣謂鹿爲馬以弑君，冒頓脅射者鳴鏑是從以弑父，王莽誘天下諂諛之徒上書言己功德。蚩尤之作亂，盜跖之横行，塗炭生靈、殺人不忌。不度於善而惟衆是恃，其禍豈但頗僻僭慝而已。近世僉人欲紛更舊章，敗國殃民，連結羣慝，沸騰姦言，以取決多數之説抹煞是非，遂成天下莫大之禍，圓顱方趾之民受其荼毒未知所底。實則此輩在數萬萬人中爲至少之數，好惡拂人之性，衆以爲殃，而無如其在勢何？觀乎此而知善爲衆之主，真至理也；善鈞從衆，真經義也。衆折衷於善，善歸極於皇，王者明目達聰，謀及卿士，謀及庶人，而以至善一天下之衆，則庶民並受其福而天下平矣。

東國避居待君寤，并期兄弟悔前愆。
罪人斯得過歸己，零雨心悲無盡年。

## 一〇

金縢：「武王既喪，管叔及其羣弟乃流言于國，曰『公將不利于孺子』。」鄭注曰：「既喪，謂喪服除。」武王崩，周公爲冢宰，免喪服，意欲攝政，小人不知天命而非之，不知天命公輔成王安周室。故流言于京師。王氏鳴盛尚書後案曰：「周公爲太宰，禮，君薨，百官摠己以聽于冢宰三年。當武王初崩，周公固已攝政，自是常禮，不應致疑。至免喪猶攝政，故管、蔡疑之。」二語用孫疏易。

案：周公以成王幼，國家多難，故免喪猶攝政，欲俟天下太平，王年長，乃歸政。管叔習見殷代兄終弟及，有覬覦之心，故乘閒流言以危公。

周公乃告二公曰：「我之弗辟，我無以告我先王。」鄭以「辟」爲避居東都。王氏曰：「僞孔以居東爲即東征，一聞流言，即往征之，必無此事。且流言在未叛之前，流言與叛，兩時也，兩事也。使羣叔果與武庚同叛，公之誅之宜也。成王雖懵愚，亦何至既誅三監猶有未悟，必待雷風之感、金縢之啓始釋然乎？大誥序『武王没，三監及淮夷叛。』『没』與『叛』相隔甚遠。撮敘，非連敘也。」

案：流言欲危周公，叛則直致難於成王。若初時即叛而公誅之，王意無疑，何待爲詩貽王，史亦何庸書「王亦未敢誚公」乎？古書敘事，或撮舉不以年次，故漢初儒者説此事多異義。鄭君博稽經傳，細推事理而定之。西莊所申，確不可易。

「周公居東二年，則罪人斯得」，鄭注曰：「居東者，出處東國待罪，以須君之察己。罪人，周公之屬黨與知居攝者，周公出，皆奔。今二年，盡爲成王所得，謂之罪人，史書成王意也。」王氏曰：「鄭以斯時公之心迹未明，王疑方甚，則屬黨爲王拘執，實情理所有。」周易集解蒙初六引干寶云：「此成王始覺周公至誠之象，將正四國之罪，宜釋周公之黨。」然則此注干寶已引用之，古書多亡，在鄭當日必別有據。

江氏聲尚書集注音疏曰：「罪人，謂流言者。初聞流言，未知所自出，居東二年，探得其實，知其出于三叔。」

案：江說合於詩毛傳，當與鄭義並存。

「于後，公乃爲詩以貽王，名之曰鴟鴞，王亦未敢誚公。」鄭注曰：「周公傷其黨屬無罪將死，恐其刑濫，又破其家，而不敢正言，故作詩以貽王。成王非周公意未解，今又爲罪人言，欲讓之，推其恩親，故未敢。」

案：爲詩貽王義詳下。云「推其恩親」者，公自王襁褓時傳之保之，恩親至極。王雖惑於流言，罪其屬臣，而於公身未敢有所失禮，此亦可見公平日教養成王至誠所孚者深也。

陳氏澧讀毛詩記曰：「周公東征之事，考之詩書：武王崩，管、蔡流言，周公避居東都，知管、蔡將叛，乃爲鴟鴞之詩。成王猶疑周公，至感雷風之異，迎周公歸。於是管、蔡、商、奄四國皆叛，周公東征三年，歸而攝政，致太平。鄭君說皆不誤，惟金縢云『罪人斯得』，謂得知流言出於管、蔡，鄭以爲成王收周公官屬，此爲誤耳。王肅以周公居東二年爲作大誥而東征，以『罪人斯得』爲殺管、蔡。孔疏以王說傳合毛傳。汪容甫述學又以王説傳合説文。案：鴟鴞篇云：『既取我子，無毁我室。』毛傳云：『寧亡二子，不可毁我周室。』毛意以大鳥取我二子，將毁我巢，喻武庚叛而使管、蔡附己，將毁周室也。説文云：『辥，治也。』引周書曰『我之不辥』。許意謂不治流言所自起則無以告先王也。二者皆不可傳合王説也，如王説則於詩、書皆不可通。金縢言管叔及羣弟流言，未言管、蔡叛也。周公一聞流言而遽興兵誅殺兄弟，何太急乎？僞古文蔡仲之命云：「羣叔流言，乃致辟管叔於商，囚蔡叔於郭鄰。」此以流言即誅囚，與王説同，可知僞古文乃肅所作也。且成王此時方疑周公，豈命周公伐管、蔡乎？此大誥孔疏語，正可以駁僞孔及王説，所謂以矛刺盾也。王云『二年克殷殺管、蔡，三年而歸』。見豳譜孔疏。此以書言二年，詩言三年，參差不合而爲之彌縫耳。」汪容甫云「公避位以遯於野，一死士之力足以制之」。夫成王且不敢誚公，况敢遣死士以制之乎？若用死士，則公雖在朝亦可害之矣。其所據逸周書作雒解之文。則孔、晁注已言其陵越，江艮庭論之已詳矣。

案：周公居東事，惟毛氏詩序與鄭書注、詩箋説之最當，而罪人斯得所指不同。毛義劉氏台拱周公居東論推闡最精，鄭義元弼嘗詳論之。文皆多，録其略。

劉氏曰：流言之初起也，周公萬萬不料其爲管、蔡，而心識其爲商人之閒己，則不敢以不察，察而得之，必且始而駭、中而疑、終則痛哭流涕，引以爲終身之大慼。此天理人情之至，以義推之而可見者也。夫周公之不可避也明矣。王室未安，四方未集，則武王不可死。武王死而周公存，則周公之身一武王之身也，而周公不可去。人謂成王疑周公，於勢不得以不去固也，而不知周公豈苟去者哉？鄭氏之說以爲避位待罪以須成王之察己者，此周公之迹也，乃若其心則欲就居東國密邇商人，得以陰察諸侯之動靜而爲之備也。按：鄭君非不知其心，意有所偏重耳，詳後。蓋周自后稷、公劉以來，修德行義十有餘世，大統甫集而忽焉喪之，此周公之所大懼而不敢不以爲身任者也，故曰「我之弗辟，我無以告我先王」。至於二年之久，然後主名區處，一一得之，故曰「周公居東二年，則罪人斯得」。罪人者，非一之辭也。得者，廉而得之也。「鴟鴞鴟鴞，既取我子，無毁我室」。迨天之未陰雨，徹彼桑土，綢繆牖户。」成王二公未始以爲憂，而公獨識之，此所謂罪人斯得者也。吾於鴟鴞見人道之極焉。鴟鴞取子，以喻管、蔡爲武庚之所脅從，所以未减其倡亂之罪，而不忍盡其辭，親親之道也。至於閔王業之艱難，懼覆亡之無日，情危辭蹙，幾於大聲而疾呼，自書契以來，哀痛迫切未有若此詩之甚者。史臣以「於後」二字繫於「罪人斯得」

之下，實與詩之辭旨表裏相應，明白無疑。「自爲詩」以上記周公之事備，乃著「王亦未敢誚公」一語，以見成王之心。蓋周公去位而成王不留，以上數語有删併。居東二年而成王無後命，及得鴟鴞之詩猶尚不悟。但自始至終，未敢致誚讓於公。古人記事，文約旨明，一言蔽之，情事了然矣。

元弼申詩鴟鴞箋曰：先儒演贊鄭誼多善，惟「罪人斯得」注，説者猶疑之。愚竊謂周公將攝政，管、蔡流言，成王當日將誰信耶？信周公則當如漢昭帝之於霍光，邠風無由作矣。信管、蔡則王之視公幾勢不兩立，公雖避位釋嫌，而王怒未怠，讒夫方張，屬官觸罪，何足以疑？史記周公世家、蒙恬列傳皆有賊臣譖周公、成王大怒、周公奔楚之文。藉非屬官實有出奔，何由傳於此言。據此以推，足知當日危亂之情形矣。鄭説有本，不待他證，請以詩、書證之。書曰：「罪人斯得，于後，公乃爲詩以貽王，名之曰鴟鴞。」詩序曰：「成王未知周公之志，故爲詩以貽王。」未知周公之志者，未知其將攝政之志也。攝政與不利，志相反也，迹相似也。不知其志而疑其迹，王不幾謂公爲罪人乎，何有於屬官？詩序未知公志，與書「罪人斯得」文正相當，彼此互證，作詩之由可想見矣。「罪人斯得」不即爲詩貽王，於後乃貽之者，欲俟王意稍解也。書曰「王亦未敢誚公」，則王與公有隙可知。詩序一則曰「遭變」，再則曰「救亂」，而周大夫刺朝廷之不知至於再，則周公之難不減於文王明夷矣。而謂屬官得咎必無其事，索隱鉤深，恐有所未盡也。且禍亂不極則聖人不顯，善哉乎狼跋之序曰：「周公攝政，遠則四國流言，近則王不知，周大夫美其不失其聖也。」凡周公所爲者極難耳！公曰「我之不辟，我無以告我先王」，此哀痛之言，傷心之語，當深長思也。蓋先王以孺子天下付周公，周公在朝則天下莫敢起而致難於成王。今王疑公矣，避則國命誰寄，不避則内患將作，身不免而國從之。避而設備，則有據土以叛之嫌，適以證流言而益王疑；避而不設備，則敵人乘我，亡無日矣。此先王在天之靈時怨時恫而不可奈何者也。於是深計熟慮，陽託釋位待罪之迹，而陰爲保聚禦侮之謀，歷二年之久，而商人不敢竊發，則公之苦心經營、思患豫防爲何如哉。於是時也，公蓋日夜以冀王心之悟也，又日夜以冀管、蔡之悔禍，將更設善法以保全之也。孰意讒説未已，王忿不衰，四國方虎視眈眈，狡焉思逞，而王乃囚執賢臣，幾於助敵自攻。公以孤危之身寄億兆之命，内外交迫，計無所施，於是遲回審顧，作歌告哀，以廣主上之意。而其事不可以正言也，偏言之以見正；不可以深論也，淺言之而愈深。其詩言諸臣父祖勤勞王家以致禄位，積功至苦，不欲見子孫絶奪，王當哀閔之；以見先王積德累仁締造艱難，不忍見丕基之顛覆，王當顧念之。詩辭不及邦國大故以避嫌，而撥亂憂禍之心隱然可見，蓋借端以曉王。人情非甚相遠，天下之理一也。公惟以先王之心爲心，故能忖度先臣之心；王苟諒先臣之心，有不惕然以念先王之隱痛乎？漢昭帝曰：「大將軍國家忠臣，先帝所屬。」王苟因此追念先王，則執書以泣，不待金縢矣。詩曰：「孝子不匱，永錫爾類。」公蓋欲以告我先王之心施及成王，所請者屬臣，而所以請者不獨爲屬臣，乃大懼社稷之不靈長也。故序逆其志曰：「周公救亂，文立乎此而意見乎彼。」王而悟，國之福也；即不悟，言不及政，不至攖忌。其辭遜以説，其思危以深，其義隱而顯，紆迴曲折，求之而其趣無盡。詩序説風之義曰：「一國之事繫一人之本，言之者無罪，聞之者足以戒。」鴟鴞，風之極則也。至公之秉心不回，亦於此可明。正義曰：「成王謂公將簒，故罪其屬黨。公若實有簒心，不敢爲臣諮請。今作詩與王言其屬臣無罪，則知公不爲害。」此言是也。苟有邪心，事已暴露，屬黨將誅，君怒方甚，自絶俱全之望，豈費無益之辭。

惟心本無他，故志在相救，此理之是非易明，情之虚實不爽者也。王得詩反欲誚公，蓋倉卒未達故耳。以公之聖，不患更無轉移之方，然公之窮至是極矣。是以上天震怒，雷風動威，精誠之所致也。夫周公，文王之爲子，武王之爲弟，成王之爲叔父也。有大功，位冢宰，禮樂征伐政由己出，望莫隆焉，權莫重焉。成王屬則兄子，年則沖人。而流言之難，避位逡巡，負罪引慝，屬臣無辜，横被大譴。義當規諫而不敢直言，惟取至誠懇惻，式感王心，小心畏忌、柔順謹敬如此，此可以定萬世君臣之分矣。夫分親生嫌、功高震主、罪人斯得之時，以他人處此，稍不以將順爲匡救，則大事決裂，禍起蕭牆，王室分崩，敵人乘敝，身陷國夷，先王何賴。即或相忍爲國，而君心疑憚，驂乘芒刺，苟安之爲多，何太平德洽之有？惟其逆來順受出於至誠，故風雷彰德之後，成王歷思往事，深信不疑。攝政七年，惟所施行；伯禽抗法，卒成盛德。明文昭，定武烈，揚頌聲，虚囹圄。後人知周道之成在誕保受命時，而不知其所以能成者，在罪人斯得時也。其後周公歸政，北面就臣位，無伐矜之色。周公且薨，曰「必葬我成周，明我臣於王」。蓋公於王純乎臣者也。周公居人臣之極地，遭人臣之至變，而於至變中垂萬世之至常。書大傳曰：「忠孝之道，盡在成王、周公之閒。」可謂知言矣！問者曰：「周公遭變救亂則然矣，其初之欲攝政，何也？」曰：「以成周道也，且成王之志也。成王免喪，年十三耳。詩敬之述王答羣臣之辭，自知未能成文、武之功，周公於是始有居攝之志，蓋不得已而爲之。居攝，王初無疑，不利之言出王乃疑耳。」曰：「鄭以罪人爲『與知居攝者』，何也？」曰：「此明其無罪也。居攝，王與羣臣靡不知，不獨屬臣知之，與知居攝，何罪之有？罪之者，誤以爲與知不利耳。」曰：「此人本無罪，而經書罪人，何也？」曰：「鄭注云『史書成王意』，此言乎其初也，初既據王意書之，後當據王意改之。然而不改者，此周公之志也，蓋天下無不是之君親。鄭注居東云『出處東國待罪』，是公且身自引罪。子云：『善則稱君，過則稱己，則民作忠。』夫以周公之聖，德通神明，道濟四海，天下萬世莫不見其心。而公於此猶若負疚然，所以爲事君之小心也，所以正名教、敘彝倫、示大順也。揚子雲曰：『事父母自知不足者，其舜乎。』余亦曰：『事君自知不足者，其周公乎。』」曰：「是皆然矣，罪人斯得，古說不一，皆失實歟？」曰：「年代渺遠，典籍散亡。鄭蓋於古書中擇取一說，何可舉一廢百。但以罪人斯得爲知流言所由，公之防亂較易；以罪人斯得爲得公屬臣，公之蒙難乃更難耳。鄭君蓋欲極觀聖人處變之道，以立萬世人臣之大防也。書注一則曰『待罪以俟君之察己』，再則曰『不敢正言』，其辭氣之順，可謂得公之心矣。鄭意若曰，以周公之貴之親之勳之忠而被誣如彼，而其心其事如此，則夫乘勢竊柄、貶主專國、跋扈不臣者，其罪上通於天矣。蓋伯夷、叔齊爲仁賢則衛輒爲逆惡，事以對證而明也。鄭君當漢綱絶紐、賊臣干位之時，懼後世之無人倫也，極明順道以深塞逆源，是仁人憂世之志也。即所據書稍未得實，亦足以明教矣。爲鄭學者心知其意，不必泥成王之果失刑，但當知周公之善處變。王而不罪公黨則已，如其罪之，公之挽回補救必如此，萬世人臣當大任、事弱主者皆當如此。如此爲聖，皇甫義真、諸葛孔明知大道矣；不如此爲賊，曹操、袁紹輩是也。若就成王而論，則靡不有初，鮮克有終，苟能有終，衰職不廢。太甲顛覆湯之典刑，思庸復辟，爲殷太宗。王即有是過舉，王年少，賊臣誤王也，豈遽爲盛德累哉。」

案：「罪人斯得」，不據王意改之以罪管、蔡者，蓋周公之所不忍也。管、蔡失道，公欲保全之而不能，深以爲痛，不忍更以罪人目之。常棣列於文王之詩，變易時世以隱其罪。東山曰「我東曰歸，我心西悲」，此又周公之至情也。

逸周書作雒篇：「武王克殷，立王子禄父，俾守商祀。建管叔于東，建蔡叔、霍叔于殷，俾監殷臣。王崩，周公相天子，三叔及殷東徐、奄及熊、盈以略。略，亦作畔。周公、召公内弭父兄，外撫諸侯，作師旅，臨衞政殷。政，亦作攻。殷大震潰，降辟三叔，王子禄父北奔，管叔經而卒，乃囚蔡叔于郭淩。」

書序：「武王崩，三監及淮夷叛。周公相成王將黜殷，作大誥。」「成王既黜殷命，殺武庚，命微子啓代殷後，作微子之命。」「成王既伐管叔、蔡叔，以殷餘民封康叔，作康誥。」

案：黜殷伐管、蔡，皆周公東征事，奉成王命爲之。序惟於黜殷言周公者，蓋周公東征本爲征殷，禄父既走死，下令治三叔，雖申王法，公意實欲求得而保全之。管叔自以罪魁戎首，懼不得免，先已自經。乃以蔡叔歸，而赦霍叔，使仍列於諸侯。逸書言「管叔經而卒，乃囚蔡叔于郭淩」，不言乃經管叔、囚蔡叔。且管叔經卒與禄父北奔連文，在「乃囚」之上，其爲管叔自經甚明。詩云「原隰裒矣，兄弟求矣」，鄭箋謂「兄弟相求立榮顯之名者」。燕兄弟屬辭固然，若以閔管、蔡之情推之，則隱含原隰積尸中兄弟是求之意，周公欲保全管、蔡之志可見矣。使管叔不自殺，亦必如蔡叔得盡天年，故序於伐管、蔡惟言成王，不言周公。蓋王深怒其始之欺、終之叛，命公討之，與武庚同罪。公欲設法皆保全之，而勢已不及。此東山零雨無窮之悲也，惟聖知聖，孰謂序非孔子作哉。

## 二

庇民大德不居功，舜、禹、文、周事上同。
君子欲明忠孝道，試觀攝政七年中。

禮表記曰：「子曰：『下之事上也，雖有庇民之大德，不敢有君民之心。其舜、禹、文王、周公之謂與？』」

文王世子曰：「成王幼，不能涖阼。周公相，踐阼而治，抗世子法於伯禽，欲令成王之知父子君臣長幼之道也。」

明堂位曰：「武王崩，成王幼弱，周公踐天子位以治天下。六年，朝諸侯於明堂，制禮作樂，頒度量，而天下大服。七年，致政於成王。」

荀子儒效篇曰：「武王崩，成王幼，周公屏成王而及武王，楊倞注：「屏，蔽。及，繼。」以屬天下，惡天下之倍周也。履天下之籍，聽天下之斷，教誨開導成王，使諭於道，而能揜迹於文、武。周公反籍於成王，北面而朝之，而天下不輟事周。」

書大傳曰：「忠孝之道咸在成王、周公之閒。」

案：曰「踐阼」，曰「踐天子之位」，曰「及武王」，所謂攝政也。曰「抗世子法以善成王」，曰「屏成王」，曰「教誨開導成王使諭於道」，攝政所以爲致政之地也。蓋成王自幼朝夕依周公，恩親至深，風雷彰德之後，信公更至深，於是以天下大政委周公設施，而己安受周公之教，無爲如世子時。且當日管、蔡流言，以公將不利惑成王，及讒說不行而以殷畔，必將聲言文王事殷而武王反之，以臣伐君。成王是其子，乃殷之讎敵，殷人欲得而甘心。故書多士曰：「惟我事不貳適，惟爾王家我適。」適，讀爲敵。言我不以殷爲敵而疑之，爾殷家自與我爲敵耳。當時四國及淮夷、熊、盈並起，其勢洶洶。周公屏蔽安護成王，而以身當大難之衝，以代王爲政，布告天下。故作大事則權稱王，朝諸侯則負扆南面，郊祀后稷，宗祀文王，則於洛邑行天子之禮，以臨海内，助祭諸侯。其教誨開導成王，自天道、聖學、王政既極誠啓沃，而治軍旅、臨諸侯又隨時使之歷練，由漸使天下繫心。故四國既平，踐奄將歸，則請王視師，書多方是也。四年建侯衛，則與王俱接諸侯，如古世子迎侯之禮，見王長成堪治天下事，故康誥呼孟侯而酒誥遂稱「成王若曰」，明已成爲王。義詳本篇。五年營洛邑，則輔王以見諸侯，故「太保以庶邦冢君出取幣，入錫周公」，曰「旅王若公」，曰「惟王受命」，曰「王來紹上帝」，而呼周公則稱「旦曰」，明示諸侯以將復辟。於是郊祀宗祀以合萬國之歡心，天下太平。六年遂制禮作樂，爲成王定典法，而七年致政焉。此七年中，周公外遏禍亂興治平，内養成君德繫天下心，其勤勞至矣。周公德威素著於天下，天下所愛敬者惟公，所畏憚者亦惟公。公攝政事權歸一，則庶邦絶思亂之意，兆民切望治之思。德化既洽，天下惟公是從，則王復辟可無爲而治矣。四國之變非細故，天下之定非一日。觀乎周公歸政，猶有多士之誥；伯禽既封，尚勞徐戎之征。則成王之初不堪多難，非周公攝政，安能定八百年之丕基乎？以周公之大勳勞，而歸政之後北面就臣位，恐恐如畏然。及將没，曰「必葬我成周，明我臣於王」。聖人之事君，竭忠而盡順如此，故夫子以舜、禹、文、周並稱，易坤元凝乾之爻曰「黄裳元吉」，其此之謂乎！

## 一二

康誥乂民如保赤，原情折獄幾丁寧。
唯將元惡申天討，傷敗彝倫服義刑。

康誥：「若保赤子，惟民其康乂。」孟子説之曰：「赤子匍匐將入井，非赤子之罪也。」

案：「若保赤子」一言，至爲沈痛。民無知觸罪，猶赤子無知入井，此非民之罪，乃爲上者失養失教無以保之耳。然則如之何而保之？禮大學記曰：「心誠求之，雖不中，不遠矣。」養子者，推心爲之，而中於赤子之嗜欲。乂民者，亦當殫心撫字，深察其不能上達之隱。湯曰：「萬方有罪，罪在朕躬。」文王視民如傷，曰：「如毛在躬，拔之無不知痛。」是故明君治民，惠鮮懷保，養欲給求，必使仰足以事父母、俯足以畜妻子，然後驅而之善，使人人有君子長者之行，則民之誤入法網者鮮矣。

王曰「封，敬明乃罰」云云。

案：民或不幸而陷於罪，則必悉其聰明，致其忠愛，原情而治之。小罪惟終不可不殺，謂若邪惡之民入圜土教治之，歷三年之久，而凶頑終不能改，且擅出圜土者，殺之以遏寇賊姦宄荼毒良民之漸。大罪惟眚不可殺者，意善功惡，如過誤殺人之等，既以道推極其觸罪之情，則憫其本心之無他而赦之。或曰小罪大罪，謂同是死罪，而事有輕重，當原其情而定獄。苟得其情，確係過誤，所犯雖重，必斟酌赦宥，誠不忍其無知而陷死地。堯典欽恤之意在此，呂刑哀矜之仁本此，此聖人體天仁覆閔下之心也。

王曰「封，元惡大憝，矧惟不孝不友」云云。左傳僖三十三年臼季引康誥曰：「父不慈，子不祇，兄不友，弟不恭，不相及也。」昭二十年苑何忌引曰「父子兄弟罪不相及」，皆約文。孫氏書疏曰：「吊，善；速，召；由同訦，罪也。言此首惡爲民大怨者，其惟不孝不友之人。父子兄弟不相和睦，不可謂之同惡，惟其中有善者，不當爲我政人所連坐。政人，爲政之人。左傳引罪不相及，即不于我政人得罪也。『天惟與我民彝大泯亂，曰乃其速由』者，言此父子兄弟不睦之人，滅亂天常，乃其自召罪訧，不可旁及親屬。酒誥曰『惟民自速辜』，多方云『乃惟爾自速辜』語意正同。又周書罪不相及論曰不孝不友之人，所爲大惡必不謀于骨肉親戚。『吊兹』猶『兹吊』，『速由』當斷句。書意言大惡之人不聽父兄教誨、子弟勸阻，而其父兄子弟亦有善者，不可株連坐罪。惟泯亂彝常之人乃自取罪尤，應加以文王不教當作赦。之罰耳。國家積德累仁，幾致刑措，遇有從坐之條，或奉特旨免死輕刑，深得康誥恤民宥善之旨，豈非三代以上哲王政令乎？」

案：孫説甚善。矧訓況。詩常棣傳云：「況，兹也。」則「矧惟」即「惟兹」。蓋殺人于貨爲大惡者，皆不孝不友之人，其平日爲子爲父爲弟爲兄皆不順道理，故暴戾恣睢，横行無忌，不顧其父子兄弟而敢爲大惡。其父子兄弟之善者無由知之，不可連及。有子言爲人孝弟必不好犯上作亂，然則元惡大憝必不孝不弟之人可知。其父兄子弟教誨之、勸阻之，而無可如何。文王作罰，惟自作不典者刑之無赦，惡惡止其身，不及其他也。此就孫讀申之。若「矧」字「速由」句依舊訓、舊讀，則謂殺人不忌之元惡爲凡民所大怨，况推其作惡之原，本不孝不友自絶天倫，爲人心所同惡者乎？爲子則不孝，爲父則不慈，爲弟則不恭，爲兄則不友，故不顧其至親骨肉而敢爲寇攘，所謂自作不典、自得罪也。其父子兄弟之善者初不知情，我政人不可罪之。與同於。天意惟於大泯亂我民彝者，謂政人曰「乃其速用文王作罰，刑茲無赦」。曰者，順天意而爲言，明天討也。文王之法即天法，視民如傷，弼教棐彝，仁之至、義之盡也。上云「罰蔽殷彝，用其義刑義殺」，此云「速由文王作罰」，則文王之法本於湯。論語所謂「殷因於夏，周因於殷」，孟子所謂「殷受夏，周受殷」者也。凡百亂源皆由泯亂民彝，周禮有不孝不弟之刑，所以絶姦宄之萌。孝經天子章特引甫刑，明刑自反此作。明王以孝治天下，則一人有慶兆民賴之，禍亂不作而刑可措矣。

又案：紂時淫刑濫罰，必株連無辜。文王作罰，一本成湯典刑。或小有因時變通，而所以率天常、正人倫、遏亂源則一。此明德之用，慎罰之大義也。周禮「族師」，族聯相保相受，與此文本不相違，元弼嘗詳辨之，載復禮堂文集。

一三

七十一篇出晚周，先王謨烈竄陰謀。
嘉禾秀發童節雜，千耦其耘乃有秋。

謝氏墉曰：「漢志，周書七十一篇列尚書後，劉向以爲孔子删削之餘。隋志始以爲與穆天子傳俱汲冢書。然漢志未嘗列穆傳，則其非出自汲冢可知，不當牽合。愚嘗玩其文義，與尚書周時誥、誓諸篇絶異，而其宏深奥衍，包孕精微，斷非秦漢人所能仿佛。不第克殷、度邑爲龍門所引用也，明堂見於禮記，職方載在周官，其文雖有小異，要不足爲病。而箕子、月令想即洪範、吕覽所傳之文，周史所記載者也。惟其闕佚既多，又頗有爲後人羼入者，篇名亦大率俗儒更易，必有妄爲分合之處。其序次亦未確當，如大匡爲荒政第四卷，『王在管』時不當復以名篇，且文内大匡、中匡、小匡意不可解。時訓似五行傳，謚法與史記正義大同。殷祝雜出殷事，與王會篇末成湯、伊尹語皆爲不類。若太子晉一篇，尤爲荒誕，體格亦卑弱不振，不待明眼人始辨之也。愚謂是書文義酷似國語，無疑周末人傳述之作。其中時涉陰謀，如寤儆之歎謀泄，和寤之記圖商，多行兵用武之法，豈即戰國時所稱太公陰符之謀與？時蓋周道衰微，史臣掇拾古訓以成此書，始於文、武而終於穆王、厲王也。好古之士，所宜分別觀之。」抱經堂本逸周書序。

案：此書蓋出春秋、戰國間，先王彝訓、典章事實賴以存者甚多，然往往雜以陰謀力征之説，如良苗雜以稂莠，耘而去之，我稼乃同。賓牟賈論大武聲淫及商曰：「非武音也，有司失其傳也。若非有司失其傳，則武王之志荒矣。」孔子然之。然則文、武無富天下之心，周代君子皆知之，豈有如寤儆等篇所言哉？子曰「信而好古」爲正經言也。孟子曰「盡信書則不如無書」，謂不可以辭害志也。鄭君曰「不信亦非，悉信亦非」，爲讀傳記言也。知此可與道古矣。

一四

秦火燎原伏壁藏，漢興書出授歐、張。

得篇廿九猶周簡，不是空憑記憶詳。

史記儒林傳云：「漢興言尚書自濟南伏生。」張晏曰：「伏氏碑云，名勝。」又云：「伏生故爲秦博士，孝文帝時求天下能治尚書者，聞伏生能治，欲召之。是時，伏生年九十餘，老不能行，乃詔太常使掌故朝錯往受之。秦時焚書，伏生壁藏之。其後兵大起，流亡。漢定，伏生求其書，亡數十篇，獨得二十九篇。經二十八篇，并序一篇。即以教於齊魯之閒，學者由是頗能言尚書。諸山東大師無不涉尚書以教矣。伏生教濟南張生及歐陽生，歐陽生教千乘兒寬。兒寬既通尚書，應郡舉，詣博士，受業孔安國。張生亦爲博士。自此之後，魯周霸、孔安國，雒陽賈嘉，頗能言尚書事。」

漢書儒林傳大同。又謂「歐陽、大小夏侯氏學皆出倪寬」。

藝文志曰：「秦燔書禁學，濟南伏生獨壁藏之。漢興亡失，求得二十九篇，以教齊魯之閒。」

衛宏定古文尚書序云：「伏生老不能正言，言不可曉也，使其女傳言教錯。齊人語多與穎川異，錯所不知者凡十二三，略以其意屬讀而已。」漢書儒林傳注引。

孫氏書疏序曰：「廿九篇，伏生出自壁藏，授之鼂錯，教于齊魯，立于學官，大小夏侯、歐陽爲之句解，傳述有本。後人疑爲口授經文，説爲略以其意屬讀者，誤也。」又伏生不冒口授尚書論曰：「今所存尚書二十八篇及書序一篇，考之史記、漢書儒林傳，俱以爲秦時伏生壁藏之，漢定求其書，亡數十篇，獨得二十九篇。則伏生未嘗口授經文也。口授之説，出於顔師古注漢書引衛宏詔定古文官書云『伏生老不能正言，言不可曉也，使其女傳言教錯』云云。伏生既有壁藏經文，又須傳言者，以先秦古文鼂錯或不能識，且當授以章句，故使女傳言。自僞孔序稱失其本經，口以傳授，後人遂疑經文俱出於口授，與正史壁藏之説甚相戾矣。夫伏生既藏書於秦時，必親見百篇全書，既見全書，則所亡數十篇必能記憶其文。而當時不冒口授晁錯者，古人傳述聖經必有證據，不敢以口授之文疑誤後學。或經文後世復出，少有參差，如張霸之與中文不相應，以致罷黜其學，則大違聖人闕疑慎言之義矣。今尚書大傳殘佚，僅存輯本。所引『予辨下土，使民平平，民以無傲』路史陶唐紀。是九共之文，『上祭於畢，白魚升舟』是大誓之文。而伏生僅舉其詞以入大傳，並不與二十九篇經文同時傳授。至宣帝時始得泰誓三篇於河内，益知伏生不敢妄傳經文之苦心矣。當時壁藏二十九篇，證之孔壁後出古文，字字符合，故孔安國以今文讀之以起家。又知伏生所傳非記誦也。孔子曰『吾猶及史之闕文』，又曰『蓋有不知而作者』。後人喜造僞書，若張霸、王肅、皇甫謐、梅賾、劉炫之徒，皆先秦所未有之事，安得以之誣伏生，且以誣唐、虞、三代之文乎！」

案：孫説至當。據史、漢明文，是秦時伏生壁藏全書。漢定後求得二十九篇，即以教於齊、魯之閒。所教之本，即所藏周時舊本。漢初定天下，伏生年未甚老，歐陽生、張生親受句讀訓義，師弟相傳，終漢之世，其學極盛。非若鼂錯以意屬讀，聊以應詔塞責而已。教於齊、魯，一事也；授之鼂錯，又一事也。但自文帝之詔，鼂錯之受，而伏門歐、張之學日以盛大，則於聖經亦有功矣。

一五

授經鼂錯女傳讀，訓詁微言猝未詳。

齊、魯之閒早傳習，先歐後夏遞升堂。

授鼂錯，教齊、魯閒，詳上。

藝文志曰：「伏生得二十九篇以教齊、魯之閒，訖孝宣世有歐陽、大小夏侯氏立於學官。」又曰「經二十九卷」，自注：「大小夏侯二家。歐陽經三十二卷。」師古曰：「此二十九卷，伏生傳授者。」

釋文敍録曰：「伏生授濟南張生、千乘歐陽生。字和伯。生授同郡兒寬。御史大夫。寬又從孔安國受業，以授歐陽生之子。歐陽氏世傳業，至曾孫高，作尚書章句，爲歐陽氏學。高孫地餘，字長賓，侍中、少府。以書授元帝，傳至歐陽歙。字正思，後漢大司徒。歙以上八世皆爲博士。」又曰：「張生授夏侯都尉，魯人。都尉傳族子始昌，通五經，以齊詩、尚書教授，爲昌邑太傅。始昌傳族子勝。字長公，長信少府、太子太傅。勝從始昌受尚書及洪範五行傳，説災異。又事同郡簡卿，卿者兒寬門人。又從歐陽氏問。爲學精熟，所問非一師，善説禮服。詔撰尚書、論語説，號爲大夏侯氏學。」又曰：「夏侯建字長卿，勝從父兄子，爲博士、議郎、太子少傅。師事夏侯勝及歐陽高，左右采獲。又從五經諸儒問與尚書相出入者，牽引以次章句，爲小夏侯氏學。」

案：伏生教於齊、魯，遞傳至孝宣世，其源流之詳如此。三家之學，兩漢極盛，名儒輩出。孔壁古文賴以得通，古聖帝明王之道萬世不墜，伏生之教澤遠矣。

書序疏引別録曰：「武帝末，民有得泰誓書於壁内者，獻之，與博士使讀説之，皆起傳以教人。」又引後漢史獻帝建安十四年黄門侍郎房宏等説云：「宣帝本始元年，河内女子有壞老子衍字。屋，得古文泰誓三篇。」

王充論衡正説篇曰：「孝宣皇帝時，河内女子得尚書一篇，奏之。宣帝下示博士，然後尚書二十九篇始定。」

釋文敘録曰：「漢宣帝本始中，河内女子得泰誓一篇，獻之，與伏生所誦合三十篇。」

案：伏生得二十九篇，謂經二十八加序一篇也。至武、宣之世得泰誓，孫氏謂兩次得之，或然。以合於伏書，則三十篇。或置序不數，而計經得二十九篇。漢志「經二十九卷」，蓋據伏本書，未計泰誓。王充言二十九篇始定，則入泰誓，不計序。歐陽三十二卷，則於伏書中析盤庚爲三篇，又加泰誓，故三十二。章句與經別行，但解經不解序，故止三十一。歐陽章句三十一卷，見漢志。近儒或據史記周本紀作顧命、作康脱「王之」二字。誥別文，謂伏本二經分篇，故二十九，歐、夏入泰誓，乃并合二篇以應二十九之數。不知史公從孔安國問故，正據孔壁古文分篇順序，文約經義而爲之説。若伏生本自分篇，歐、夏何得改師法合之？伏生壁藏全書，二十九篇劫餘僅存，初非定數，當時求書惟恐不足，二十九篇外加泰誓成盈數，有何不可？而必并兩篇以就殘數，非其理也。歐陽三十二卷，已非二十九原數，乃於盤庚則分之，於顧命、康王之誥則合之，進退失據，又非其理也。顧命、康王之誥二篇，文義緊相承接。伏本蓋如盤庚三篇之例，「王若曰」上空一字識別。孔壁古文則盤庚三篇與此二篇皆篇各爲簡。孔安國以今文讀壁書，於伏生二十九篇中分出盤庚二篇、康王之誥一篇，置序不計，加當時博士所讀泰誓分三篇，凡三十四篇。益以所得逸書十六篇，其中九共各爲一篇，凡二十四。二十四合三十四凡五十八篇，諸分篇皆共卷。伏生原有經二十八，加泰誓一，又加逸書十六卷，凡四十五卷。桓譚新論云「古文尚書舊有四十五卷爲五十八篇」是也，并序一卷數之則四十六卷。建武時亡武成一篇，則四十六卷內止有五十七篇，而一卷亦係虛數。藝文志云「尚書古文經四十六卷，爲五十七篇」，是也。伏生壁藏本蓋周末古文，教齊、魯閒乃易爲隸書以通俗，故稱今文。壁中本係孔子所書古文，安國以今文讀之。泰誓出屋壁亦古文，博士易爲今文。要之二十八篇，唐、虞、三代之文。序一篇，孔子所作，伏生傳之，孔壁與之合。逸十六篇，孔壁所得。泰誓之文，光〔一〕氣雖若稍遜，尚與牧誓不甚相遠，迥在緯候之上。大傳及漢初人或及見古經，或得之傳記。「白魚赤烏」多見稱引，「見休而戒」「須暇還師」具見聖人之心，蓋有殘缺而非僞託。馬季長雖加指駁，而鄭君疑辭無聞，與其過而去之也，寧過而存之。此則史傳明文，先儒通論，餘可無訟。

## 一六

千秋大傳播膠庠，歐、夏相傳到鄭鄉。
西漢三家皆立學，古文口說未成章。

〔一〕光，疑「文」之誤。

藝文志：「尚書經二十九卷，傳四十一篇。」王氏鳴盛曰：「以大傳系經下，尊伏生也。」

鄭君尚書大傳敘曰：「張生、歐陽生從伏生學，數子各論所聞，以己意彌縫其闕，别作章句。又特撰大義，因經屬指，名之曰傳。劉子政校書得而上之，凡四十一篇。至玄始詮次爲八十三篇。」

陳氏壽祺尚書大傳定本序曰：「伏生以明經爲秦博士，漢孝文時年且百歲，計其生在周末，得見詩、書古文，且博識先秦舊書雅記，多漢諸儒所未聞。遭時燔灾，明哲退隱；嬴祚既顛，守道不出。初抱百篇，藏之山中。漢興，亡失，求得二十九篇。而九共、帝告、嘉禾、揜誥、槊命諸闕篇，猶能言其作意，述其佚句。文帝命掌故鼂錯從受尚書，而伏生亦自以二十九篇授張生、歐陽生，教於齊、魯之閒。迄武、宣世，有歐陽、大小夏侯氏立學官，是爲今尚書。孔安國晚得壁中古文多逸書十六篇，顧絶無師説，終漢之世獨傳二十九篇而已。何則？二十九篇今文具存，文字異者不過數百，其餘與古文大恉略均，足相推校。逸十六篇既無今文可考，遂莫能盡通其義。凡古文易、書、詩、禮、論語、孝經所以傳，悉由今文爲之先驅，今文所無輒廢。古春秋左氏傳，賴張蒼先修其業，故傳。禮古經五十六卷，傳士禮十七篇與后、戴同，而三十九篇逸禮竟廢。書亦猶是也。向微伏生，則唐、虞、三代典謨誥命之經煙銷灰滅，萬古長夜。夫天爲斯文篤生名德，期頤之壽以昌大道，豈偶然哉！尚書今學，精或不逮古文，然亦各守師法。賈逵以爲俗儒，康成以爲嫉此蔽冒不悛，廼謂當時博士末師破碎章句之過。而伏生大傳條撰大義，因經屬恉，其文辭爾雅深厚，最近大、小戴記七十子之徒所説，非漢諸儒傳訓之所能及也。康成百世儒宗，獨注大傳，其釋三禮每援引之。及注古文尚書，洪範五事，康誥孟侯、文王伐崇戡耆之歲，周公克殷踐奄之年，咸據大傳以明事，豈非閎識博通信舊聞者哉！且夫伏生之學尤善於禮，其言巡狩、朝覲、郊尸、迎日、廟祭、族燕、門塾、學校、養老、擇射、貢士、考績、郊遂、采地、房堂路寢之制，后夫人入御、太子迎問諸侯之法，三正之統，五服之色，七始之素，八伯之樂，皆唐、虞、三代遺文，往往六經所不備，諸子百家所不詳。漢始定天下，庶事草創，獨一叔孫通略定制度，雜以秦儀，若廼正朔、服色、郊望、宗廟之事，數世猶未章焉。假令當高帝時，伏生年未篤老，尊其高節，安車禮徵，與張蒼等考舊章、立經制、議禮樂，則魯兩生息面諛違古之誚，絳、灌諸臣泯年少紛更之讒，規橅粗定，然後繼以賈誼、董仲舒，河間獻王、王吉、劉向之倫，先後討論，法象明備，成、康之治何必不復見西京？今其書散佚，十無四五，猶可寶重。宋朱子與勉齋黄氏纂儀禮經傳通解，攟摭大傳獨詳，蓋有裨禮學不虚也。五行傳者，自夏侯始昌至劉氏父子傳之，皆善推禍福，著天人之應。漢儒治經，莫不明象數陰陽以窮極性命，故易有孟京卦氣之候，詩有翼奉五際之要，春秋有公羊灾異之條，書有夏侯、劉氏、許商、李尋洪範之論。班固本大傳攈仲舒，别向、歆，以傳春秋。告往知來，王事之表，不可廢也。是以録漢書五行志附於後，以備一家之學云。」

藝文志曰：「古文尚書者，出孔子壁中。師古曰：「家語：孔騰，字子襄。藏尚書、孝經、論語於夫子舊堂壁中。而漢紀尹敏傳云『孔鮒所藏』。」案：釋文作「孔惠」。家語僞書，然此條或有所本。武帝末，魯恭王壞孔子宅，欲以廣其宫，而得古文尚書及禮記、論語、孝經，凡數十篇，皆古字也。孔安國者，孔子後也。悉得其書，以考二十九篇，得多十六篇。安國獻之，遭巫蠱事，未列于學官。」

儒林傳曰：「孔氏有古文尚書，孔安國以今文讀之，因以起其家。何氏焯曰：「謂別起家法。」逸書得十餘篇，蓋尚書茲多於是矣。安國爲諫大夫，授都尉朝。而司馬遷亦從安國問故，遷書載堯典、禹貢、洪範、微子、金縢諸篇多古文説。」

案：孔安國以今文讀壁中書，每字比勘，反覆全經，知古科斗文某字即今隸書某字，其有絶然字異及字句多少者，乃就古文立訓。又當時故書雅記並出，如毛詩、周官、逸禮、春秋左氏傳之等，參互考訂，核其典章事實，以補今學之不逮。口説相傳，別起家法；而平文常義，則皆如今文家説。蓋如後人補注之例，不別爲解經全書。是以古文經雖入祕府，而其説惟傳學者，未置博士。及劉子政校中祕書，表章古文諸經之善，其子歆繼之。歆附王莽，雖漢之亂臣、向之逆子，而其論學則一本於向。別録、七略，班氏父子實據依之，不可以人廢言。而東漢杜、衛、賈、馬，雅才好博，推闡益精，始據古文經本損益今義，爲之傳訓，至鄭君而其義大備。蓋推明古義之難如此，而先儒解經之慎又如此。是以安國讀書未立章句，鄭君作注未解逸篇，而後人乃妄撰孔傳，且僞造經文，豈不誣哉！

## 一七

爛然星斗應周天，四七還加序一篇。
要識七觀數偶合，逸文釐土證平平。

書大傳孔子謂顏淵曰：「堯典可以觀美，禹貢可以觀事，咎繇謨可以觀治，鴻範可以觀度，六誓可以觀義，五誥可以觀仁，甫刑可以觀誡。」孫氏書疏序云：「凡此七觀之書，皆在廿九篇中，故漢儒以尚書爲備。又以爲法斗七宿，四七二十八宿，其一斗也。」又云：「孔子更選二十九篇，二十九篇獨有法也。尋此諸說，即非正論，可證漢儒之篤守廿九篇無異辭也。」

大傳引書曰：「予辯下土，使民平平，使民無敖。」

案：伏生具見全書，二十九篇特散亡之餘僅存之數。故大傳時引逸書，且論其意，如此條引九共之類是也。七觀之書皆在存篇中，特偶合耳。法斗七宿，蓋末師附會之說。以二十八篇象列宿，序一篇象斗，斗統列宿，猶序統衆篇。然云「孔子更選二十九篇」，則又似以泰誓入之，謂選經得二十九篇而不數序矣。要之書有廿九篇，猶禮有十七篇，其餘亡者既無可考，逸者又不能盡通。漢世今文家以廿九篇爲備非也，其篤守廿九篇則是也。今日除梅賾僞書外，惟伏生所傳猶存，後王後賢所當好學深思、心知其意，本諸身、徵諸庶民以立功立事、宏濟蒼生爾。

一八

孔子當年書六經，遭秦韞匵漢開扃。
尚書字用今文讀，古學起家别户庭。

許君說文解字序曰：「孔子書六經以古文。」
鄭君書贊曰：「書初出屋壁，皆周時象形文字，今所謂科斗書。以形言之爲科斗，指體即周之古文。」僞孔序疏。又曰：「我先師棘下生子安國，亦好此學。」堯典疏。

案：此上闕文不可考，大約先敘伏生傳書乃及安國，故云「亦」。稱先師子安國者，鄭君注古文尚書，故特尊異之。曰「子」，明其爲本師也。子安國以今文讀壁書別起家法，詳上。

孔安國，字子國，孔子十二世孫。爲博士，諫大夫，臨淮太守。

## 一九

古文廿九與今同，逸十六篇難盡通。
子國獻書歸祕府，常存天禄、石渠中。

安國所獻孔壁真本，藏於祕府，即劉向所據中古文。而其以今文讀之，易爲隸書者，則都尉朝、司馬遷以下遞傳之，并口傳其說以相授。至東漢初，衛、賈諸君乃著竹帛。

二〇

俄空酒誥論書序，非謂經文付闕如。
泰誓一篇稱後得，諸生集讀附全書。

段氏玉裁曰：「楊子法言問神篇云：『昔之説書者序以百，而酒誥之篇俄空焉，今亡夫。』謂書序存而酒誥則無序，非謂尚書缺酒誥也。」

案：酒誥篇至今存。漢志言劉子政以中古文校歐陽、大小夏侯經，酒誥脱簡一，召誥脱簡二，則今、古文各本皆有酒誥，段説是也。泰誓初得，蓋附伏生本書，別爲一篇，總計之得三十。既乃或置序不數，而編次入廿九篇中。

二一

古文安國初無傳，口説緜流東漢時。

杜、衛、賈君兼馬氏，雅才好博始宣之。

古人讀經，但求其通，不輕著述。安國並未爲尚書作傳，惟以口說傳授，詳上。鄭君書贊曰：「衛、賈、馬二三君子之業，則雅才好博既宣之矣。」堯典疏。後漢書杜林傳曰：「杜林，字伯山，扶風茂陵人。博洽多聞，時稱通儒。東海衛宏長於古學，見林闇然而服。林前于西州得桼書古文尚書一卷，常寶愛之。出以示宏，曰：『林流離兵亂，常恐斯經將絶，何意衛子復能傳之，是道竟不墜于地。』」儒林傳曰：「衛宏，字敬仲，東海人也。從大司空杜林受古文尚書，作訓旨。」又曰：「杜林傳古文尚書，同郡賈逵爲之作訓，馬融作傳，鄭玄注解，由是古文尚書遂顯于世。」江氏聲書疏述曰：「然則賈、馬、鄭諸君雖皆別有師承，又兼傳杜氏桼書者也。」

案：杜林博洽多聞，蓋本治古文尚書。又於西州得漆書古文一卷，當是孔門遺簡。曰一卷，則多不過數篇。然自子國以今文讀壁書，其字體異者，宜皆以隸法寫之。國朝陳氏啓源、惠氏棟以楷法寫篆體，源出於此。而科斗本文藏在祕府，學者不得見。西州漆書簡雖不多，而古文真迹由此可識。且各篇可隅反推校，正傳寫譌字。其後衛、賈、馬並見祕府藏本，不言文有異同，則此漆書與孔壁所得出一本可知。衛宏本長於古學，又從林受尚書，並傳漆書古文。賈逵本傳其父徽之業，徽爲孔安國六傳弟子，逵嘗撰集歐陽、大小夏侯尚書古文同異，又依杜林義作訓，馬融因爲之傳。鄭君本從張恭祖受古文尚書，後就衛、賈、馬之本作注。蓋鄭君書學出於衛、賈、馬，衛、賈、馬出於杜林。林古文尚書之學本傳自子國以來，而又得西州漆書，相證益明。故鄭上稱子安國，下稱衛、賈、馬。宣之者，發明子安國之義也。衛、賈、馬、鄭之説，有與史遷問故異者。古人傳業世精，推闡益密。如虞氏説易不盡同於孟，二鄭解周禮不盡同於杜也。鄭言衛、賈、馬，不及杜者，蓋今書贊文缺耳。衛宏爲光武議郎，定古文官書。賈逵，字景伯，扶風平陵人，顯宗時爲郎，校祕書，歷左中郎將、侍中、騎都尉。

又案：孔門七十子皆身通六藝。尚書寫本漆書、竹簡蓋多，經文字體必皆同。據後漢書杜林傳，林於西州得漆書古文尚書一卷，似安國所得外別一本。而伯山及衛、賈等絶不言與孔壁本文字有異，則其爲孔門所傳同出一本無疑。又儒林傳稱王莽、更始之際典文殘落，光武中興，采求闕文，補綴漏逸，四方學士抱負墳策，雲會京師，杜林、衛宏之徒繼踵而集。則伯山所得漆書，安必非即中古文散佚在外者，其後又安必不寫副傳學者？而真本復歸祕府，與采求所得各篇合成舊觀，而僅闕武成一篇耶？王氏、孫氏以杜林書謂即孔壁本，或然。要之伯山所得與壁中本是一與否不可定，而其文字之無異則斷可知。杜、衛、賈之説淵源安國，初無二派，亦斷可知。孫氏云「馬、鄭注則本衛宏、賈逵孔壁古文説」，此定論也。

二二

季長書注實精通，遵奉原應與鄭同。
無奈當時羞正直，善言用僻類共工。

後漢書馬融傳：「馬融，字季長，扶風茂陵人。從京兆摯恂學，博通經籍。永初四年，拜校書郎中，詣東觀典校祕書。安帝東巡，上東巡頌，拜郎中。陽嘉二年，拜議郎，轉武都太守。桓帝時，爲南郡太守。融高才博洽，爲世通儒。涿郡盧植、北海鄭玄皆其徒也。」

釋文敘録：「尚書馬融注十一卷，鄭玄注九卷。」

案：尚書古文自孔安國起家，遞傳至杜、衞、賈而其學始興，至馬氏而其義益精。據世説新語引鄭君别傳，則鄭君非融弟子，而嘗就融考論經義。詳愚所爲鄭君非馬融弟子考。書贊以馬與衞、賈並稱，周禮序以馬與鄭、賈並稱，則固甚有取於其書。今觀季長書注，雖不逮鄭君之精，然亦如周禮之有子春、二鄭矣。故孫氏輯古文尚書注及撰尚書今古文注疏皆馬、鄭並録。

後漢書本傳曰：「融達生任性，不拘儒者之節，居宇器服多存侈飾。初，融懲於鄧氏，不敢復違忤執家，遂爲梁冀草奏李固，又作大將軍西第頌，以此頗爲正直所羞。」

案：以融之高才博學，而其各經傳注漢、魏以來未嘗立學，百世之下學者高山景行之思遠不逮鄭君。其經説非不善，而行不顧言，無以爲人倫師表。帝堯斥共工曰「靜言庸違」，史遷述之曰：「善言，用則僻。」季長注書能宣古義，而身犯善言用僻之大戒，何怪世人以儒爲戲。末學淺闇，雖不敢苟呰先儒，然讀其書，不能不深惜其人也。子曰「君子不以人廢言」，言不廢，人已廢矣，豈不悲乎。大抵士非堅苦卓絶不能砥節礪行、任重道遠。季長利疚威惕，當時爲正直所羞。鄭君守死善道，其學與聖經並重。此千古儒者法戒也。元弼擬撰古文尚書鄭氏注箋釋，以鄭注配經，而采馬注與諸家説並入箋中，用示區别。

二三

高密網羅兼古今，獨開蔽冒據通深。
歐陽失義皆更定，棘下先師作嗣音。

後漢書鄭君傳論曰：「鄭玄囊括大典，網羅衆家，删裁繁誣，刊改漏失，自是學者略知所歸。」又説：「鄭君論古今學義據通深，由是古學遂明。」鄭君書贊曰：「歐陽氏失其本義，今疾此蔽冒，猶復疑惑未悛。」堯典疏。

案：漢代博綜古今學家法，條分縷析，辨是與非。一以貫之者，在前莫如劉子政，在後莫如鄭君。鄭君於各經皆先通今文，後注古文。易主費氏，而别注易緯乾鑿度等篇，則孟、京之義荀、虞所自出者皆包之；書主孔壁古文説，而别注書大傳，則歐陽、夏侯所受伏生大義皆包之。故易注與荀、虞不相謀而適相成，書注於歐、夏存其是而去其非。注文雖缺，猶可推見遠流。禮記緇衣篇：君奭曰「昔在上帝，周田觀文王之德，其集大命于厥躬」。注曰：「古文『周田觀文王之德』爲『割申勸寧王之德』，今博士讀爲『厥亂勸寧王之德』，三者皆異，古文似近之。『割』之言『蓋』也，言文王有誠信之德，天蓋申勸之，集大命于其身。」此其折衷之法也。各經皆有古今學之殊，而尚書古今文實本一家。蓋孔安國以今文與壁中書逐字比勘，知古文某字即今文某字，因以知今文某字脱、某字誤、某字倒衍，或字本不誤而讀誤，各就壁書本文正其字、改其讀，或并考定其事迹，而爲之説以傳學者。雖别爲古文家，實伏書之補注。但當時其學未甚顯，歐陽、夏侯作章句時未加參考。厥後末師翫其所習，蔽所希聞，明知古文可據以發疑正讀，而以不誦絶之。至賈景伯始撰集古今文同異，至鄭君始擥别衆説而觀其會通。書贊云「歐陽氏失其本義」

者，蓋謂數傳後作章句時，或失伏生所傳本義。姑舉一端論之。盤庚「今予其敷心腹腎腸」，歐陽、夏侯作「憂腎陽」。竊疑伏生本「腹」字或省借作「复」，「腸」字或省借作「昜」，而「复」讀爲「腹」、「昜」讀爲「腸」。數傳後，或誤合心、复二字爲一憂字，而失其本讀。遂以意推説，讀「憂」爲「優」，易「腎」爲「賢」，讀「昜」爲「陽」。與揚同，或作「颺」。以下句「歷」字上屬，釋爲優禮賢人，宣揚其所歷試之功。理雖可通，而於本義失之遠矣。孔安國讀古文，乃知「憂腎陽」三字本「心腹腎腸」四字，「歷」字當屬下讀，文義甚明，而漢、魏閒「優賢揚歷」奉爲典訓。此類非一，皆由博士蒙蔽自是，疑惑不悛，其極至於私行金貨，改蘭臺漆書經字以合其私文，故鄭君疾之。此在歐陽不過説義之誤，而末師實蹈蔽冒之愆，得鄭君疏通證明之，舉棘下之墜緒，合濟南之本義，而古經明矣。

二四

通德門高多口滋，仲翔四事未深思。

鄭雖盡誤非虞恥，東塾斯言妙解頤。

陳氏澧曰：虞翻奏鄭元解尚書違失事云：「康王執瑁，古冃似同，從誤作同，復訓爲酒杯；成王疾困憑几，洮頮爲濯，以爲澣衣成事，洮字虛更作濯以從其非；又古大篆丣字，讀當爲桺，而以爲昧；分八三苗，八，古別字，又訓北，言北猶別也。於此數事，誤莫大焉。」江艮庭謂翻所駁皆誣罔，王西莊謂翻言無一可信。惟段懋堂最爲持平，謂其時鄭注尚書家習户曉，豈能鑿空相誣，惟仲翔考究未精耳。壁中書桺谷必是丣字，鄭於雙聲求之，讀當爲昧。鄭注周禮縫人引伏書桺穀，其注古文尚書則不欲牽合伏書也。韓非曰：「背厶爲公，以背訓八。」故鄭君注尚書云「北，猶別也」。仲翔不知鄭注是古義，輒欲改堯典北字爲八字而譏鄭，非也。同瑁改作冃瑁，則三宿三祭三詫者果何物乎？如其說，則瑁字已足，冃爲贅也。大保以異冃，秉璋以酢，天子之瑁乃有異者乎？其悂謬甚矣。江氏云：「若以同爲冃，謂爲古瑁字，則奉冃瑁，受冃瑁，成何語乎？王受同以祭，太保以異同酢，則同非酒器而何？」王氏云：「瑁豈可酌酒，屢相授受，何爲乎？翻真妄人矣。」以上三事，段氏皆斷爲虞氏之誤。惟虞所述鄭注「洮頮爲濯，以爲澣衣成事」，段氏云：「『爲濯』之上有脱文，當云洮讀爲濯。周禮『守祧』注『古文祧爲濯』，爾雅『郭木挑』衆家本皆作濯，是其例也。解爲浣衣，於事或乖，而於字義必求是。」此段氏謂鄭注字義是而事或乖，絶不回護。是虞駁鄭四事，其一是鄭誤，其三是虞誤也。且即使鄭所説四事盡誤，亦皆小失，無關大義，安得云「誤莫大焉」。況一經之注誤者只四條，正可見其精善耳。虞又奏云：「元所注五經，違義尤甚者百六十七事。行乎學校，傳乎將來，臣竊恥之。」此百六十七事不知若何，即使鄭盡誤，亦非虞之恥也，何必囂爭如此。江艮庭云：「虞翻小人也，忌鄭君之名而詆之耳。」謂爲小人未免已甚，謂忌鄭君之名而詆之則定論矣。翻爲王朗功曹，朗被孫策擊敗浮海，翻追隨營護。及歸，復爲孫策功曹，似太無氣節。蓋翻有老母，如不從策，恐有殺身之禍，不能奉母耳。

案：陳説甚善。其云「鄭雖盡誤非虞之恥」，此言極爲通妙，如匡説詩解人頤矣。仲翔易學精深，淄川遺緒賴以不墜，足與鄭義並有千古。惜乎此等處意氣未平，有乖謙尊而光、默而成之之義。然其人秉性剛直，不受曹操之污，孫權事魏，放言取廢，非王肅爲魏臣而黨於司馬氏之比。其駁鄭雖誤，孰是孰非自可別白。又非王肅僞造家語，侮聖人言以誣鄭之比。當分別觀之。

陳氏又曰：「王西莊云鄭注但云洮濯，無澣衣之語。此說惜無確據，如確無澣衣之語，則濯謂濯手，洮頮謂濯手頮面，甚通矣，鄭說四事皆不誤矣。」案：澣衣成事，注若果有此語，必本成訓。澣同浣，浣通盥。士冠禮注曰「古文盥皆作浣」，浣即盥，謂濯手，而頮義即包其中。衣讀去聲，謂被冕服。浣所以自潔清，衣所以自莊敬。發顧命大事，故浣且衣以成之，鄭義皆是也。虞譏鄭虛更作濯，謂無據而改字以就己說，於字義舊訓皆未深考耳。

## 二五

馬遷問故從安國，論次雅言依古文。

書學源流詳漢史，子雍、梅賾莫紛紜。

自鄭君書注行，而孔壁古文及安國説大顯於世，書學於是極盛。乃東晉元帝時，梅賾上古文尚書及孔氏傳，盛行江左，而河北猶守鄭學。至隋劉焯、劉炫爲梅書作疏，名於時。唐陸氏釋文、孔氏正義皆舍鄭從孔，以僞爲真。至宋吴氏棫、朱子、元吴氏澄始疑之。明梅氏鷟、國朝閻氏若璩、惠氏棟、江氏聲、王氏鳴盛、孫氏星衍等力辨其非。高宗純皇帝鑒定四庫全書，采鷟及若璩等説，昭然撥雲霧而見青天矣。諸家説既博既精，約而論之，梅賾所上確爲僞書，凡有十驗。漢書稱司馬遷從安國問故，遷書述堯典、禹貢、微子、洪範、金縢多古文説，姑以堯典一篇論之。「胤子朱啓明」，史遷説爲「嗣子丹朱開明」，此安國説也，而僞傳憑臆立解，以爲「胤，國；子，爵」；「堯舉舜將使嗣位」，史遷説爲「堯得舜二十年而老，使舜攝，又八年而崩」，此安國説也，而僞傳附會馬義，以爲堯得舜三載即使攝位；「舜生三十，徵庸二十，在位五十載」，史遷説爲「舜歷試二十年，攝位八年，居堯喪三年，踐帝位三十九年」，自攝位至崩凡五十載，此安國説也，而僞傳以爲舜攝位二十八年，居堯喪三年，合三十年，而踐帝位又五十年；「納于大麓」，史遷説爲「使舜入山林川澤」，此安國説也，而僞傳取今文家義，以爲「大録萬幾之政」。

此四事，鄭説皆與史遷同，可見其爲古文真傳。作僞者務與鄭立異，而不慮其不合於史遷即不合於安國。若此之類，僞迹昭然，其驗一也。梅書五十八篇，自三十三篇即伏壁、孔壁馬鄭本三十一篇外增多二十五篇，皆文體卑弱，與三十一篇不類。且文從字順，絶無難解之語。若安國本果如此，史遷親從問故，當一一載之本紀、世家等篇，衞、賈、馬、鄭亦注之何難？何以史公從未一引？諸通儒又以爲絶無師説而莫之能注乎？殷本紀載亡篇湯征、逸篇湯誥殘文，皆極古茂，而數行之中，文義已不盡聯貫，豈若今湯誥、伊訓等比？鄭注多引逸篇之文，而卒不爲之注，明其殘缺難讀，如史遷所稱不如梅賾所傳。其驗二也。古經傳皆别行，馬融始就經爲注，毛詩以傳合經亦鄭君爲之。安國在三百餘年前，豈得豫創此例？其驗三也。馬氏疑經傳引泰誓者多不見今泰誓，故作僞者去博士習讀之書，而博采各書引文别爲泰誓三篇，明因馬説而爲之。其驗四也。古文篇數卷數具詳漢志，伏生經二十八篇，以篇爲卷，安國據以讀古文，加後得泰誓一篇爲廿九卷。並逸十六篇，篇各爲卷，凡四十五卷，合序數之則四十六。四十六者，二十九加十六又加一也。僞本卷亦四十六，而以序散附各篇首，亡篇之序錯置其閒，創爲同序同卷之例，以序分卷，不以經分卷，且強分舜典別卷以充其數，則與漢志卷數之實大戾矣。歐陽於二十八篇中出盤庚二篇，加泰誓一篇，置序不數則三十一。安國又出康王之誥爲三十二，出泰誓二篇爲三十四。逸篇九共内出八篇爲二十四，二十四合三十四爲五十八。建武之際，亡武成一篇，則五十七，故漢志云「四十六卷爲五十七篇」，桓譚新論則云五十八。僞本篇亦五十八，而同於伏書者三十三，增多者二十五。舜典、益稷強爲分析，武成又現在，則與新論五十八篇、漢志五十七篇之實皆大戾矣。其驗五也。逸十六篇分二十四，鄭本蓋具載經文，其目：舜典一，汨作二，九共九篇十一，大禹謨十二，棄稷十三，五子之歌十四，胤征十五，湯誥十六，咸有一德十七，典寶十八，伊訓十九，肆命二十，原命二十一，武成二十二，旅獒二十三，冏命二十四。或當爲畢命。雖利禄之徒寫鄭本者，或苟趣約易，删去逸篇，漸至亡失，而篇目固在書序注中。梅書目數與此大異。蓋以汨作、九共、典寶、肆命、原命等各書絶無稱引、無可依傍，故别就經傳引文多者剽掠潛竊、聯綴成文，不顧與鄭注抵牾，並與漢志違戾。檢書序百篇之目，伏生所傳外，凡傳記諸子稱引多者，皆在梅書；梅書所無，引用絶少，可見作僞者以引文爲藍本。其驗六也。鄭本與梅本增多之篇各異，是非勢不兩立。隋、唐閒百喙一沸，誤以梅書爲真古文，於是陸氏以鄭所注爲伏生所誦非古文，孔氏至以鄭增多之篇爲張霸僞書。夫鄭所注三十四篇，伏壁及歐、夏今文所有之古文也。其未注之二十四篇，今文所無，而孔壁增多之古文也。當時孔壁書入祕府，號中古文，而副在民閒，自都尉朝、膠東庸生遞傳至涂惲、賈徽、賈逵。參以衛宏所受杜林漆書，相證益明。馬、鄭因之，授受源流確乎可據。若張霸書，則考問辭窮，委之死父，與此絶不相涉。其書分析二十九篇以爲數十，并采合他書，以成百兩篇，篇或數簡，則於伏生所傳且無完篇。而鄭本三十四篇全同今文，今文外增二十四篇，與百兩之數懸殊，霸書當時即以不合中書見黜。鄭本則受之張恭祖，考之馬氏而合，又上合於賈，又上合於杜、衛。衛、賈、馬皆親見中書，則鄭本即中古文之本甚明。班氏敘録經傳多本劉向別録，藝文志、儒林傳明以孔壁書爲二十九篇外多十六篇，儒林傳明以張霸百兩不合中古文爲僞，黑白章著如此，則鄭本逸篇絶非霸書，而爲孔氏真本無疑。鄭書定爲真，則梅書定爲僞。強分典謨，勦襲經傳，乃張霸故智耳。其驗七也。孔氏古文，自安國至鄭君授受未嘗一日絶，特以不立學官，故增多之篇謂之逸書。然其篇數卷數，及安國讀説傳授源流，漢代盡人知之。孔僖者，安國後，能傳其家數世之學。當東漢廣業甄微之時，若其家有完全明白之經及傳，向遭巫蠱未獻者，至此何以不獻？孔文舉深敬鄭君，往來論學必數，孔氏果有此本，文舉何不出示？鄭君何不索觀？乃終漢四百年，歷魏迄東晉，而祕本突出，此必無之理。梅賾自言出自鄭沖，沖又受之何人？此其不根，亦霸辭受父之類。其驗八也。或謂鄭本古文係杜林漆書，非孔壁本。不知衛宏本長古學，賈逵傳其父業，若杜本與壁書不合，安肯舍所學而從之。其後敬仲、景伯、季長校理祕書，具見中古文，而於伯山之書絶無閒言，則杜本與壁書符合可知。鄭君書學本受自張恭祖，若衛、賈、馬之本與前所受不同，何以不聞一語剖別？伯山制行正直，決非作僞之人。衛、賈、馬、鄭各有師承，斷無可欺之理。鄭本實孔書真傳，杜本亦孔書確證，漢代孔氏古文祇此一本。而乃有不合史記，不合漢書，不合别録，與杜、衛、賈、馬、鄭絶異之本，出於永嘉喪亂、古書並亡之後，非僞而何？其驗九也。安國得壁中諸書，皆有説無傳。孝經孔氏古文説，至許君始撰具一篇。論語集解所引孔傳，亦非真本。而注堯曰篇「予小子履」一節，以爲出墨子，不云湯誥文。注「雖有周親，不如仁人」與泰誓傳相反。蓋何晏作集解時，梅書未出。若尚書、論語同係安國一人所注，何大相剌謬至此。其驗十也。此外，先儒辨證，條分縷析，援據明確，具載梅、閻、惠、江、王、孫諸儒書中，更無疑義。其作僞之人，惠氏、江氏皆以爲出自王肅。江氏云：「當時鄭君名重海内，肅生稍後，心忌其名而欲與爭衡。因亦廣注羣經，力求與鄭違異。造家語、孔叢子二書，託諸孔子之言，以與鄭抵捂。東晉梅賾奏上古文尚書孔傳，雖未由知爲之者爲誰，而其説輒與王肅合，竊以爲當作偭于肅。蓋肅既與鄭違異，恐後人不己從，因私造僞書及傳而祕之，使遲久而後出，出則己之説無不與先儒合，可因以見鄭氏之非。此其狡猾之計，即造家語、孔叢之意。且家語、孔叢悉與僞孔傳合，則皆肅之所爲可知矣。」愚謂肅見逸十六篇殘缺失次，絶無師説，馬、鄭諸儒皆不立注，學徒傳寫或多删棄，以爲久必不傳，於是姦智生而僞書作，遍搜經傳引文，益以各書義理純粹之言。鉤心鬥角，結構非不完密，而采掇之誤、事迹之謬、家法源流之乖舛，皆不及彌縫，自陷矛盾。作僞心勞日拙，明知故犯，豈不惑哉。但晉、唐以來，立學千載，傳記子史精理名言反賴以存。三十二篇之傳，或多竊取賈、馬、鄭君之説，與其過而去之也，寧過而存之。是以高廟睿鑒確知其僞，而功令仍不廢其書。尊經有一定，而取善不以人廢言。學者讀書不受古人之愚而兼得古人之益，斯可矣。

又案：孔疏以鄭本二十四篇爲張霸書。夫二十四篇，合九共爲一即十六篇。霸書乃百兩篇，非二十四，亦非十六，前已演贊先儒之説明辨之。疏又曰：「藝文志云：孔安國者，孔子後也，悉得其書，以古文又多十六篇。即是僞書二十四篇也。」江氏云：「是直斥其先祖之書爲僞矣。」愚謂此條與左傳疏譏訕孔父，同爲可怪之極。然沖遠博學雅才，雖拘於疏不破注之例，何至數典忘祖，謬妄如此。竊意「正義」本名「義贊」，蓋據舊疏之文而贊辨之。此等處蓋引舊疏，而沖遠更有評論之語。後之寫者或删去其案語，或并其引語案語爲一，如今人摘讀四書朱注之比，致成巨謬。余欲爲諸經校釋，詳審各疏文義，條分科别，以雪古人之冤，而使學者不以難讀廢書三歎，不知能成否也。此條孔説雖非，王西莊謂鄭本佚篇之目轉賴以存，此平心讀書之言也。

二六

僞孔譸張沖遠知，立言往往有微辭。

疏中駁鄭即存鄭，逸簡篇題朗列眉。

書正義用僞孔傳而鄭注亡，沖遠不得辭其咎，然亦當時風會所趨。陸元朗釋文、顏師古定本已然，蓋皆承劉焯、劉炫之謬。焯、炫雖博學多識，實好自作聰明，炫又喜以僞亂真，其於各經，功罪參半。孔氏本治鄭學，書疏用梅，未必出其本意。東塾表微，西莊節取，最得事理之平，今録其説於下。

陳氏澧曰：孔傳之僞，孔疏亦似知之。洪範「農用八政」，僞孔云「農，厚也」。孔疏云：「鄭元云：『農讀爲醲，故爲厚也。』」金縢「植璧秉圭」，僞孔云「植，置也」。孔疏云：「鄭云：『植，古置字，故爲置也。』」此二條似知僞孔在鄭之後而取鄭説矣。洪範「三人占」，僞孔云「夏、殷、周卜筮各異」。孔疏云：「周禮掌三兆之法，一曰玉兆，二曰瓦兆，三曰原兆；掌三易之法，一曰連山，二曰歸藏，三曰周易。杜子春以爲『玉兆，帝顓頊之兆；瓦兆，帝堯之兆』。又云『連山，虙犧；歸藏，黄帝』。三兆三易皆非夏、殷，子春之言，孔所不取。」洪範「龜從筮逆」，僞孔云「龜筮相違」。孔疏云：「崔靈恩以爲若三占之俱主凶，則止不卜，即鄭注周禮筮凶則止是也。筮凶則止而不卜，乃是鄭元之意，非是周禮經文，未必孔之所取。」此二條似知僞孔傳在杜子春、鄭康成之後，而不取其説矣。多士序「成周既成，遷殷頑民」，僞孔云「殷大夫、士」。孔疏云：「漢書地理志及賈逵注左傳，皆以爲遷邶、鄘之民於成周，分衞民爲三國。計三國俱是從叛，何以獨遷邶、鄘？邶、鄘在殷畿三分有二，其民衆矣，非一邑能容。民謂之爲士，其名不類，故孔意不然。」此條又似知僞孔在班、賈之後也。「農用八政」疏，又言傳不取張晏、王肅。

王氏鳴盛尚書後辨曰：「真書增多二十四篇，所以亡者，其故有三。在兩漢則重爲俗學之所壓伏，終于不立學官，一也。在漢末則鄭氏天下所取信，亦未及爲注，遂與逸禮同無傳，二也。在魏晉南北朝則僞書突出，江左崇尚于前，焯、炫尊信于後，而鄭氏孤學愈微，三也。至穎達作疏之時，勢固斷不能廢五十八篇之僞孔氏而用三十四篇之鄭氏矣。然鄭學猶未絶也，至宋則絶矣。假令疏于增多篇目竟置不論，千餘年後又何從考之，猶幸此篇目即從穎達口中吐露耳。」

案：鄭注備列增多之目，又時引其文，信而好古，情見乎辭。人之精神，自有不能遍及，故鄭君注左傳未成以與服子慎，使分其任。況逸書、逸禮脱誤必多，師説無聞，創通大義更非旦夕之功，使其享壽至伏生之年，必盡爲立注。然而不能，卒以誦習者少，遭亂散亡，則道之不幸也。沖遠舉逸篇而歸之張霸，王氏以爲辭之遁而窮，極是。然鄭注篇目轉賴以存，後人得以鄭目合漢志，而確知其爲孔氏真本，即確知梅賾所上爲僞本，則疏固不可不讀也。疏中多引鄭注而駁之，其所駁之説不足以難鄭，而所引之文轉可以存鄭，或者沖遠亦别有微意歟。

## 二七

僞傳猶多沿馬、鄭，異文異義釋文詳。
經文隸古差堪據，可惜衛、包亂舊章。

段氏玉裁曰：「當作僞時，杜林之桼書古文尚書、衛宏之古文尚書訓旨、賈逵之古文尚書訓、馬融之古文尚書傳、鄭君之古文尚書注解皆存，天下皆曉然知此等爲孔安國遁傳之本，作僞者安肯點竄涂改三十一篇字句，變其面目，令與衛、賈、馬、鄭不類，以啓天下之疑而動天下之兵也。蓋僞孔傳本與馬、鄭本之不同，梗概已見於釋文、正義，不當於釋文、正義外斷其妄竄。」

焦氏循禹貢鄭注釋曰：「釋文不出鄭異字者，即僞孔本與鄭本同者也，鄭本略存於僞孔本中矣。」

案：陳氏澧深取此二説。蓋馬、鄭本乃孔安國以今文讀壁書寫定之本，其閒字句有與今文異者，如禮經古文與今文異之比。亦有以今字易古字使人易曉者，如周禮故書作某，而杜子春、二鄭讀爲某之比。遞傳至杜、衛、賈、馬、鄭，皆即此本。王肅僞孔亦據此本，特稍有改易。釋文、正義已具言之，而釋文尤詳。近儒或據他經傳引書改本經，然經傳或摘引大義，或傳寫異文，取證則可，據改則不可。又或以史記、漢書等引書，及説文稱書古文改今本。然漢人引書，多據歐陽、夏侯本，説文所引亦安國未經讀正之本，皆不可與馬、鄭本合一。尚書異文最多，若一一據以改相傳之本，則體無完膚矣。江氏書學至精，惜未免此失。至段氏及陳氏壽祺父子，剖別今古文，始有條不紊，各止其科，治經之法，推而愈精矣。

焦氏又曰：「正義不引鄭注者，即孔義與鄭義同者，鄭義略存於僞孔傳中矣。」又尚書補疏序曰：「置其爲假託之孔安國，而論其爲魏、晉閒人之傳，則亦未嘗不可存而論。」陳氏澧曰：「焦氏謂正義不引鄭注者即孔義與鄭義同者，此未必盡然。謂置孔傳之假託而但以爲魏、晉閒人之傳，則通人之論也。即以爲王肅作，亦何不可存乎？」

案：王肅、僞孔亦雜采賈、馬，竊取鄭氏，但當抉擇其是非而已。

又案：僞孔隸古定本三十三篇文字猶多沿馬、鄭之舊。孫氏星衍古文尚書馬鄭注序曰：「唐開元時，詔衞包改古文從今文，謂當時楷書。則并僞孔傳中所存廿九篇本文失其真。宋開寶中李鄂刪定釋文，則并陸德明音義俱非其舊矣。」案鄂改從包，包改多誤，段氏撰異辨之。

# 二八

九峯書傳論通明，梅傳齊觀義較精。

近代經師多未察，東樵、東塾最心平。

陳氏曰：近儒説尚書，考索古籍，罕有道及蔡仲默集傳者矣。然僞孔傳不通處，蔡傳易之，甚有精當者。江艮庭集注多與之同。大誥「若兄考，乃有友伐厥子，民養其勸弗救」，僞孔傳云「以子惡故」，孔疏云：「民皆養其勸伐之心，不救之。」此甚不通。蔡傳云：「蘇氏曰：養，廝養也，謂人之臣僕。言若父兄有友攻伐其子，爲之臣僕者，其可勸其攻伐而不救乎。」江氏注云：「長民者其相勸止不救乎。」江訓「養」爲「長」，與蔡異，然不及蔡引蘇氏訓爲「廝養」也。召誥「王敬作所，不可不敬德」，僞孔云「敬爲所不可不敬之德」。蔡云「所，處所也。猶所其無逸之所。王能以敬爲所，則無往而不居敬矣。」江云：「王其敬爲之所哉，言處置之得所也。」召誥「我不敢知曰」，僞孔云「我不敢獨知，亦王所知」。蔡云：「夏、商歷年長短，所不敢知。我所知者，惟不敬厥德即墜其命也。」江云：「夏、殷歷年長短，我皆不敢知，惟知其皆以不敬德故早墜其命。」君奭「襄我二人」，僞孔云「當因我文、武之道而行之」。蔡云：「王業之成，在我與汝而已。」江云：「二人，己與召公也。」多方「我惟時其戰要囚之」，僞孔云「謂討其倡亂，執其朋黨」。蔡云：「我惟是戒懼而要囚之。」江云：「戰，思也。」康王之誥「惟新陟王」，僞孔云「惟周家新升王位」。蔡云：「陟，升遐也。成王初崩未葬未謚，故曰新陟王。」江云：「陟，登假也，謂崩也。成王初崩未有謚，故稱新陟王。」秦誓「昧昧我思之」，僞孔云「惟察察便巧善爲辨佞之言，使君子迴心易辭，我前多有之，以我昧昧思之不明故也」。蔡云：「昧昧而思者，深潛而靜思也。」以昧昧我思之屬下文。江云：「昧昧我思云者，是穆公自道思此一介臣，非謂前日之昧昧于思也，此文當爲下文緣起。」此皆蔡傳精當而江氏與之同者。如爲暗合，則於蔡傳竟不寓目，輕蔑太甚矣。如覽其書、取其説而没其名，則尤不可也。孫淵如疏此數條皆與江氏略同，惟「戰要囚」無説，王西莊後案、段懋堂撰異皆無説。段惟以「昧昧我思之如有一介臣」二句相連寫之，皆輕蔑蔡傳，不屑稱引之也。蔡傳雖淺薄，亦何必輕蔑太過不屑引之乎？近儒惟孔巽軒公羊通義引宋人之説甚多，最無門户之見也。

案：蔡氏沈書經集傳，因梅傳孔疏而加精，多善説義理、通達政治之言。諸家意在考古表微，紹千載不傳之緒，以九峯書現立學官，世所通習，故不及之。然漢、宋界限未免劃分。胡東樵禹貢錐指博引古今諸家，及東塾此條，皆足化同門異户之見。學者治經，當平心遜志，實事求是，審别家法，析其條理，闡發經旨，觀其會通，如大禹行水，各導其源，同歸於海，斯盡善矣！

二九

千秋卓識吴才老，繼起紫陽及草廬。
旌德、太原詳考證，最精定宇約羣書。

自孔疏用梅賾本，終唐之世無異辭。李漢序韓昌黎集，於書有剔其僞之言，而未指何篇爲僞。宋吴氏棫作書裨傳，始稍稍掊擊，朱子亦屢有疑辭。才老立朝有風節，好古有卓識。朱子疑晚出書及考詩古音皆取之。元草廬吴氏澄書纂言始專釋伏生至馬、鄭所傳經文，而删去晚出各篇。明梅氏鷟謂孔安國序及二十五篇悉雜取傳記中語以成文，指摘皆有依據。又辨其以安國後地名入傳中，顯係後人依託。國朝閻氏更詳加疏證，剖裂無遺。同時惠氏古文尚書考，文約指明，義尤精密。梅鷟書之僞，如鑄鼎象物，物無遁情矣。

梅氏字無考，安徽旌德人，明國子學正。閻先生若璩，字百詩，山西太原人，薦舉博學鴻詞，所著書甚多，而古文尚書疏證尤爲巨製。毛氏奇齡作古文尚書冤詞，百計相軋，然正理確據，終不能奪。閒有未安，惠先生書足相補正云。

三〇

館開四庫書提要，鑒定梅、閻奉聖謨。
更讀臣元引書説，得師不受古人愚。

梅、閻辨證蒙高廟鑒定，如日中天，更無疑義。然上而講筵，下而學官，不廢其書，則又聖人取善無方之深意也。阮氏元曰：「古文尚書孔傳出于東晉，漸爲世所誦習，其中名言法語以爲出自古聖賢，則聞者尊之。故宇文周主視太學，太傅于謹爲三老，帝北面訪道。謹曰『木受繩則正，后從諫則聖』。帝再拜受言。唐太宗見太子息于木下，誨之曰『木受繩則正，后從諫則聖』。唐太宗自謂兼將相之事，給事中張行成上書，以爲禹不矜伐，而天下莫與之爭，上甚善之。唐總章元年太子上表曰：書曰『與其殺不辜，寧失不經』，伏願逃亡之家免其配役。從之。凡此君臣父子之閒，皆得陳善納言之益。唐、宋以後引經言事，得挽回之力、受講筵之益者，更不可枚舉。學者所當好學深思、心知其意，得古人之益而不爲古人所愚則善矣。」

案：僞書本皆聚斂古訓而爲之，學者知其非古帝王當時本書，又當知其所聚斂者亦皆古帝王聖賢遺言散見於羣書者。周時月令經呂不韋點竄，儒者歸之禮記；史籀、大篆經李斯省改，許君據爲説文，則僞書附正經以行宜矣。

三一

藹然純孝敦儒行，樸學潛研世莫知。

有道江聲真樂道，熙朝第一尚書師。

自惠氏撰古文尚書考，而辨證僞書無復遺義。作九經古義，內有尚書二卷，而闡發真書始啓端緒。江氏受學於惠，研精文字訓詁，作尚書亼注音疏，以鄭注爲主，而博采漢經師遺説，附以己意，疏通證明。凡經傳諸子、史記、漢書、説文及諸故書雅記涉尚書義者，采輯殆遍，網羅放失，同條共貫。尋墜緒之茫茫，獨旁搜而遠紹。實事求是，文約指明，實足與紅豆易述接武並軌矣。

尚書亼注音疏篇題下自述曰：「江聲字叔澐，江南蘇州吴縣人。數奇不偶，動與時違，自號艮庭。少讀尚書，怪古文與今文不類，又孔傳庸劣支離，安國不應若此。師事同郡惠松崖先生，始知古文及孔傳皆僞。於是搜集漢儒之説以注二十九篇，漢注不備則旁考它書，精研故訓，以足成之，并爲之音，且爲之疏。」

孫氏星衍江聲傳曰：「聲授徒爲養。遭父疾，晨夕侍床褥，不解衣帶，手製藥餌，自滌穢窬，視穢以驗疾進退。居憂，哀毁骨立，逾三年，容戚然如新喪。侍母疾、居喪。亦如父没時，族黨哀其至行。歲時祭奠，杕栝棬親滌濯，自晨至午屹立，如有所見然。對家屬如賓客，而色甚和悦，内行淳篤，動合古人繩尺。口不言錢，一介不以取。閉户著書數十年，舉孝廉方正。」

案：先生品誼直足追古齊、魯質行之儒。其書義據通深，雅言明達，純乎古學。篆寫全書，亦足動治經者考求六書、興藝樂學之志。生平研精耽道，不求聞達，年過七十始有知者。王西莊尚書後案自序曰「就正於有道江聲」，信乎其爲有道也。自是書家蔚起，經義大明，實先生倡之。先生又有論語竢質、六書説、恆星説，又爲畢尚書沅篆寫釋名疏證，學者並傳之。

三二

清節爲秋和氣春，甫刑觀誠體皇仁。
伯淵博學能爲政，豈獨彬彬古義陳。

書之有江氏，猶易之有惠氏，其言明白條貫，最便學者。江氏既創通尚書大義，同時王西莊光禄、段懋堂大令皆雅才好博，相與切磋，而孫淵如觀察實集其成。其書疏自序曰：「兼疏今古文者，放詩疏之例，毛、鄭異義，各如其説以疏之。史遷所説則孔安國故，書大傳則夏侯、歐陽説，馬、鄭注則本衛宏、賈逵孔壁古文説，皆有師法，不可遺也。」又曰：「今遍采古人傳記之涉書義者，自漢、魏迄於隋、唐。又采近代王、江、段諸君書説，皆有古書證據。而王氏念孫父子尤精訓詁，及惠氏棟、宋氏鑒、唐氏煥，俱能辨證僞傳。莊進士述祖、畢孝廉以田解經又多有心得。合其所長，亦孔氏書正義序云：質近代之異同，存其是而削煩增簡者也。」案：先生書學博綜古今，漢學墜緒於是備舉。乾嘉經師多敦德勵行，無愧古君子儒。孫先生以進士及第官編修，和珅招之，正辭固拒，風節之峻，凜然不可犯。而官刑部時，研精律例，哀矜折獄。及任兖沂曹濟道，勤恤愛民，郡縣吏讞獄失入者，平反甚多。仰體朝廷恤刑之仁，深得甫刑觀誡之旨。書疏中徽言要義甚多，而説堯典象刑及康誥、吕刑等篇，尤藹然仁人之言。且通達治體，足爲從政師資。先生名星衍，字伯淵，一字季仇，號淵如，别字薇隱，江蘇陽湖人。輯古文尚書馬鄭注，撰尚書今古文注疏，刊梅氏尚書考異入平津館叢書。其問字堂、平津館、岱南閣、嘉穀堂、五松園文集中多涉書義。又補輯周易集解，刊宋本説文等，並行於世。

三三

專門師法守西莊，應與江、孫相頡頏。
段氏古文撰同異，根源剖析到微茫。

江氏集注以鄭注爲主，而於注義隱奥難明者或改從他説。王氏則一一引據古書疏通其旨。江氏多據經傳、史、漢、説文引書之文改易今本。段氏則各推其異同之故，使今古文各本畫然分明，皆足補叔澐創始之闕，爲薇隱集合之資。

王先生鳴盛，字鳳喈，號西莊，江蘇嘉定人。爲尚書後案，末附尚書後辨。又有十七史商榷、蛾術編，皆極賅洽。段先生玉裁，字若膺，號懋堂，江蘇金壇人。説文之學冠絶古今，古文尚書撰異及周禮漢讀考等書辨析文字音讀皆窮極根源。

三四

博極羣書左海陳，臯謨精辯比經神。
表章大傳今文説，有子肯堂善引申。

孫氏書疏兼疏今古文，而微有歸重今文之意，以古文本賴今文以通也。段氏撰今文與古文同異，亦已精詳。至左海陳氏，本湛深鄭學，博極羣書，其答臧拜經論臯陶謨書至爲精覈，深足啓發學者神智，而爲妄疑經文者大爲之防。作尚書大傳定本箋及五經異義疏證等，皆極詳慎淹貫。又深考今文尚書歐陽、夏侯説及三家詩説，探賾索隱，統同辨異。其采掇也備，其鉤考也審，與古文家説相證互明，並行不悖。未及成書，以授其子樸園卒業。書學功臣，江、王、段、孫外，斷推陳氏。然天下之生，一治一亂，我朝列聖稽古同天，聖化涵濡，哲人輩出。尚書一經，乾嘉閒大師鉅製若此之盛，而譎觚異説即稍稍萌芽其閒。厥後言今文者，於書則詆諆馬、鄭，於詩則排棄毛、鄭。及考其所以申歐、夏，申三家之説，其近是者皆不出段、孫、陳氏範圍，餘率憑臆穿鑿，肆口謗訕，於經無一益而有百害。説公羊者又巧借漢儒有爲言之之説，矯誣先聖，大肆詖淫，始爲經學風氣之害，終啓人心不靖之憂。履霜堅冰，變本加厲，遂至非聖無法，敗綱斁倫，中原陸沈，生民糜爛，廢六經、滅禮教，横目之民並受其禍。夫豈今文家之流弊至於此哉，實由奇衺不衷之徒思以諛聞欺世、弋獲名利。見鄭學有毛詩、三禮，體大物博，不易通曉，不如今文説殘缺之餘，可肆鑿空附會。又鄭學在禮，大不便於桀驁不馴、壞法亂紀，故巧飾非常異義可怪之論力反鄭學，離經叛道以蕩衆心，謬種流傳，日以滋蔓，而大亂起矣。故愚常謂治今文尚書、治三家詩者必以陳左海父子爲法，治公羊春秋者必以孔顨軒爲法，則經術明而邪説息，亂源塞矣。嗚呼，六經者，聖人作君作師，體天地生生之大德，以知覺斯民，使天下君君臣臣父父子子相愛相敬相生相養相保，永永可有治無亂者也。經術亂則人心亂，人心亂則天下亂。故救天下之亂者，必自明經術、正人心始。因論陳先生書而發此義，予豈好辯哉，予不得已也。陳先生，名壽祺，字恭甫，福建閩縣人，德行文章皆稱其學。子喬樅，字樹滋，號樸園。

三五

耆年篤學煥天章，錐指宏編富括囊。
禹貢行河期致用，水經、地志覈班、桑。

漢代儒者以經明禹貢行河，通經致用，此爲最切。宋以來專釋禹貢之書頗多，而精核典贍莫如胡氏禹貢錐指。此書博引注疏以下各家之説，及班氏地理志、桑欽水經、酈道元注，以及古今水地諸書，囊括網羅，考證詳確，學者翕然宗之。康熙乙酉，恭逢聖祖仁皇帝南巡，曾呈御覽，蒙賜「耆年篤學」匾額，稽古之榮，士林傳述至今。書首列圖一卷，九州形勢已粲然分明，惟所據皆明以前地圖。陳氏澧謂其書甚博而圖猶未精，據康熙、乾隆兩圖，與其子宗誼補正之，是亦讀此書者之助也。胡先生，名渭，字朏明，號東樵，浙江德清人。治禹貢必奉先生書爲圭臬。後有焦氏循禹貢鄭注釋、何氏秋濤禹貢鄭注略例，皆可參觀。焦氏書以此爲最善。何氏，字願船，福建光澤人。

## 三六

海岱純靈義氣鍾，見危授命獨從容。
當年抗疏論書學，發藻蓮華古墨濃。

前輩王文敏公懿榮，字蓮生，山東福山人。洪雅博聞，在位通人皆推敬之。官翰林時，上疏言事，深識大體。力持禮教，嘗奏請以孫星衍尚書今古文注疏與今本尚書並行，爲異議所格。光緒甲午大考，蒙德宗景皇帝特拔。庚子之變，率京寓眷屬投井死。事聞，先帝震悼，賜諡，賜祭。嗚呼！貞臣盡節，聖主褒忠，日月爭光，經術增重。當日長安名士多矣，如公者乃絶無僅有。歲寒然後知松柏之後彫，華頂蓮華，真高潔絶世也。

## 三七

鮮盦經學稟先師，書考相觀弱冠時。

忠孝文章閑聖道，中朝麟鳳海邦知。

先師黄漱蘭先生體芳，浙江瑞安人。學爲儒宗，行爲世範，忠清正直，天下著聞。光緒朝，由少詹事簡授江蘇學政，在任升兵部侍郎。時外患漸亟，初立海軍，先生以大學士李鴻章謀國不臧，恐貽誤大局，上疏論列，左遷，然兩宫實鑒其忠。先生督學時，以經學、經濟、氣節提倡多士。元弼年十五，禮經纂疏序據應試注册年書十三。歷來風氣，童子應試，報名輒減兩歲。此由長老愛憐至情，樂小子之有造，且以見國家教澤之深。士食舊德，易於成才。湯文正時已然，今蒙天恩以實年賜壽，敬謹據書。蒙録取爲博士弟子。見先生所頒條教，慨然有志實學，殫力治經四年餘，各經粗識途徑。年十八，應科試，四書文、經解、策論均極蒙賞識。進謁時，勗以名臣事業，有體有用。時先生與左文襄公宗棠同建南菁書院，上梁日有天雨粟之祥，純儒碩德，造就甚多。元弼亦與肄業，從院長黄元同先生以周質諸經義。年二十，應禮部試，謁先生於京邸。退見世兄仲弢前輩紹箕，論學深相得，出所著尚書今古文篇目考見示，折衷羣言，至爲精核。前輩器識宏遠，學問精邃，文章淵懿，闡道達政，凡所以學古敦行、謀國匡時者，一一善承先生之志。先生没後，取「蓼莪鮮民」之義，自號鮮盦。光緒丁未，由學士簡授湖北提學使。赴日本考察學務，彼國賢士大夫接其風采，聞其言論，歎曰「中朝麟鳳也」。鄂省學務，由張文襄公提倡，梁文忠佐之。原本忠孝，博通古今，又得鮮盦前輩殫力主持，實有人才蔚起，曾、胡復出之望。時元弼應文襄招，主講存古學堂經學，與鮮盦相見，道故極歡。尋旋里數月，忽聞其凶耗，急馳往吊。梁文忠涕泣謂余曰「仲弢甚念子」，余悲不自勝。爲文與同人率諸生往祭，皆痛哭失聲。豈意鮮盦没後數年，天下之變又有故人所萬萬不及料者乎。鮮盦所著書多未刊，詩禮世澤，堂構弗替。尚書篇目考當完然具存，然特公説經論撰之一端耳。

三八

漢代末師雖蔽冒，而今謬説更猖狂。
鹿門樸學言猶慎，魚目蠙珠待辨章。

漢代今文家之弊，是末師而非往古，信口説而背傳記。其失不過拘守家法、蔽冒不悛而已。近世言今文者，乃借逸文碎義，奮其私智，多方穿鑿，大言不慚，變亂成訓，陵轢先儒。其初一二不祥少年妄作聰明、浮薄文人横使才氣，繼乃學非而博、言僞而辯之徒乘間作慝，邪説沸騰，非聖無法。其毒甚於暴秦焚書，其禍極於生民塗炭。此豈獨聖經之罪人，亦漢代謹守師法者之罪人矣。湖南善化皮鹿門錫瑞，撰今文尚書考證、尚書大傳疏證，雖意有偏重，而辭無不遜。采掇既詳，剖析頗密。非素是丹，未免守文之固；去瑕取玖，猶爲來學之資。前江蘇巡撫長沙陳伯平先生啓泰，體國愛民，清正率屬，宏獎善類，遏障横流。嘗謂余曰：「鹿門孜兀窮年，實係樸學，絶非倡狂誕妄者流可比。」余嘗見其孝經鄭注疏，立言矜慎無弊，前年撰孝經鄭氏注箋釋、孝經校釋頗采其説。今撰書義，於兩書亦當擇善而從。

三九

諸家書説匯長沙，天語褒揚曾拜嘉。

獨抱遺經卧雲壑，不堪世事亂如麻。

自我瑞安夫子以實事求是、明體達用之學提倡江南，成德達材，英髦蔚起。長沙前輩王益吾先生繼之，輯皇清經解續編，刊於南菁書院，通儒巨製多萃其中，先民是程、古訓是式，士風駸駸進於乾嘉矣。先生著述極富，其尚書孔傳參正博綜羣言，平心參考，宗旨與皮氏大同，詳瞻矜慎亦相近。而論古文說及杜氏西州漆書，則昭晰確當，勝於皮氏。先生初以國子祭酒奉命提督蘇學，任滿引疾歸。光緒戊申，湘撫岑中丞春蓂以所著各書進呈德宗景皇帝御覽，賞授内閣學士兼禮部侍郎銜。辛亥亂後，杜門著書，不染纖塵，荆天棘地中守死善道以終。先生名先謙，湖南長沙人。所著書皆宏達平允，無險巇之論。惟詩三家義疏詆毁毛公，且誣禮經，與尚書參正之平平無敖不類，書出身後，殊滋然疑。

## 四〇

年高學博德尤純，季立真如三代人。

融貫全書精禹貢，授經避地絶纖塵。

我友馬季立貞榆，廣東順德人。師事陳蘭浦先生，博通詩、書、左傳，尤精尚書禹貢，考核歷代地理，淹貫精詳。性情和厚，若不知世間有機械變詐事。昔瑞安師謂張聞遠同年是三代上人，竊於季立亦云。與余同應張文襄聘，主講兩湖書院、存古學堂。所著書在湖北刊行者，有尚書講義、讀左傳法、地理講義，惜今傳本甚少。又有孔子世家讀本，往日寄示余，未刊。君主講湖北十餘年，亂後外人延至清華學校教授以終。

四一

羿、浞橫行禹九州，生民浩劫幾時收。
杜林漆簡珍球璧，衞、賈傳經願待酬。

生民多難，運厄穹新；神禹九州，陸沈溟海；端門六藝，術破秦灰。元弼獨抱遺經，潛蹤空谷。撫西州之漆簡，傳人有待宏、巡；振東漢之儒風，茂矩敢希桓、卓。我生七十年之歲月，已付浮沈；鄭注廿九篇之經文，顧言箋釋。以高密作訓之本，實先聖寫定之遺。明見説文，旁徵遷史，故據爲典要，更博采通人。文主古而義兼今，去其非而存其是。歐、夏、衛、賈之詁，各如其説以通；濟南棘下之傳，必溯其源之合。務使文從字順，理得條通，本立道生，學可從政。炳燭微明，把卷興歎，若農力穡，思日孳孳而已。

## 復禮堂授尚書書目

### 講習書

學者治尚書，可先講蔡氏集傳，通行本。取其明白易曉。進而恭讀欽定書經傳説彙纂，乃敬就聖學所指。考求注疏及漢經師逸注，由近師采集發明者，列目如左：

尚書注疏見前。日本近有影宋刊本。

尚書釋文

古文尚書馬鄭注岱南閣叢書本、覆刻單行本、施氏彙刻十三經本。

惠氏古文尚書考原刻本、皇清經解本。

江氏尚书亼注音疏原刻本、皇清經解本。

王氏尚書後案原刻本、皇清經解本。

段氏古文尚書撰異經韻樓叢書本、皇清經解本。

孫氏尚書今古文注疏平津館叢書本、皇清經解本、朱氏覆刻叢書本。

陳氏今文尚書經説考左海全集本、皇清經解續編本。

胡氏禹貢錐指原刻本、皇清經解本。

陳氏補正德清胡氏禹貢圖 東塾叢書本、皇清經解續編本。

焦氏禹貢鄭注釋雕菰樓叢書本、皇清經解續編本。

陳氏尚書大傳定本箋左海全集本。

尚書文鈔

## 參考書

梅氏尚書考異平津館叢書本。

閻氏古文尚書疏證原刻本、皇清經解續編本。

王氏尚書後辨附後案末。

惠氏尚書古義

劉氏尚書今古文集解皇清經解續編本。劉氏，名逢禄，字申受，江蘇武進人。其學已不無流弊，當擇而取之。

皮氏今文尚書考證、尚書大傳疏證自刻本。

王氏尚書孔傳參正自刻本。近時説今文者，此二家無胥動浮言自作不靖之弊，其間得失相參，去瑕取玖可也。

何氏禹貢鄭注釋例淮南書局本（在一鐙精舍甲部稿内）、皇清經解續編本。

## 書學支流

逸周書抱經堂本、朱氏右曾校釋本。

水經注趙氏一清校本、戴氏震校武英殿叢書本、孔戴遺書本、王氏先謙校本。

陳氏漢書地理志水道圖説東塾叢書本。

# 復禮堂述學詩卷三　述詩

## 一

從來王道本人情，巡守陳詩黜陟明。
天子憂民侯率職，南、豳、雅、頌致昇平。

虞書曰：「詩言志。」

詩序曰：「詩者，志之所之也。情動於中而形於言，言之不足，故嗟歎之；嗟歎之不足，故永歌之；永歌之不足，不知手之舞之足之蹈之也。情發於聲，聲成文謂之音。」

鄭氏禮記注曰：「詩長人情。」孔子閒居注。

禮記王制曰：「天子巡守，命太師陳詩以觀民風。」

鄭氏周南召南譜曰：「陳諸國之詩者，將以知其缺失，省方設教爲黜陟。」

元弼昔爲原道篇曰：「王道本於人情，忠臣、孝子、弟弟、信友、貞婦，情動於中而形於言。先王以是經夫婦，成孝敬，厚人倫，美教化，移風俗，論功頌德，刺過譏失，爲法彰顯，爲戒著明。聖人無常心，以百姓心爲心。所欲與聚，所惡勿施。先王懼四海之內有一人不被其愛敬、不遂其生養，悖於倫、逆於理，故設采詩之官以通下情。飢者歌其食，勞者歌其事，男女怨曠各言其志，王者不窺户牖而知天下。上下一體，君民如家人父子，於是乎有詩。」

案：詩、書相須爲用。書者，先王繼天立極，因天生烝民相愛相敬固有之性，以立相生相養相保之政，使四海之内各遂其飲食男女之大欲，而免於死亡貧苦之大惡。就講信脩睦之利，去爭奪相殺之患。故王道之大，一本人情；詩、書之教，同條共貫。先王既爲天下得人，建諸侯，立大夫，而猶恐庶邦羣后或即慆淫，兆民鰥寡或苦無告，故采列國歌謠，由其聲之哀樂、辭之善惡以知其政之得失而黜陟由之。則有國者無敢不勤恤民隱，稼稽匪懈，以求勿予禍適，而昇平可致矣。此南、豳之化所以致雅、頌之成功也。自古未有遺民而可爲治，天生民而立之君，使司牧之。民之質矣，日用飲食；羣黎百姓，遍爲爾德。則詩教之成，參天地而爲民父母，易之保合太和、書之於變時雍，在此矣。

## 二

飢寒怨曠各言思，謠諺三千豈一辭。
聖筆精刪歸禮義，無邪一語蔽全詩。

漢書食貨志曰：「男女有不得其所者，相與歌詠，各言其傷。孟春之月，行人振木鐸徇于路以采詩，獻之大師，比其音律，以聞於天子。故曰王者不窺牖户而知天下。」史記孔子世家曰：「古者詩三千餘篇，至孔子去其重，取可施於禮義三百五篇，據魯詩不數六亡篇。孔子皆弦歌之，以求合韶、武、雅、頌之音。」詩序曰：「變風發乎情止乎禮義。」

論語子曰：「詩三百，一言以蔽之，曰思無邪。」

元彅毛詩學曰：「三千餘篇，蓋周世樂官相傳大數，統唐虞以來言之。有夏篇章泯棄，商頌僅得五篇，貍首之詩孔子録之不得，則三千之數所存當不及少半。孔子删詩，蓋就當時在者參互考訂，去其複重雜亂，非必實有三千而删取十之一也。」又曰：「王者采詩，兼陳美惡，以知當時列國政教得失而黜陟之。既采之後，國史序其本事，存之樂官，以備考省。至孔子删詩，則非一時之黜陟，而爲萬世之典型。又依文第録，無所糾割，非春秋書法寓褒貶於一字之比。則所取必皆賢人君子之言可施於禮義，不待辯論自無流弊者。故統三百而檃括之，曰『思無邪』，别裁之意昭然甚明。蓋詩不必無邪，而孔子所取之詩則其思皆無邪。故高子以小弁爲小人之詩，而孟子斥其固，夫豈小人之詩而孔子取之。宋鄭樵以鄭、衛爲淫詩，大謬於無邪之旨。」

案：論語「思無邪」章，孔子説詩之大義，即孔子自述删詩之大例。古詩三千，散亡必多，即其存者，變風變雅、民間謠諺，各道饑寒怨曠之思，豈能盡合禮義。孔子録之爲經，則必據國史，標題確有明文，爲美某王某公、刺某王某公而作，其情出於愛君憂民，其辭足以勸善懲惡，然後取之，以與正經之雅、頌、古樂之韶、武並傳萬世。國風好色而不淫，小雅怨悱而不亂，大抵皆聖賢發憤之所爲作。蓋雖人心陷溺之時而至性存焉，國家危亂之秋而忠愛篤焉，小人道長之日而清議昭焉，故一言以蔽之曰思無邪。

## 三

誰識詩人幽渺思，當時國史各題辭。
史文檃括爲經序，聖指親承無可疑。

詩序曰：「國史明乎得失之迹，吟詠情性以風其上，達於事變而懷其舊俗。」

案：此數語爲三百篇序提綱。蓋王者采詩，必詳其得失之迹，以爲黜陟之據。既乃太師比其音律，國史述其本事，取其言之善以風上而教下。凡序云美某王某公、刺某王某公皆國史舊文。子夏親受聖指，檃括而考定之以爲經序，其所自來者遠矣。

釋文引沈重云：「案鄭詩譜意，大序是子夏作，小序是子夏、毛公合作。」詩譜當有敘詩源流之篇，今亡。

常棣孔疏引鄭志答張逸云：「此序子夏所爲，親受聖人。」

陳氏啓源毛詩稽古編曰：「歐陽永叔言孟子去詩世近而最善言詩，推其所説詩義，與今敘意多同。斯言信矣。考孟子所論讀詩之法，其要不外二端。一曰誦其詩不知其人可乎，是以論其世。一曰説詩者不以文害詞，不以詞害意。然則學詩者必先知詩人生何時、事何君，且感何事而作詩，然後其詩可讀也。誠欲如此，舍小敘奚由入哉？何則？凡記載之文以詞紀世，議論之文以詞達意，故觀其詞而世與意顯然可知。獨詩則不然，除文王、清廟、生民數篇外，其世之見於詞者寥乎罕聞矣。又寓意深遠，多微詞渺恉，或似美而實刺，或似刺而實美，其意不盡在詞中，尤難臆測而知。夫論世方可誦詩，而詩不自著其世。得意方可説詩，而詩又不自白其意。使後之學詩者何自而入乎？古國史之官早慮及此，故詩所不載者則載之於敘。其曰某王某公某人者，是代詩人著其世也；其曰某之德、某之化、美何人、刺何人者，是代詩人白其意也。既知其世，又得其意，因執以讀其詩，譬猶秉燭而求物於暗室中，百不失一矣。故有詩必不可以無敘也，舍敘而言詩，此孟子所謂害意者也，不知人不論世者也，不如不讀詩之愈也。」又曰：「小敘傳自漢初，其後敘或出後儒增益，至首敘則采風時已有之，由來古矣。其指某詩爲某君事某人作，皆師說相傳如此，非臆說也。」

陳氏奐詩毛氏傳疏敘曰：「子夏親受業於孔子，檃括詩人本志爲三百十一篇作序。數傳至毛公，依序作傳。詩當秦燔錮禁之際，猶有齊、魯、韓三家萌芽間出。三家多采雜說，與禮、論語、孟子、春秋傳論詩往往不合。雖自出於七十子之徒，然孔子既没，微言已絕，大道多歧。或借以諷動時君，以正詩爲刺詩，違詩人本志。故齊、魯、韓可廢，毛不可廢。」又曰：「讀詩不讀序，無本之教也。」

案：詩必有序，蓋國史就采風所得本事，紀其君世，明其作意。子夏從而審定之，以序孔子所删之經。義有未盡，毛公更足成之，亦間有後師增續之語。三家皆有序，特不如毛義之正耳。後人或據後漢書儒林傳「衞宏作毛詩序」一語，以今詩序爲宏作。則是宏以前毛詩獨無序，自六國至東漢初二百餘年，師弟授受，豈皆絕不言作詩之意乎？此萬無之理也。王氏鳴盛蛾術編謂：「漢人解經名稱甚繁，安知宏序非章句訓釋之書。今序若係宏作，康成焉肯作箋。宏于康成輩行相去不甚遠，宏若附益小序，必能辨之。即或推重，援引其言可矣，何至尊之與經相配而注之。鄭于毛公尚未專從，何反于宏若此？鄭既爲序作箋，則序非宏作明矣。」愚謂鄭譜、鄭志明言序是子夏作而毛公足成之。惟絲衣序「高子靈星」一條，以爲毛公後人著之，亦不以爲宏所加。此明文確據，百世取信。序文多申説之語，顯係毛公足成，若出自宏，一人之言豈容如此？後漢書言謝曼卿爲毛詩訓，宏從受學，因作毛詩序。又云馬融作毛詩傳。夫毛詩有序有傳，而於訓詁特詳。衞宏之序，與子夏序同名異實，猶曼卿之訓與毛公之故訓、馬融之傳與毛公之傳同名異實也。且范史言曼卿作訓，宏因作毛詩序，玩一「因」字，安必非序下脱「訓」字，曼卿但訓經而宏訓序以補之乎？宋鄭樵妄以卜序爲宏作，猶近人妄疑毛傳爲融作。而不知序出子夏，明見鄭譜、鄭志，萬萬無誤。馬傳與毛傳絶異，明見釋文正義、水經注所引。且毛詩故訓傳三十卷明見漢志，馬融注十卷明見隋志，萬無可混。讀書不察，好爲異論，貽笑於大方之家，此學者之大戒也。詩大序義理深美，文與孔子閒居相類，非子夏不能爲。小序精理名言至多，與羣經相表裏，東山序使人鼓舞興起，六月序使人驚心動魄，其爲孔子之微言，子夏所述，漢師遞傳，夫何疑哉。子曰「述而不作，信而好古」，孔子作書序，子夏作詩序，皆篤信古史舊文而述之，後人更何疑乎？

## 四

憂娱萌漸吉凶由，禍福無非自己求。
美刺昭昭後王鑒，提綱詩譜貫源流。

詩譜序曰：「勤民恤功，昭事上帝，則受頌聲弘福如彼。若違而弗用，則被劫殺大禍如此。吉凶之所由，憂娱之萌漸，昭昭在斯，足作後王之鑒，於是止矣。」陳氏澧曰：「大序云國史明乎得失之迹，小序每篇言美某王某公、刺某王某公，鄭君本此意以作譜，而於譜序大放厥辭，此乃三百篇之大義也，此詩學所以大有功於世也。」

案：此論孔子録詩大義，後人學詩，達政致用在此。譜上文云「論功頌德，所以將順其美；刺過譏失，所以匡救其惡」。元弼昔爲詩譜序講義云：「孝經事君章將順其美匡救其惡，其道備於詩，故學詩可以事君。春秋卿大夫類能吟詠情性以風其上。晉悼定功，魏絳規以采菽；楚靈爽德，右尹聳以祈招。誠意惻怛，訓辭深厚，言之者無罪，聞之者足以戒也。降及漢世，儒風猶古，王式爲昌邑王師，以詩三百五篇朝夕授王。至於忠臣孝子之篇，未嘗不爲王反覆誦之也；至於危亡失道之君，未嘗不流涕爲王深陳之也。王陽、劉子政每上章疏，推説詩義，陳古悼今，明得失之迹、洞治亂之原，其憂深、其思遠、其辭文、其心苦。後人讀之，可以感發天良，通達治體。夫是之謂通經術、明大誼。」

又案：詩譜爲全詩提綱，猶詩序舉每篇大意。故孔疏每國及小大雅三頌之前，先引譜而釋之，使學者於源流清濁所處、風化美惡之由一覽而悟。以此讀詩，履道坦坦，升堂入室無難矣。

## 五

積文成句句成篇，詩學根萌訓詁先。

欲解詩辭逆詩志，六書叚借必精研。

孟子曰：「説詩者，不以文害辭，不以辭害志，以意逆志，是爲得之。」文者，字也。辭者，章句也。積字成句，積句成章，積章成篇，而作者之志達矣。欲得其志，必通其辭；欲通其辭，必識其文。詩爲商、周文字，訓詁與後世語言不同，且多依聲叚義，非明造字本意及六書叚借條例不能識其文。故周公制禮，用詩爲樂章，又作爾雅釋其詁訓。孔子門人復增修之。毛公傳詩，特詳詁訓。陳氏奐毛詩説論毛傳訓詁之例至精。張文襄公勸學篇曰：「毛詩以訓詁音韻爲一要事，熟於詩之音訓，則諸經之音訓皆可隅反。」愚謂熟於毛傳音訓之例，則鄭箋及漢經師説音訓之法皆一以貫之。學者治經，既讀説文、爾雅，當先治毛詩，次及羣經。

六

二南正始人倫本，荇菜蘋蘩孝敬成。

化起閨門及南國，禮篇昏義應詩情。

論語：「子謂伯魚曰：女爲周南、召南矣乎？人而不爲周南、召南，其猶正牆面而立也與。」

詩序曰：「周南、召南，正始之道，王化之基。」又曰：「關雎，后妃之德也，風之始也，所以風天下而正夫婦也。」又曰：「先王以是經夫婦，成孝敬，厚人倫，美教化，移風俗。」

大戴禮保傅記曰：「易曰『正其本，萬物理，失之毫釐，差之千里』，故君子慎始也。春秋之元，詩之關雎，禮之冠昏，易之乾巛，皆慎始敬忠云爾。」

案：夫婦、父子、君臣三者，人倫之本，王道之原。事親主孝，事君主敬，而君臣之義起於父子，父子之本正於夫婦。先王經夫婦，所以成孝敬，人倫由此厚，禮教由此成。禮始於謹夫婦，男女有別而后夫婦有義，夫婦有義而后父子有親。故禮昏經大義有二：自親迎同牢以上，明夫婦之禮，記昏義篇言「敬慎重正而后親之」是其義；自見舅姑以下，明婦事舅姑之禮，昏義篇言「重責婦順」是其義。詩周南關雎首章言淑女不淫其色，宜配君子，夫婦之禮也。次章、三章言供荇菜、備庶物以事宗廟，婦事舅姑之禮也。召南鵲巢言夫人有均壹之德，宜配國君，夫婦之禮也。采蘩、采蘋言齋敬以奉祭祀，婦事舅姑之禮也。皆與禮經記相應。詩者，禮情也。夫然故夫婦正、父子親，由是資於事父以事君，上下各保其父子，而愛敬不可勝用，天下和親、安平康樂矣。二南言文王后妃之化由閨門以及南國，即昏義所謂「天子理陽道，后治陰德，外內和順，國家理治」之事，宜其家人而后可以教國人，誠正脩齊治平一以貫之，理有固然者。此詩教第一大義也。

# 七

睢鳩有别鹿鳴呼，物尚有倫人可無？
不見雝渠鳴在野，孔懷急難最相須。

淮南泰族訓曰：「關雎興於鳥而君子美之，取其雌雄之不乘居也。鹿鳴興於獸而君子大之，取其見食而相呼也。」

常棣「脊令在原，兄弟急難」，傳曰：「脊令，雝渠也。飛則鳴，行則搖，不能自舍。」箋云：「水鳥在原，失其常處，則飛則鳴，求其類，天性也，猶兄弟之於急難。」

案：人、物同得天地元氣以生，而物得其偏，人得其全，故物無倫、人獨有倫。然雎鳩有别，鹿鳴相呼，令原求類，以及烏鳥反哺、羊羔跪乳之等，未嘗不得人倫之一端。物猶如此，而况於人乎？人爲物靈，有感斯通，故詩人每於鳥獸草木起興，以託無窮之思。詩云：「相彼鳥矣，猶求友聲。矧伊人矣，不求友生。」孔子讀緡蠻之詩，曰「於止，知其所止，可以人而不如鳥乎」，是其義也。關雎之教廢，則男女之坊潰、夫婦之道苦，無以正父子之本，而慈孝薄矣。鹿鳴之教廢，則君臣朋友之際無非懷利相接，營私罔上，逐利爭先，而忠信亡矣。至於令原急難之際，最親莫如兄弟。昔曾文正與諸弟勠力同心以獎王室，戡夷大難，救民水火。夫惟兄弟指臂相助，腹心相應，故天下志義豪傑之士亦皆親任如兄弟，以共紓君父之憂。晚年與先忠襄師論文，喟然興鳴原之歎，有以也。元弼遭罹厄會，自愧不才，於朝廷無尺寸之效、涓埃之答，惟三綱絶紐之時，矢九死靡悔之志，隨伯仲兩兄閉門絶世、共守硜硜，顛沛流離，相依爲命。每誦小宛之四章，相與流涕嗚咽。而今壎篪俱寂，敻踽彌悲，悠悠我心，急難誰呼？嗚呼，人皆有兄弟，慎勿自斷其手足也。

# 八

六州率衆奉勤商，四牡、皇華訓勉詳。
公義私恩忠孝盡，周公播樂示民常。

逸周書程典曰：「文王合六州之侯奉勤于商。」

詩序曰：「四牡，勞使臣之來也。皇皇者華，君遣使臣也。」

傳曰：「文王率諸侯撫叛國而朝聘乎紂，故周公作樂以歌文王之道，爲後世法。」又曰：「思歸者，私恩也。靡盬者，公義也。傷悲者，情思也。」箋云：「無私恩，非孝子也。無公義，非忠臣也。君子不以私害公，不以家事辭王事。」

案：文王所以訓勉諸侯諸臣而教之忠者，小雅所陳，誠意懇惻如此。文王之德之純，爲人臣止於敬，於是著矣；詩教溫柔敦厚，於是至矣。君子不以家事辭王事者，此資父事君之大義，君民一體，臣盡忠於君，所以安親也。

## 九

文王豈有稱王事，後世追尊臣子情。
大雅所陳盡王法，發端舉謚義分明。

文王受天命，天下歸之三分有二，而率諸侯撫叛國以服事殷，殷之天命藉以少延，民困藉以稍蘇。當時諸侯謂此其君，亦讓以天下而不爲，故孔子與泰伯之三讓同稱爲至德。以孔子之言及易、詩、書、禮記正文定之，證以周人古説，文王決無稱王之事。曰王者，後世追尊之稱。蓋武王即位四年，紂惡益稔，天人交迫，不得已而觀兵孟津。追本天大命文王之意，載木主以行，尊文考爲文王，更自稱太子。而以虞、芮質成諸侯稱爲受命之年，開元建始，俾若文王親定天下然。故文王爲周太祖，春秋書「元年春王正月」，傳曰「王者孰謂，謂文王也」，由此也。子云：「善則稱親，則民作孝。」引太誓爲證。周公作文王之詩曰「穆穆文王，於緝熙敬止。假哉天命，有商孫子」，以商孫服周繫之文王。蓋事死如生，事亡如存，孝之至也，故曰武王、周公其達孝矣乎？墨子引太誓曰「文王若日若月」，則觀兵時即追王。蓋吊伐之師既起，暴君即爲獨夫，天下不可一日無王，文王此時固當追王矣。及武王定天下，巡守陳詩，周公制禮，詩爲樂章，分類辨義，垂法後世。二南及小雅諸文王詩皆文王生時作，其所謂王皆指紂，而稱文皆曰公侯。大雅陳王者之禮，以文王一篇冠首，顯舉謚號。且其下有「商之孫子，侯于周服；無念爾祖，聿修厥德」之文，明以下各篇皆成王時追尊之辭。此周公辨言正名之法，昭昭揭日月而行矣。或者以棫樸、靈臺兩篇但稱王不稱文，疑爲文王生時作。不知諸篇兼述太王、王季以及武王，故必稱文以別之；此二篇專美文王，故不舉謚。文王爲大雅始，諸篇既同蒙首篇，則皆爲身後作。凡説詩者，當以意逆志，通其大例。若泥其辭而失其意，則皇矣言王季「王此大邦」，豈王季身自稱王乎？小雅、大雅劃然區別，大雅文王身後詩如此，小雅文王生前詩如彼，用樂等差，國君以小雅，天子以大雅，亦因此而判。文不自王，經文昭然矣。

胡氏承珙毛詩後箋曰：「小大雅所有文王之詩，自皆是周公制作禮樂時所爲。四牡傳云周公作樂以歌文王之道爲後世法，此言已足爲諸文王詩之總義。故大明、棫樸傳直云天子造舟、天子六軍，皆以追述之詞不嫌稱文王爲天子。疏所云詩爲大雅莫非王法者，誠通論也。」案：此說深得傳意，即深合經例。小雅多文王生時詩，大雅則皆周公所追述，其用爲樂歌以昭文王之德則一也。餘詳文王受命改元稱王辨三篇，見復禮堂文集。又文王受命改元稱王答難一篇，見復禮堂二集。

## 一〇

周室后妃歷世賢，淵源深遠大明、緜。
素成胎教垂青史，玉板文徵保傅篇。

周南召南譜曰：「初，古公亶父聿來胥宇，爰及姜女。其後大任思媚周姜，大姒嗣徽音，歷世有賢妃之助以致其治。文王刑於寡妻，至於兄弟，以御於家邦。是故二國之詩以后妃夫人之德爲首，終以麟趾、騶虞。言后妃夫人有斯德，興助其君子，皆可以成功，至於獲嘉瑞。風之始，所以風化天下而正夫婦焉。」

小大雅譜曰：「大雅之初起，據盛隆而推原天命，上述祖考之美。」詩序大明「文王有明德，故天復命武王也」。緜「文王之興本由大王也」。思齊「文王所以聖也」。

大戴記保傅篇曰：「謹爲子孫娶妻嫁女，必擇孝悌世世有行義者，如是則其子孫慈孝，不敢淫暴，黨無不善，三族輔之。故曰鳳皇生而有仁義之意，虎狼生而有貪戾之心，兩者不等，各以其母。嗚呼，戒之哉！無養乳虎，將傷天下，故曰素成。胎教之道，書之玉板，藏之金匱，置之宗廟，以爲後世戒。」下引青史氏之記，說胎教之法。

案：自古國家歷年之久莫如周，周之盛德莫如文王。二南爲文王風教之始，大雅以文王受命作周發端，而大明、緜、思齊、皇矣諸篇推本太王、王季，又歷說太姜、太任、太姒之賢，以明文王之所以聖與家邦之所由御。孝經曰：「昔者明王事父孝，故事天明；

事母孝，故事地察。」易曰：「正家而天下定。」大學以正心脩身齊家爲治國平天下之本，皆於此見之。淵源深遠，義理精微，人倫之至，聖學王道之本也。

## 二一

尊祖思文天作配，我將嚴父祀明堂。
周初大典詳詩序，義本孝經聖治章。

詩序：「生民，尊祖也，后稷生於姜嫄，文武之功起於后稷，故推以配天焉。」「思文，后稷配天也。」「我將，祀文王於明堂也。」

案：孝經曰：「孝莫大於嚴父，嚴父莫大於配天，則周公其人也。昔者周公郊祀后稷以配天，宗祀文王於明堂以配上帝，是以四海之内各以其職來祭。」周初典禮莫大於此。序指實其樂歌。又圜丘、方澤、祈穀、祭社、禘祫諸大典，備見於周頌、商頌之序，使千載後讀之，穆然想見禮明樂備之盛。此皆子夏親受聖指而爲之，非秦火後口説所能詳，鄭君所以注詩宗毛爲主也。

## 一二

文武何曾富天下，五年須暇望殷商。
還師尚欲回天怒，養晦箋文宜細詳。

書多方「天惟五年須暇鄭作「夏」。之子孫」，鄭注曰：「夏之言假，天覬紂能改，故待假其終至五年，欲使復傳子孫。五年者，文王八年至十三年。」詩皇矣「上帝耆之，憎其式廓」，箋云：「耆，老也。天須假此二國養之至老，猶不變改，憎其所用爲惡者浸大。」武「耆定爾功」，箋云：「年老乃定此功，言不汲汲於誅紂，須暇五年。」酌「於鑠王師，遵養時晦」，箋云：「文王率殷之叛國以事紂，養是闇昧之君以老其惡，是周道大興而天下歸往矣，故有致死之士助之。」

案：王者，天之所子，自非大無道之世者，天盡欲扶持而全安之。紂爲不道，天養之至老猶不改，而爲惡滋大，天乃大命文王，使爲天下王。天命不可逆，文王爲臣止敬，以翼翼之小心體上天仁愛人君、欲止其亂之本意，不忍自王，而爲殷祈天永命。聖人之心，天心所視爲轉移，故假紂五年，冀其能改。及紂長惡不悛，天乃復命武王。聖人皆無利天下之心，武王觀兵猶復還師，絶無坐失事機之慮，其至公無私，仁至義盡，深當天理，故天命愈固而人心愈奮。易所謂「已日乃孚，革而當，其悔乃亡也」。文王三分服事，無一日不望紂之克念作聖，彌縫匡救以養之，冀其日久年老，爲惡或稍衰怠，而天命可延。老者，衰怠之意。酌箋「養是闇昧之君以老其惡」，即皇矣箋「養之至老」之意。文王之所以爲文，即天之所以爲天也。其立心忠誠如此，此周德之所以爲至。而他日吊伐之師，天下皆知其不得已而救民水火，一心同力以助之也。若如後人文王身自稱王之説，則是貪天之功，利紂之狂，將汲汲取之不暇，其德已薄，而天下亦安能盡孚乎？詩序曰：「文王有明德，故天復命武王也。」是文王受命，而委曲休養以回天意，殷命已若可延，紂終不改而爲惡愈壯，武王乃更受命救民。天人相與之故，非至德其孰能如此乎？

## 一三

春秋王魯休誣聖，詩教尊周附魯、商。
史克頌如先代後，禘郊錫命本成王。

魯頌譜曰：「成王以周公有太平制典法之勛，命魯郊祭天、三望，如天子之禮。故孔子録其詩之頌，同於王者之後。」

案：成王以王禮賜魯，而孔子僅同之王者後，其尊王也如是，孰謂春秋黜周王魯哉？鄭君可謂知聖人矣。公羊家言春秋託新王受命於魯，此欲爲漢立法，借以引君當道，有爲言之，然誣聖人矣。當時受其益，而貽禍於千載以後，幸賈景伯、鄭君皆辭而闢之。余於周易學會通篇，發聾振聵，論之甚詳，今録其要入春秋類。嗚呼！不通春秋，其罪比於弑逆，況敢亂春秋以亂天下乎？鄭君注春秋未成，觀詩譜此言，亦可窺其微旨矣。

# 一四

無疆受福頌成王，祇是宜民率舊章。
板蕩典型盡顛覆，皇天弗尚遽淪亡。

詩假樂「嘉成王也」。首章曰：「宜民宜人，受禄于天。保佑命之，自天申之。」次章曰：「不愆不忘，率由舊章。」三章曰：「受福無疆，四方之綱。」昔周公成文、武之德，制作典法以授成王，成王率而行之。太平德洽，囹圄空虛，灾害不生，禍亂不作。大雅生民及卷阿，小雅南有嘉魚下及菁菁者莪，言當時賢才之多，民生之樂，澤被四海，仁及草木鳥獸，爲太平守成極軌，此周道所以興也。後王稍衰，幽、厲尤甚，板、蕩之詩言典型盡反，周室大壞。蕩之篇託文王咨殷商之辭曰：「匪上帝不時，殷不用舊。雖無老成人，尚有典刑。曾是莫聽，大命以傾。」抑之篇曰：「肆皇天弗尚，如彼泉流，無淪胥以亡。」此王迹所以熄也。國於天地，必有與立，先王大經大法，殷因於夏，周因於殷，百世不可得與民變革者是也。一代之興，必有所以保子孫黎民之本，祖宗法度是也。孟子曰：「遵先王之法而過者，未之有也。」雖通變神化，因時制宜，而立政立教大本所在，一物紕繆則民無所措手足。故易消息恒當變成益，而九三必先立不易方以成既濟，未有失政而可以益民者。我朝列聖相承，法制盡善，聖子神孫率由惟謹。不幸中原多故，朝廷爲保全萬萬生靈起見，不得已而斟酌變通、統籌本末，以救我民累卵之危、剥膚之痛。孰意邪説暴行乘閒而作，權奸竊柄，陰蓄逆謀。值主少國危之際，羣慝鑫午鴟張，反易天常，擾亂國紀，如古人所歎盡取高皇帝約束紛更之者，而大亂遂起矣。嗟乎！君無失德，民亦何辜，小人亂邦，乃至於此。我生不辰，逢此大厲，每讀詩至於盛衰興廢之際，未嘗不掩卷流涕也。

一五

鴟鴞毁室防民侮，遂使卷阿集鳳皇。
痛絶鶖梁貪敗國，瞻烏爰止問穹蒼。

民可近也，而不可下也。天生民而立之君，使司牧之。小人難保，惟命不于常。昔周公作詩戒成王曰：「迨天之未陰雨，徹彼桑土，綢繆牖户。今此下民，或敢侮予。」又七月之詩，深陳王業之艱難。他日作書曰：「君子所其無逸，先知稼穡之艱難，則知小人之依。無淫于逸，以萬民惟正之供。變亂先王之正刑，民則厥心違怨，厥口詛祝。」成王守其戒，故能不解于位，綱紀四方，以撿迹於文、武。詩人美之曰：「豈弟君子，民之父母。」由鴟鴞毁室之憂，致鳳皇集止之盛，天下和平，嘉瑞畢臻，茀禄爾康，純嘏爾常，何其盛哉！及其衰也，小人在位，萬民離散，詩人刺之曰：「佌佌彼有屋，蔌蔌方有穀。民今之無禄，天夭是椓。」又曰：「人可以食，鮮可以飽。」大抵國家危亂之由非一，而召禍之速，莫如小人剥民，斵喪元氣，維鵜在梁，貪以敗國。賄賂章於有位，資澤殄於下民，邦本既撥，大厦遂傾。「哀我人斯，于何從。瞻烏爰止，于誰之屋。」傳曰：「長國家而務財用者，必自小人矣。小人之使爲國家，菑害並至。雖有善者，亦無如之何矣。」此變雅哀痛惻怛之情，深切著明之戒也。詩可以觀，治亂興亡古今一轍，有心人讀之，歌泣如聞矣。

一六

有民誰使作螟蛉，果蠃煦之七日經。
不戢不難天下佑，詩箋歎息恨桓、靈。

陳氏澧曰：鄭箋有感傷時事之語。桑扈「不戢不難，受福不那」，箋云：「王者位至尊，天所子也。然而不自斂以先王之法，不自難以亡國之戒，則其受福禄亦不多也。」此蓋歎息痛恨於桓、靈也。小宛「螟蛉有子，蜾蠃負之」，箋云：「喻有萬民不能治，則能治者將得之。」此蓋痛漢室將亡而曹氏將得之也。又「戰戰兢兢，如履薄冰」，箋云：「衰亂之世，賢人君子雖無罪，猶恐懼。」此蓋傷黨錮之禍也。雨無正「維曰于仕，孔棘且殆」，箋云：「居今衰亂之世，云往仕乎，甚急迮且危。」此鄭君所以屢被徵而不仕乎？鄭君居衰亂之世，其感傷之語有自然流露者，但箋注之體謹嚴，不溢出於經文之外耳。清人序云「高克好利而不顧其君」，箋云「好利不顧其君，注心於利也」。此序語意甚明，而鄭君必解之者，殆亦有所感也。「注心於利」，衰世之風必如是矣。

案：如此讀箋，可謂知鄭君之心矣；以此讀經，可以獲詩人之心矣。毛傳及諸經古注皆當以此法讀之，則經明行修、通經致用其要在是矣。此東塾先生所以輯漢儒通義也。

## 一七

菀彼柔桑捋采劉，政繁賦重不勝憂。
栗梅剝盡富民困，山卉雖嘉寧少留。

桑柔篇：「菀彼桑柔，其下侯旬。捋采其劉，瘼此下民。」傳曰：「旬，言陰均也。劉，爆爍而希也。瘼，病也。」箋云：「桑之柔濡，其葉宛然茂盛，人庇陰其下者均得其所。及捋采之則葉爆爍而疏，人息其下則病於爆爍。興者，喻民當被王之恩惠，羣臣恣放，損王之德。」

四月「山有嘉卉，侯栗侯梅，廢爲殘賊，莫知其尤」，箋云：「山有美善之草，生於梅栗之下，人取其實，蹂踐而害之，令不得蕃茂。喻上多賦斂，富人財盡而弱民與受困窮。在位貪殘，爲民之害，無自知其行之過者。」

案：大學言：「與其有聚斂之臣，寧有盜臣。」孟子曰：「君不鄉道，不志於仁，而求富之，是富桀也。」國家之敗，必由小人逢君之惡，導之行刻薄之政，使膏澤不下於民。心計百端、巧立名目以剥民脂膏，其説以爲富民之財取之無傷，而不知富民者國家之元氣也。先王之於吏也，責其廉，必先重其禄，故書曰：「凡厥政人，既富方穀。」其於民也，教之相任相恤，必先保其富，故易曰：「有孚攣如，富以其鄰。」桑柔捋采，則民無所庇蔭，而王澤將竭矣。栗梅實盡則嘉卉並被蹂躪，富民財匱而窮民無從仰給矣。正月之詩曰「哿矣富人，哀此惸獨」，至於富人皆不可，則惸獨之哀更何如乎？自古國家之興，視民如傷，賦於民如借，既庶而富之，既富而教之，是以人人樂其樂、利其利而天下太平。及其衰也，侵欲崇侈，好實無厭，政繁賦重，民不堪命，其極至於天下囂然喪其樂生之心。與其死於餓，無寧死於盜，而大亂不可止矣。自漢以來，國家養民之厚莫如我朝。張文襄公勸學篇教忠一章，歷陳薄賦、寬民、救灾以下十五條，皆列聖仁政之實，縉紳先生以及耕氓野老所共聞見者。昔聖祖仁皇帝親視河工，諭羣臣謂水之不清者朕能治之，官不清者朕亦能治之。祖宗法令至明備，雖有貪吏，不能厲民。額外稍有誅求，一經發覺，立予重懲，是用長治久安二百數十年。不幸時局多艱，神姦巨蠹包藏禍心，侈言變法以改祖制，藉口新政以剥良民，渾敦、窮奇、檮杌、饕餮，貪婪放恣，欺罔朝廷，瀆亂神州，而我國我民並受其害。嗚呼，痛矣！不吊昊天，亂靡有定。自白豕突波，貪狼遍地，哀恫中國，憔悴虐政，水日益深，火日益熱，鳥無可藏之林，魚無可遯之淵。雖古之詩人善言民隱，有不能形容其悽怛者。自古未有無民而可爲國，胥天下之民而盡奪其衣食之源，河決原燎，翹足可待，吾重爲孑遺周黎哀耳。

一八

椎牛祭墓望天號，豈若怡聲進旨膏。
絜養南陔忽朝露，鮮民灑血抱孃蒿。

曾子有言：「椎牛而祭墓，不如雞豚逮親存也。」宋歐陽文忠公之父亦曰：「祭而豐，不如養之薄也。」孝經曰：「孝子之事親也，居則致其敬，養則致其樂，病則致其憂。」詩序曰：「南陔，孝子相戒以養也。」內則說子婦適父母、舅姑之所，下氣怡聲，問衣燠寒。疾痛疴癢而敬抑搔之；出入則或先或後而敬扶持之；問所欲而敬進之，柔色以溫之；甘滑脂膏惟所欲，父母、舅姑必嘗之而後退。文王之爲世子，朝於王季日三，雞初鳴及日中及莫，問安否何如。安，文王乃喜；有不安節，色憂，行不能正履。王季復膳，然後亦復初。食上，必在視寒煖之節。食下，問所膳，命膳宰曰末有原，然後退。武王帥而行之。文王有疾，武王不說冠帶而養。文王一飯亦一飯，再飯亦再飯。曾子養曾皙，必有酒肉，將徹，必請所與，問有餘，必曰有。孟子曰：「曾子可謂養志，事親若曾子者，可也。」子路傷貧無以養，孔子曰：「啜菽飲水盡其歡，斯之謂孝。」此其養之之道也。曾子曰：「親戚既没，雖欲孝，誰爲孝？」昔孔子行，聞哭聲甚悲。孔子曰：「驅驅，前有賢者。」至則皋魚也。孔子辟車與之言曰：「何哭之悲也？」皋魚曰：「吾少而學，游諸侯，以後吾親。樹欲靜而風不止，子欲養而親不待。往而不可追者年也，去而不可得見者親也。吾請從此辭矣。」孔子曰：「弟子誡之，足以識矣。」於是門人辭歸而養親者十有三人。見韓詩外傳九。南陔之篇亡，此正其戒之之情也。人生幾何，二親之壽忽如朝露，不幸而爲鮮民之生，泣血呼天，尚何及哉？蓼莪之篇，極創鉅痛深之情，逮事父母者讀之，能不痛發深省乎？

戴氏震毛鄭詩考正曰：「莪，俗呼『抱孃蒿』。」可以知詩之取義矣。四牡篇以「翩翩者鵻」興將父將母。鵻即祝鳩，春秋傳「祝鳩氏，司徒也」，說曰「鵻性孝，故爲司徒主教民」。此學詩者所以勿忽於草木鳥獸之微也。

一九

最是王風哀以思，黍離促節應茗華。
不堪山上采薇蕨，還望丘中有麥麻。

詩序曰：「亡國之音哀以思，其民困。」正義曰：「苕之華云『知我如此，不如無生』，哀之甚也。」民困至此，而王降爲風，黍離呼天矣，志士仁人矢死靡它。采薇待盡，亦復何求，惟不忍匍匐之赤子具禍以燼。王風之終篇曰「丘中有麻，彼留子嗟」，傳曰：「丘中，墝埆之處，盡有麻麥草木，乃彼子嗟之所治。」天下大亂，而偏隅下邑閒有一二循吏，撫字心勞，足民衣食，抑亦天地生機之未絕，先王遺澤之猶存乎？

## 二〇

無衣辭旨刺非美，詩譜左方古本存。
槃澗箋文宜細繹，斷無不義鄭君言。

唐譜疏云：「無衣、有杕之杜皆刺武公，則武公詩也。鄭於左方中，以此而知。」案：左方，謂譜也。鄭譜每篇序大意於前，而表某詩屬某君於左。此云無衣、杕杜皆刺武公，則古本詩序有二篇皆作刺者，或鄭譜逸文述及。考無衣經文辭旨，與豳風「我覯之子，衮衣繡裳」、秦風「君子至止，錦衣狐裘」絶不類，明是刺詩非美詩。序云：「武公始并晉國，其大夫爲之請命乎天子之使，而作是詩也。」蓋謂是詩之作，因并晉請命之事耳，非謂即請命之大夫作之。序首句云「美晉武公」，美字與譜疏所述不合，蓋誤。疏於序下、經下皆據誤本爲説，非也。此序美刺文異，蓋舊有兩本，疏既從美字，而解譜仍存作刺之本。竊意此詩之作，蓋晉之遺臣有慨乎其言之，曰「不如子之衣，安且吉兮」，則其本不安、不吉可知。直敘請命之事而簒竊之罪自見，夫子所以取之。

衛風考槃「獨寐寤言，永矢弗諼」，箋云：「在澗獨寐，覺而獨言，長自誓以不忘君之志，志在窮處，故云然。」次章「永矢弗過」，箋云：「弗過者，不復入君之朝也。」三章「永矢弗告」，傳曰「無所告語也」，箋云：「不復告君以善道。」案：箋「不忘君之志」，「志」字孔疏本作「惡」，昔人疑其害於義，夫豈不義而鄭君言之？惠氏棟校本作「志」。王氏先謙詩三家義集疏云：「惡，疑『意』之誤，若作惡，鄭説必不如此。」王氏集疏雖出身後，多未可信，然此説則甚當理，故取之。愚謂賢者廢退，更無枉道干進之心，而畎畝不忘君之意，則長以自誓。曰「長自誓」者，志在終處不復出，故云然。首章言「永矢弗諼」，謂永矢不忘君之意也。次章云「永矢弗過」，謂永矢此意而弗與人相過從也。就出處言，則不復入君之朝矣。三章曰「永矢弗告」，謂永矢此意而無所告語也。以出處言，則不復告君以善道矣。蓋欲還君朝，欲告君善，而君門萬里，勢有所不能，則惓惓不忘君之志，徒長自誓焉耳。此屈原既放之至情也，箋意當如此。元弼往日嘗就孔本爲説，今思之未安，故更推論之。

此二條，一字異同，關係甚重。若無衣序作美字，則當如胡氏承珙説。考槃箋作惡字，則當如愚往日所説，見復禮堂文集。然反覆推求，終以今所説爲是。

二一

我愛能言賓媚人，南山既醉燦然陳。
騶虞旛舉三軍卻，列國猶知風雅親。

春秋成二年左傳：鞌之戰，齊師敗績。齊侯使賓媚人致賂，晉人不可。曰：「必以蕭同叔子爲質，而使齊之封内盡東其畝。」對曰：「蕭同叔子非他，寡君之母也。若以匹敵，則亦晉君之母也。吾子布大命於諸侯，而曰必質其母以爲信，其若王命何？且是以不孝令也。詩曰『孝子不匱，永錫爾類』，若以不孝令於諸侯，其無乃非德類也乎？先王疆理天下，物土之宜而布其利，故詩曰『我疆我理，南東其畝』。今吾子疆理諸侯，而曰『盡東其畝』而已。唯吾子戎車是利，無顧土宜，其無乃非先王之命也乎？反先王則不義，何以爲盟主？」

案：春秋時周室雖衰，而先王餘澤未泯，列國賢卿大夫尚多敦詩説禮，故賓媚人引既醉、信南山兩詩以折強晉乘勝之師、無疆之欲，晉人遂理屈辭窮而許之。騶虞旛一舉而三軍遂卻，詩教之關係如此。故孔子謂「學詩能言」，又言「誦詩三百，授政能達，使於四方能專對」，又云「學詩邇之事父，遠之事君」。國子之折晉人，曰以不孝令非德類，是天下尚知有親也；曰反先王則不義，是天下尚知有君也。此春秋所以不遽爲戰國，枝幹相持多歷年所。迨昭公中年以後，引詩、書者漸少，而六國殺人盈野之勢成。不旋踵而暴秦坑焚，生民幾無噍類矣。斯道無中絶於天下之時，春秋襄、昭以前，列國君卿大夫多稱述詩、書，是文、武、周公之遺澤猶存也。昭、定以後，引詩、書者浸少。而孔子删述六經，弟子遍天下，多引詩、書而發明之，見禮記尤詳。故詩、書之學，前存於左傳，則周室不亡；後存於禮記，則萬世永賴矣。此君子所以上下古今識治亂之本，而務正經以興民也。

## 二二

未雨綢繆君保國，蒸民物則道原天。
子輿兩引宣尼説，可補齊論知道篇。

孟子公孫丑篇：「詩云：『迨天之未陰雨，徹彼桑土，綢繆牖户。今此下民，或敢侮予。』孔子曰：『爲此詩者其知道乎？能治其國家，誰敢侮之？』」又告子篇：「詩曰：『天生蒸民，有物有則，民之秉夷，好是懿德。』孔子曰：『爲此詩者其知道乎？故有物必有則，民之秉夷也，故好是懿德。』」

案：孟子論政論性，皆引詩及孔子説詩之辭爲證，是聖學王政其道具在於詩也。齊論語有知道篇，久亡。此兩條皆云「知道」，道莫大於盡性治國。孔子微言著於孟子，雖謂知道篇不亡可也。

二三

摭羅星宿失羲娥，吏部豪吟石鼓歌。
要識管絃異金石，詩辭銘體莫相訛。

韓昌黎石鼓歌以「我車既攻」云云與小雅相類而不入詩，疑爲遺漏。不知銘、詩雖皆韻語，而詩入樂，銘不入樂。石鼓文，銘也，非詩也。詩施於管絃，銘施於金石，似同而實異。昌黎詞宗，猶未辨晰及此。

二四

樂道浮丘早避嬴，漢興詩派衍荀卿。

申公達政傳名論，不在多言在力行。

史記儒林傳：「漢興，言詩，於魯則申培公，韋昭曰「培，申公名」。於齊則轅固生，於燕則韓太傅。」

漢書楚元王傳：「楚元王交，字游。少時嘗與魯穆生、白生、申公俱受詩於浮丘伯。伯者，孫卿門人也。及秦焚書，各别去。漢六年，立交爲楚王。王既至楚，以穆生、白生、申公爲中大夫。高后時，浮丘伯在長安，元王遣子郢客與申公俱卒業。」

鹽鐵論毁學篇：「文學曰包丘子，包、浮聲同。飯麻蓬藜，修道白屋之下，樂其志，安之於廣厦芻豢，無戚戚之憂。」

漢書儒林傳曰：「申公，魯人也，事齊人浮丘伯受詩。申公獨以詩經爲訓故以教，亡傳，疑者則闕弗傳。武帝初即位，使使束帛加璧，安車以蒲裹輪，駕駟迎申公，問治亂之事。對曰：『爲治者不至官本『至』作『在』。多言，顧力行何如耳。』」

釋文敘録曰：「申公以詩經爲訓故以教，號曰魯詩。」

案：爲政力行，千古名言。申公爲詩最精，其傳楚王戊，有箕子、屈原之風。及對武帝，正足以箴砭内多欲而外飾仁義之病，所謂惟大人爲能格君心之非也。傳稱弟子孔安國、周霸至闕門慶忌等，其治官民皆有廉節稱。又瑕丘江公、魯許生、免中徐公、丞相韋賢父子及王式等，皆魯詩大師，學行多爲世所重。蓋其教術之正，所以啓迪後賢者遠矣。

## 二五

風、雅首篇皆作刺，據時衰亂述周初。更生流涕陳灾異，三百五篇真諫書。

太史公曰：「周道缺，詩人本之衽席，關雎作；仁義陵遲，鹿鳴刺焉。」説本魯詩，韓義同。考關雎、鹿鳴等篇，禮鄉飲酒、鄉射、燕、大射，用之升歌合樂。禮經爲周公作，品節詳明，文義完密，决無後人竄亂，而用樂之目如此，則關雎、鹿鳴等篇非康王以後詩可知。魯、韓以爲刺詩者，毛詩序曰「上以風化下，下以風刺上」。蓋關雎等篇，本文王時詩，周公定爲樂章以風天下，所謂上以風化下也。及康王以後，周德稍衰，詩人見微知著，思古傷今，陳先王之詩以風動時君，使無忝厥祖，所謂下以風刺上也。毛義據作詩時言，魯、韓義據用詩時言。猶常棣本成王時詩，而左傳以爲召穆公作。蓋造篇謂之作，如云制禮作樂也。歌詩亦謂之作，猶行禮之作樂也。論語曰：「關雎樂而不淫，哀而不傷。」鄭注會通毛及魯、韓義，兼作詩、歌詩時言之，於語意最合。詳毛詩學明例。孔子之道大而能博，六藝之學源遠未分。七十子後學者或各得其一端，比而觀之，於道斯備，如或爲雅、或爲頌，相合而成。周道板蕩，諸侯無禮無度久矣，賢人君子吟詠情性以風其上。雖誦盛世之詩，皆藉以刺過譏失、匡救其惡，故謂之刺時。其後王式傳魯詩，爲昌邑王師，以三百五篇反覆深陳當諫書。而劉子政之上封事論灾異，歷引詩文而説之。危言讜論，深切著明，千載下讀之，其忠君愛國之誠如可見也，痛哭流涕之聲如可聞也，可謂得詩之大用者矣。子政所著説苑、新序、列女傳，引詩明事皆魯詩説，餘詳陳氏喬樅魯詩遺説考序。

二六

正學匡時轅固生，鼎來頤解惜匡衡。
齊詩東漢專家少，德行元方獨著名。

漢書儒林傳曰：「轅固，齊人也。治詩，孝景時爲博士，以廉直拜爲清河太傅。疾免。武帝即位，復以賢良徵。公孫弘亦徵，仄目而事固。固曰：『公孫子，務正學以言，無曲學以阿世。』諸齊以詩顯，皆固弟子，昌邑太傅夏侯始昌最明。」釋文敘録曰：齊人轅固生作詩傳，號齊詩。傳夏侯始昌，昌授后蒼。字近君，東海郯人。蒼授翼奉，字少君，東海下邳人。爲博士，諫大夫。及蕭望之、字長倩，東海蘭陵人。御史大夫，前將軍，兼傳論語。匡衡。字稚圭。東海承人。丞相，樂安侯。衡授師丹，字公仲，琅琊人，大司空。及伏理、滿昌。昌授張邯及皮容。後漢陳元方亦傳齊詩。

案：正學以言，卓然古君子以道事君風節。傳齊詩者名臣甚多，稚圭説尤精善，本傳稱時人爲之語曰：「莫説詩，匡鼎來。鼎，當也。匡説詩，解人頤。」其上疏推説詩義，純粹淵懿，惜其相業未充其學，然賢於公孫弘遠矣。元方德行不愧人師，惜遺説無考。五際六情，翼學端緒尚可推尋。曲臺傳詩兼傳禮，鄭君禮經、記注説詩本后氏以來舊義，蓋多齊詩説。鄉飲酒等篇注説關雎、鹿鳴諸篇皆不爲刺詩，且與稚圭説關雎大義合，或齊義與毛同。班孟堅云「關雎哀周道而不傷」，班治齊詩，兼參魯義。餘詳陳氏齊詩遺説考序。

二七

太傅言詩義自長，薛君章句亦精詳。
一編外傳光千載，至理名言妙扢揚。

漢書儒林傳曰：「韓嬰，燕人也。孝文時爲博士，景帝時至常山太傅。嬰推詩人之意而作内外傳數萬言，其語頗與齊、魯閒殊，然歸一也。」

釋文敘録曰：「韓嬰推詩意作内外傳，號曰韓詩。淮南賁生受之。孝宣時涿韓生其後也。」

後漢書儒林傳曰：「薛漢，字公子，淮陽人也。世習韓詩，父子以章句著名。漢少傳父業。建武初，爲博士。當世言詩者推漢爲長。永平中，爲千乘太守，政有異迹。」

案：兩漢傳韓詩者，若王吉、杜撫等，皆節行卓然。韓内傳及薛君章句，各書徵引頗多。鄭君受韓詩於張恭祖，詩箋、禮注中軼説往往而在。外傳一編至今獨存，精理名言有裨經義世道甚巨。史稱韓太傅與董子論於上前，江都不能難。外傳閎義足與春秋繁露並光千古矣。餘詳陳氏韓詩遺説考序。

## 二八

孟堅比緝三家義，采取春秋雜説多。
魯最近之猶未盡，真傳誰與溯西河。

漢書藝文志曰：「漢興，魯申公爲詩訓故，而齊轅固、燕韓生皆爲之傳。或取春秋采雜説，咸非其本義。與不得已，魯最爲近之。三家皆列於學官。」師古曰：「三家皆不得其真而魯最近之。」

案：班氏此説，蓋本子政别録。玩其文義，謂三家皆未得其本，就中較其短長，則魯得最多，語甚分明，師古説是也。「與不得已」者，「與」如「與其」之「與」。書傳多「與其」字「寧」字相對，蓋比較之辭。「不得已」，猶言無已，言相與比較，必欲定其短長，則魯於三家中爲最優。子政治魯詩而博學好古，於易推費氏，於書推孔壁古文，於春秋雖守穀梁義，而實兼取左氏，於詩蓋宗魯説，而意頗向毛詩古學。故下文云「又有毛公之學，自謂子夏所傳，而河間獻王好之，未得立」，蓋謂其淵源有自，引獻王以見其可信。但入之未深又孤學世所不行，故未敢質言定一尊耳。王氏先謙補注解「與不得已」數語皆失之。

又曰：「又有毛公之學，自謂子夏所傳，而河間獻王好之，未得立。」

王氏補注曰：「此與儒林傳稱『孟喜自言師田生，獨傳喜』同意。」

案：「自謂」者，孤學獨守、世不甚知之辭，此與孟喜傳絶不同。彼云詐言田生獨傳，其下云同門梁丘賀疏通證明之曰「安得此事」，是當時不信其言，謂之詐也。此云「自謂子夏所傳，而河間獻王好之」，是自道其實而人並無疑辭，且博雅如河間獻王者實好之也。班氏之贊獻王曰：「夫惟大雅，卓爾不羣，河間獻王近之矣。」則必以其所好爲當，而毛公之自述爲信，惜未得立耳。且別録謂「孟喜説易本於氣，而後以人事明之。八卦六十四象，四正七十二候，變通消息，諸儒祖述之莫能具。」則梁丘賀之證且未必確，孟喜之言亦未必詐，而况毛公之學源出自西河，獻王好之，信而有徵者乎？毛傳淵源深遠，純粹以精，讀之可想見其爲人。要之申公、轅生、韓傳及大小毛公，其人皆君子儒，其學皆出於七十子之徒。惟大毛公作傳在秦火前，其説與各經傳皆合，且序列精密，實爲詩學正傳，故鄭君注詩宗毛爲主。

# 二九

毛氏言詩純粹精，淵源子夏及孫卿。

特詳訓詁尤精禮，洨長、司農宗派明。

漢書儒林傳曰：「毛公，趙人也。治詩，爲河間獻王博士，授同國貫長卿，長卿授解延年，延年授徐敖，敖授九江陳俠，由是言毛詩者本之徐敖。」

釋文敘録曰：「毛詩者，出自毛公，河間獻王好之。徐整字文操，豫章人，吴太常卿。云：『子夏授高行子，高行子授薛倉子，薛倉子授帛妙子，帛妙子授河間人大毛公。毛公爲詩故訓傳於家，以授趙人小毛公。一云名萇。小毛公爲河間獻王博士，以不在漢朝，故不列於學。』一云：『子夏傳曾申，申傳魏人李克，克傳魯人孟仲子，孟仲子傳根牟子，根牟子傳趙人孫卿子，孫卿子傳魯人大毛公。』其下引漢儒林傳自毛公敘至陳俠。又曰：「或云俠傳謝曼卿，元始五年公車徵説詩。後漢鄭衆、賈逵傳毛詩，馬融作毛詩注，鄭玄作毛詩箋，申明毛義。」

陳氏奂毛詩傳疏敘曰：「卜子子夏親受業於孔子，隱括詩人本志爲三百十一篇作序。數傳至六國時，魯人毛公依序作傳，其序意有不盡者，傳乃補綴之，而於詁訓特詳，授趙人小毛公。毛公名亨，作詩故訓傳；小毛公名萇，爲河間獻王博士。詩當秦燔錮禁之際，猶有齊、魯、韓三家詩萌芽閒出。漢興，齊、魯、韓先立學官、置博士，而毛僅僻在河間。平帝末，得立學官，遂遭新禍。東京已降，經術粤隆，若鄭仲師、賈景伯、馬季長，稍稍治毛詩。鄭康成殿居漢季，初從東郡張師學韓詩，後見毛詩義精好，爲作箋。

案：鄭君詩譜曰：「魯人大毛公爲故訓傳於其家，河間獻王得而獻之，以小毛公爲博士。」則作傳者實魯人，傳之者乃河間博士耳。毛傳文約指明，義理精粹，先儒謂毛公有儒者氣象，蓋有百世興起之思。其説詩世與各經傳盡合，訓詁與爾雅相表裏。詳陳氏毛詩説。敷陳典禮，本末燦然，惟鄭箋善承其學。愚當爲毛詩通義發明之。又論文王、周公之事，深合於道，具見聖人人倫之至，足以維持萬世名教。孔安國本治魯詩，而其後累世至孔僖皆治毛詩。許君説文解字博采通人，詩稱毛氏。鄭君兼綜三家，宗毛爲主。學者可識所適從矣。餘詳陳氏毛傳淵源通論。

# 三〇

季長作注述間，古義雖存文盡删。

不是鄭箋載毛傳，千秋真面失廬山。

後漢自謝曼卿作毛詩訓以授衛宏，宏因作序，說見前。又鄭衆、賈逵皆傳毛詩，其書並亡。馬融注猶略可考見，雖遵毛義，而別自爲書，不載傳文。猶虞仲翔治孟氏易，而別自立注，不載長卿章句。蓋漢儒著述往往傳師言與己說并合，惟鄭君注詩全引毛傳，而以己說識別其下；注周禮博引杜子春、二鄭說，而以己意贊辨之，體例最爲精善。經師傳注莫古於毛傳，亦莫精於毛傳，然非鄭君信而好古、表章前賢，則其義雖存，不過如易之孟氏、公羊之胡毋，後人何從得見原文乎！釋文敘詩首列毛詩故訓傳，而注「鄭氏箋」三字於下。毛傳賴箋以存，而鄭箋轉若附傳以行，深得鄭君宗毛之旨。

## 三一

禮堂家法最宏通，宗主分明別異同。
博采三家附毛傳，約分四例不相蒙。

鄭君囊括大典，網羅衆家，蓋於各經古今學家法一一區別而會通之，擇先師説尤善者爲主，而博采異聞，發揮旁通，以明道之廣大，故其學有宗主復有不同，中正無弊。陳氏澧謂勝於許氏異義、何氏墨守之學。其解各經皆曰注，而於詩獨曰箋。箋者，條記識別之名。蓋以毛爲主，而博采三家，并附己意識別其下。元弼禮經校釋曰：「胡氏培翬儀禮正義有四例，曰申注、補注、附注、訂注。」案：胡氏先治詩，四例暗合鄭箋詩之例。鄭志云：「注詩宗毛爲主，毛義若隱略，則更表明；如有不同，即下己意。」此鄭自述箋詩之例。宗毛爲主，申傳也；隱略更表明，補傳、附傳也。補者，毛所未釋，經旨未顯，則補釋之。附者，齊、魯、韓三家義雖不如毛之得其正，然皆有師承不可廢，毛但舉其本義，而餘義未備，則附載之，仍以毛爲主也。如關雎，鄭以毛爲主，而附載魯説。三國志程秉説孫登曰：「婚姻，人倫之始，王教之基，故詩美關雎，以爲稱首。」秉逮事鄭君，而引此詩仍用毛不用魯，足見鄭學之徒皆知鄭意以毛爲主也。後人不察，乃謂爲易傳，而譏其義之偏，誤甚。下己意，易傳也。申者十之四，補者十之二，附者十之三，易者十之一而已。惟易者與毛不同，附則不過兼存異義，仍以傳爲不易之正訓。後儒誤以附爲易，又不考其所附之皆本三家，乃謂箋不得傳意，不知鄭與毛未嘗岐也。今案鄭箋，易傳者甚少，余往時作詩箋釋例明之，久未寫定，他日或并入毛詩通義。

## 三二

鄭箋改字孰探源，深考三家陳樸園。
文選樓中精校勘，文同訓異別微言。

陳氏壽祺曰：「鄭君箋詩，其所易傳之義，大氏多本之魯、齊、韓三家。如讀『素衣朱繡』爲綃，讀『他人是愉』爲偷，解豔妻爲厲王后，解『阮徂共』爲三國名，此魯說也。讀『邦之媛也』爲援助之援；讀『可以樂飢』爲𤌨飢，此韓説也。詩緯多用齊詩。漢書翼奉傳曰：『臣奉竊學齊詩，聞五際之要十月之交篇，知日蝕、地震之效昭然可明。』後漢書郎顗傳曰『四始之缺，五際之阨』，又引詩汎歷樞云云，皆其說也。詩緯汎歷樞曰：『十月之交，氣之相交。周之十月，夏之八月。』『十月之交』，箋云：『周之十月，夏之八月也。日爲君，辰爲臣。辛，金也；卯，木也。』是箋亦用齊説。如斯之類，皆證據顯明者。閒有不言其讀，而但於訓釋中改其字以顯之。亦有仍用其字，而但於訓釋中改其義以顯之。蓋當時魯、齊、韓並立學官，家習户誦，故箋所采摭，不煩具徵諸家而治詩者無不知之。今三家詩亡，不能盡考。然舉一反三，足以徵信鄭君深明於文字、聲音、訓詁通假之源，折衷微言，擇善而從，囊括宏通。其學之卓出諸儒者在是。」見其子喬樅毛詩鄭箋改字説序。

阮氏元毛詩注疏校勘記序曰：「考異於毛詩，經有齊、魯、韓三家之異，齊、魯詩久亡，韓詩則宋以前尚存。其異字之見於諸書可考者，大約毛多古字，韓多今字。有時必互相證而後可以得毛義也。毛公之傳詩也，同一字而各篇訓釋不同，大抵依文以立解，不依字以求訓，非熟於周官之假借者不可以讀毛傳也。毛不易字，鄭箋始有易字之例。顧注禮則立説以改其字，而詩則多不欲顯言之。亦或有顯言之者，毛以假借立説，則不言易字而易字在其中。鄭又於傳外研尋，往往傳所不易者而易之，非好異也，亦所謂依文立解，不如此則文有未適也。孟子曰：『不以文害辭，不以辭害志。』孟子所謂文者，今所謂字。言不可泥於字，而必使作者之志昭著顯白於後世。毛、鄭之於詩，其用意同也。」

案：此二說至精。鄭君采三家義發疑正讀以附毛傳，自臧玉林、陳長發、惠松崖、段懋堂諸先生遞有發明，至陳恭甫博稽羣藉，索隱鉤深，樸園承之而其義大備。過此則又偏重三家，背毛、鄭之定訓，而以零文墜簡巧飾私智，破碎大道矣。文達毛詩校勘記於鄭箋易字之例剖晰尤詳，學者讀之，心目開朗矣。文達讀書處曰文選樓，刊有叢書。

三三

鄭君注禮後箋詩，詩義皆歸忠愛思。
六代豔辭無藉口，千秋禮教賴維持。

鄭君先注三禮，後箋毛詩，見自序及鄭志。其箋詩擇言尤雅，如以游女爲漢神之等皆所不取，而一據子夏之序，歸於論功頌德，刺過譏失，維持倫紀，以禮坊民。夫詩者，先王以是經夫婦、成孝敬、厚人倫，故鄉飲、燕射之禮，歌笙間合諸篇，極賓主和樂之情，推本資父事君、修身齊家之道。而變風變雅之作，發乎情止乎禮義，好色而不淫，怨誹而不亂。蓋詩者，禮情也。鄭君據禮説詩，明軌章物，止僻防淫，實先王化民成俗、先聖垂世立教之本意。所以六朝禮教蕩悉，淫風大行，而輕薄文人靡音豔辭絶不聞以三百篇爲口實。蓋當時毛詩鄭箋人人誦習，經義莫得而誣也。陳蘭浦謂魏、晉以後天下大亂，而聖人之道不絶，惟鄭氏禮學是賴，於詩箋亦見其明效矣。

三四

感物無端逸興飛，興觀羣怨意深微。
蟲魚草木皆天趣，多識首推吴陸機。與士衡同姓名，或作璣。

釋文敘録：陸璣毛詩草木鳥獸蟲魚疏二卷。字元恪，吴郡人，吴太子中庶子，烏程令。

案：聖人師萬物，人心之靈，有感斯通，是以易多取象、詩多託興。關雎興於鳥，鹿鳴興於獸，而其義之大如此。學詩多識，即興觀羣怨、事父事君、誠意懇惻、陶寫發越之資，本末終始一以貫之。爾雅釋詁、釋言、釋訓以下終於鳥獸蟲魚草木，皆通釋羣經，而於詩尤切。元恪之書證明詩雅，考核精詳，沖遠正義多引爲據。古義之存，蓋幾與毛、鄭並重矣。

# 三五

王肅加誣孫毓評，王、陳疏證即通明。

靈恩集注二劉疏，貞觀右文道乃亨。

釋文敘録曰：「魏太常王肅更述毛非鄭。荆州刺史王基，字伯輿，東萊人。駁王肅申鄭義。晉豫州刺史孫毓，字休朗，北海平昌人，長沙太守。爲詩評，評毛、鄭、王肅三家同異，朋於王。徐州從事陳統，字元方。難孫申鄭。宋徵士鴈門周續之、字道祖，及雷次宗俱事廬山惠遠法師。豫章雷次宗、字仲倫，宋通直郎徵不起。齊沛國劉瓛，並爲詩序義。」又曰：「梁有桂州刺史崔靈恩，集衆解爲毛詩集注二十四卷。」

孔氏毛詩正義序曰：「近代爲義疏者，有全緩、何胤、舒瑗、劉軌思、劉醜、劉焯、劉炫等。然焯、炫並聰穎特達，文而又儒，擢秀幹於一時，騁絶轡於千里，固諸儒之所揖讓，日下之所無雙，其於作疏内二句原有誤錯，今依阮校改。特爲殊絶。今奉敕删定，故據以爲本。然焯、炫等負恃才氣，輕鄙先達，同其所異，異其所同，或應略而反詳，或宜詳而更略。準其繩墨，差忒未免；勘其會同，時有顛躓。今則削其所煩，增其所簡，唯意存於曲直，非有心於愛憎。」

案：王肅小人儒，飾僞亂經，私勝之蔽，謬誤易見，伯輿、元方駁而釋之，鄭義既明，毛亦不爲曲解所誣矣。崔氏集注，陸、孔時時稱引。焯、炫義疏，選言宏富，疏家例不破注。唐貞觀中孔沖遠奉詔爲五經正義，詩、書皆據二劉，左傳亦取光伯。然惟詩正義據深通，與禮記疏删述熊、皇，並足垂示千古。則以贊明鄭學，獨得孔門七十子微言大義正傳故也。鄭君詩、禮之學雖横遭王肅詆誣，然六朝義疏翕然宗之。至唐初而其道大明，傳習千載。是以君子守道，確乎不拔；有王者興，必來取法。

## 三六

删裁焯、炫括羣儒，正義昭垂百世模。
繼起經神成學海，疏家有作莫能踰。

詩正義增損二劉，博綜羣言，集魏、晉以來義疏之成。殆於繼起經神，匯成學海，分疏毛、鄭，細釋經文，知其典要，觀其會通，考詳世次，辨章名物，燦然分明。雖文字、聲音、訓詁之學，近儒剖晰窮源，或足補其未逮。而先王經世典章制度，元元本本，殫見洽聞，會通羣經，既精既博，後有作者，莫能出其範圍。故唐人疏義以詩、禮爲極則。學者治詩，必熟讀孔疏，乃及他書。

## 三七

鄭聲迥與鄭詩分，豈有淫詩入聖文。

異義微文宜細繹，如何夾濟治絲棼。

戴氏震書鄭風後曰：「樂記魏文侯曰：『吾端冕而聽古樂則惟恐臥，聽鄭、衛之音則不知倦。』子夏謂其所好者溺音。許叔重五經異義以鄭詩解論語『鄭聲淫』，而康成駁之曰：左傳説『煩手淫聲謂之鄭聲』，言煩手躑躅之聲使淫過矣。其注樂記『桑閒濮上之音』，引紂作靡靡之樂爲證。不引桑中之篇，明桑閒濮上其音之由來已久。凡所謂聲、所謂音，非言其詩也。如靡靡之樂、滌濫之音，其始作也，實自鄭、衛、桑閒、濮上耳。然則鄭、衛之音非鄭詩、衛詩，桑閒、濮上之音非桑中詩，其義甚明。後儒謂變風有里巷狹邪之作，存之可以識其國亂無政。左氏春秋鄭六卿餞韓宣子於郊，所賦詩固後儒所目爲淫奔之詞者，豈亦播其國亂無政乎？若曰賦詩斷章，則亦有當辨。五常之際，本自相通，或朋友、兄弟、夫婦之詩用之於君臣，或男女之詩用之於好賢，然不可以邪僻之言加之君子，鄙褻之事誦之朝廷、接之賓客。據是斷之，毛詩言變風止乎禮義，信矣。」

案：鄭聲非鄭詩，若混爲一事，則夫子既欲放之，又録之於經使人誦之乎？子夏序鄭、衛諸篇，有刺淫之詩而絶無淫者所自爲辭。許君詩稱毛氏，當守毛序義，其意蓋謂鄭詩刺淫者多，是由其俗輕薄，故聲淫，非謂鄭風爲淫詩，與鄭駁無甚異。戴氏所解，足兼明許、鄭之旨。自鄭樵始誤解論語，不信毛序，目鄭詩爲淫。異説一倡，雖朱子之賢，亦過而信之。王柏因是殫殘聖文，悍無忌憚，而數百年聚訟紛紜從此始矣。君子一言以爲知，一言以爲不知，言可不慎乎！

## 三八

政散民流速亂亡，意存垂戒亦何傷。
紫陽爭友有陳、戴，相反相成並不妨。

戴氏震毛詩補傳序曰：「詩三百，一言以蔽之，曰思無邪。夫子之言詩也，而風有貞淫。説者因以無邪爲讀詩之事，謂詩不皆無邪也。此非夫子之言詩也。先儒爲詩者，莫明於漢之毛、鄭，宋之朱子。然一詩而以爲君臣朋友之詞者，又或以爲夫婦男女之詞；以爲刺譏之詞者，又或以爲稱美之詞；以爲他人代爲詞者，又或以爲己自爲詞。其主漢者必攻宋，主宋者必攻漢，此説之難一也。余私謂詩之詞不可知矣，得其志則可以通乎其詞，作詩者之志愈不可知矣，斷之以思無邪之一言，則可以通乎其志。風雖有貞淫，詩所以表貞止淫。則上之教化時或寖微，而作詩者猶覬挽救於萬一，故詩足貴也，三百之皆無邪至顯白也。況夫有本非男女之詩，而説者亦以淫泆之情慨之，於是目其詩則褻狎戲謔之蔑言，而聖人顧録之。淫泆者甘作詩以自播，聖人又播其蔑言於萬世，謂是可以考見其國之無政，可以俾後之人知所懲，可以與南、豳、雅、頌之章並列之爲經，余疑其不然也。宋後儒者求之不可通，至指爲漢人竄入淫詩以足三百之數，欲舉而去之，其亦妄矣。司馬氏有曰：『國風好色而不淫，小雅怨誹而不亂。』又曰：『詩三百篇，大抵賢聖發憤之所爲作也。』漢初師傳未絶，此必七十子所聞之大義也。余亦曰，三百篇皆忠臣、孝子、賢婦、良友之言也。其閒有立言最難、用心獨苦者，則大忠而託諸詭言遜詞，亦聖人之所取也。必無取乎小人而邪僻者之蔑言，以與聖賢相雜厠焉。」

案：北宋以前説詩皆宗毛序，自鄭樵創爲異説，而朱子詩經集傳遂有千慮之失。考論語集注云：「惡者可以懲創人之逸志。」詩鶉之奔奔集傳云：「考於歷代，凡淫亂者，未有不至於殺身敗國而亡其家者，然後知古詩垂戒之大。」夫縱匪彝即慆淫，爲造邦之大戒。推惡惡之心，其冠不正尚去之若浼，況淫辭乎？見不賢而内自省，在朱子自足以爲教。然考之經旨，驗之事理，斷以論語思無邪之訓，詩義必當以子夏序、毛、鄭爲正。國朝陳氏啓源辨正集傳，力申古説。戴氏此篇文約義精，皆足爲紫陽爭友。雖立論不同，要歸於教貞防淫，學者勿爭漢、宋門户，但當擇善而從，兼得先儒之益，以明聖人之教，斯善矣。

又案：朱子明道立教，百世所宗。學者讀四書注，終身用之不能盡。説詩偶有未安，自有闕疑之法。憶元弼弱冠前，初識張聞遠同年錫恭於南菁書院，言及朱子目鄭、衛爲淫詩，前人或謂因與呂東萊論詩不合而然。聞遠曰：「謂朱子説詩偶有未當可也，謂論學不合而愎，則妄以私意測大賢矣。」余聞之肅然，及歸，敬以稟聞先君子。先君子歎曰：「賢哉張君，正足箴砭汝失。」元弼著書，守漢師家法而會通宋賢之説，務求益身心而裨世教，遵庭訓也。

三九

康成詩説頌言容，於穆維清景運逢。
漢、宋源流沿復溯，百川學海並朝宗。

鄭君周頌譜曰：「頌之言容，天子之德，光被四表，格于上下，無不覆燾，無不持載，此之謂容。」三代以上，禮明樂備莫如周，漢、唐以來憲章稽古莫如我朝。御纂、欽定諸經，兼收百代師儒之説，易、書、詩皆由宋溯漢，春秋以三傳爲主，三禮以鄭注爲主。而詩經傳説彙纂於鄭、衞諸篇皆表章小序及諸儒申序之説。於是函丈之儒、青衿之俊，咸得指南，並式古訓。精發毛、鄭，旁通三家，微言大義，雲爛星陳，郁郁彬彬，會歸有極，如百川之朝宗於海矣。

詩經昭代復宗毛，雲裏開門得見桃。
稽古一編百回讀，如聽鳴鳳陟岡高。

# 四〇

元、明閒人讀詩，雖謂毛氏之本，多數典忘祖，不知毛、鄭爲何語。國初通儒始講求古學，惠氏周惕、朱氏鶴齡皆善説詩，而陳氏啓源毛詩稽古編尤能旁搜遠紹、創通大義，如撥雲翳而開日門，精思妙緒，啓發後人神智至多。惠氏棟亟稱之，阮氏元爲之序曰：漢平帝世，毛詩始立於學，高密鄭君爲故訓作箋，先儒無異説。魏王肅注詩始難鄭箋，而詩序、詩傳未有妄肆譏評者。至宋歐陽文忠公作毛詩本義，乃盡棄毛、鄭。而鄭漁仲之徒遂逞其臆見，廢序譚經。周孚駁之不遺餘力，其書不行於世。朱子作集傳參用其説，然作白鹿洞賦仍從古義。」又答門人問曰：「舊説亦不可廢，輔廣、劉瑾不達斯旨，曲護集傳，元時又以集傳取士，承用至今，不但廢序，而傳箋亦廢矣。國初吴江見桃陳氏與其友朱長孺同治毛詩，慨古義云亡、卮言雜出，著稽古編三十卷。篇義宗小序，釋經宗毛、鄭，故訓本之爾雅，字體正以説文，志在復古，力排蕪義。所以於詩童子問、詩傳通釋二書掊擊尤甚。豈非實事求是之學哉！」

案：我朝稽古右文，十三經注疏與宋儒傳注並立學官，學士知方，一洗明代空陋之習。書之閻氏，詩之陳氏，辨誤得真，昌明絶學，尤爲卓爾不羣。陳先生，名啓源，字長發，一字見桃，江蘇吴江人。隱修經業，不自表暴，身後數十年書乃行，學者宗之。

## 四一

桃源五色發天葩，意氣稍矜白璧瑕。
要學鄭君箋傳法，純儒氣象靜無譁。

陳先生書辨證集傳之失，多得其正。朱氏鶴齡序謂其宣幽決滯，劈肌中理，即考亭見之，亦當爽然心開、欣然頤解，是也。惟意存剖別，辭氣閒有時稍失之倨，學者不宜效之。鄭君箋詩，變易毛義，語皆微辨；注書大傳亦然；駁五經異義每條稱「玄之聞也」，言直而禮恭，盎睟氣象尤不可及矣。

# 四二

考正毛詩注二南，名言漢、宋妙相參。
若膺、碩甫相傳習，家法謹嚴青出藍。

戴東原書鄭風後及詩經補注序力闢鄭、衛有淫詩之説，義至精當。其毛鄭詩考正推詳辭義、訓詁、名物，亦信多善。詩經補注但注二南，酌取詩序、毛、鄭及朱傳之説，此其處心之平，不拘執漢、宋門户。陳東塾謂其學無偏黨，是也。然序出子夏，親受聖恉，後儒不當以意去取。段氏玉裁受學於戴，其訂毛詩故訓傳定本及詩經小學，專明古義。陳氏奐本之以闡序傳之旨，傳業世精，青出於藍矣。

戴先生震，字東原，安徽休甯人，學於江氏慎修，貫通羣經。蒙高宗純皇帝賞識，欽賜翰林院庶吉士。段先生見述書注。陳先生奐，字碩甫，號師竹，江蘇長洲人，初從段氏弟子江鐵君學，後親受業於若膺先生。治詩研覈聲音訓詁至精，學者稱南園先生。

四三

絳趺堂畔燦瓊葩，左海詩情蔚綺霞。
兩漢爬羅兼子史，精求師法考三家。

自惠、陳、戴、段之學興而毛、鄭詩明。左海陳氏更深考三家，探源禮記、爾雅、荀子，博考史記、漢書、説文，與凡故書雅記，輯魯詩遺説考、齊詩遺説考、韓詩遺説考。細別家法，精研音訓，古義繽紛，蔚乎盛矣。其所涉獵者廣博，未及卒業，子樸園成之。父子並好古敏求，立言矜慎，絶無流弊。詳述書注。恭甫先生，官編修，假歸養親，取束廣微補白華詩之義，題所居曰「絳趺堂」。

## 四四

忠言過激轉難行，禍變多由意氣成。
理達心平君父悟，雕菰補疏論通明。

焦氏循毛詩補疏序曰：「夫詩，溫柔敦厚者也。不質直言之而比興言之，不言理而言情，不務勝人而務感人。自理道之説起，人各挾其是非以逞其血氣，激濁揚清，本非謬戾，而言不本於情性則聽者厭倦，至於傾軋之不已，而忿毒之相尋，以同爲黨，即以比爲爭。甚而假宮闈廟祀儲貳之名，動輒千百人哭於朝門，自鳴忠孝，以激其君之怒，害及其身，禍於其國，全失乎所以事君父之道。余讀明史，每歎詩教之亡莫此爲甚。」

案：焦説甚善，但所謂不言理者，不以理責人耳。宋賢理道之説，本謂窮理明道以正己化人。人情不甚相遠，心之所同然者，理也、義也。自末俗不以道自處而以理責人，昌黎所謂不以衆人待其身而以聖人望於人，此非言理道之過，乃不知理道之過耳。詩教主恕，言情而理在其中。孝子之於親，纏緜悱惻；忠臣之於君，懇誠感悟。情之至即理之至也。焦氏説甚有見，而意稍偏頗，爲補正之。其補疏釋訓詁名物亦有可頗采者。

四五

訓詁禮家推墨莊，説詩典訓並精詳。
豳風雅頌通微旨，衆説紛紜息鼓簧。

胡墨莊有儀禮古今文疏義，深明聲通字變之源，是禮家精於訓詁者。故其毛詩後箋典章音訓考核並詳。是書網羅羣言，平心擇善，其推闡微密、神與古會處，多能發前人所未發。如説豳風、豳雅、豳頌，深得鄭恉之等，是也。

胡先生承珙，字景孟，號墨莊，安徽涇縣人，官臺灣道。後箋一書，陳南園爲校定，魯頌泮水以下未成，南園補之。

四六

通釋精詳比後箋，真如璧合與珠聯。
朱徵地理包徵禮，古墨流芬各靜研。

馬氏毛詩傳箋通釋考核精詳，與後箋相伯仲。朱氏詩地理徵援據多確，包氏毛詩禮徵編纂有法，雖學有淺深，皆善治詩者。馬先生瑞辰，字元伯，安徽桐城人，有髮匪之亂殉難。朱先生右曾，字述之，號咀霞，江蘇嘉定人。著詩地理徵，陳氏詩疏多引之。又有逸周書校釋，亦精審。包先生世榮，字季懷，安徽涇縣人，與姚仲虞以學問相益。

四七

定本小箋序可徵，讀毛讀鄭遞相承。

舍箋疏傳祧東漢，此説未聞段若膺。

若膺先生毛詩故訓傳定本小箋序云「讀毛而後可以讀鄭」，蓋欲學者次第推尋，非於鄭有不滿之意。善述毛義莫如鄭，又博采三家以廣異聞、備多識。學者於毛、鄭分讀合讀，知其典要，觀其會通，方能曲盡詩理。南園詩疏宗毛置鄭，蓋非段氏本意。梁節盦語余：「東塾先生嘗與南園先生相晤，得詩疏，善之。然見卷端像贊有跨鄭越孔之語，謂越孔且不易，况跨鄭乎。」斯言，後學所當書紳。

# 四八

詩説如調六轡琴，南園小學至通深。

考詳禮制時參錯，致誤多由臨海金。

陳氏毛詩説中本字借字同訓説、一義引申説、一字數義説、一義通訓説等篇，會通毛傳訓詁，熟極而流，有六轡如琴之妙。學者讀經及漢師傳注，皆當精熟如此。運用經義，修德徙義，亦當精熟如此。夫仁亦在乎熟之而已矣。南園説訓詁至精，而言禮多參錯。蓋其説訓詁一宗許以申毛，而其説禮則好別異於鄭也。所以致然者，其訓詁之學得其師段氏之傳，而説禮則爲其友臨海金氏鶚所誤也。然如説「昊天有成命郊祀天地」之等，亦自有極精善處，當分別觀之。

## 四九

受詩歡躍憶趨庭，擇善而從示典型。
忠孝傳家詩禮澤，永懷明發抱遺經。

元弼年十七，此據實年，較應試注册多二歲，詳述書注。始治詩，讀注疏及毛詩稽古編，深好之。十八，先君子授以陳氏毛詩傳疏，教以擇善而從，自是由詩入禮以及他經。中歲遭世大亂，憂患餘生專心治易，詳説反約，歸於孝經、論語。我家世篤忠孝，世傳詩、禮，先君子義方之訓，讀書務在躬行，每舉經中成訓提撕告教小子，先妣時時申之，愚兄弟謹識弗敢忘。何天不吊，蓼莪既廢，黍離重悲。兄弟三人每誦「夙興夜寐，無忝爾所生」之句，流涕相勉白圭毋玷。今又壎篪俱寂，敻踽自憐，獨抱遺經，永懷明發，哀可知矣。先君子諱毓俊，字錦濤，同治丁卯舉人。國史館謄録，議敘知縣。咸豐庚申，避地甯波，嘗以一諸生救數千人倉猝間。先妣倪太夫人，至孝篤慈，恭儉好禮。並詳家傳。

## 五〇

楚江詩友憶番禺，家學精傳信雅儒。
鄭譜一編同講授，丁嚶切直恨今無。

光緒丁酉戊戌，余與陳明經宗潁同主兩湖書院經學講席，同編詩譜講義。明經字孝堅，廣東番禺人，蘭浦先生子。稟承家訓，博學有雅才，羣經皆明，尤精小學，工篆書。兩年相處，講習極歡。後離索十歲，撰聯精篆，由梁文忠寄余。未幾，聞君没，深爲斯道惜之。往余初識文忠於費屺懷前輩客席，論學甚合。別後年餘，自焦山寄余書云：「小雅盡廢，則四夷交侵，中國微矣。風雨淒淒，君子不改其度，願與君同誦之也。」及是年，同在兩湖書院，與孝堅、季立朝夕揚榷經義、慨論世變，古之益友今無矣夫。

## 五一

髫年捧手從緣鬈，稷下今推祭酒師。
八表同昏還促席，雞鳴風雨共敦詩。

余年十八，始獲交於世丈前輩葉鞠裳先生，時先生館太夫子潘文勤公家。余於文勤爲門下晚學生，特蒙器異，每進謁問故，退輒就先生商榷經義。先生雅達廣覽，經傳洽熟，尤深於詩。惠誨殷勤，知無不言，言無不盡。自是在里在京，時時過從，極承推許。蘇省建立存古學堂，同主講席三年。辛亥以後，並閉門絕世，相與道古傷今，哀歌當哭，倡予和女，以發無窮之悲。初，余治經多請質於先生及管申季先生禮耕。迨存古之立，余與先生及鄒詠春前輩福保並主講席。亂後，愚兄弟與鄒、葉二公同矢靡它，而仲兄邃瀚先生及余與鞠丈酬唱詩尤多，今並見集中。先生名昌熾，自號緣裻廬主人，官翰林院侍講。所著有語石、藏書紀事詩、奇觚集、日記，行於世。先生没，余銘其墓，文載復禮堂集。

五二

詩亡迹熄作春秋，正奉春王禮秉周。
希聖祈天望雲漢，嗸鴻尚有孑遺留。

區區悲天憫人之心，將著之毛詩通義，吁嗟老矣，能成否乎？

五三

自漢以來稱孔、孟，當年孔、孟引詩、書。
博徵博記兼諸子，古訓網羅放失餘。此下二首，統論詩、書。

阮氏元詩書古訓序曰：「萬世之學以孔、孟爲宗，孔、孟之學以詩、書爲宗。學不宗孔、孟，必入於異端。孔、孟之學所以不雜者，守商、周以來詩、書古訓以爲據也。詩三百篇，尚書數十篇，孔、孟以此爲學、以此爲教，故一言一行皆深奉不疑。即如孔子作孝經，子思作中庸，孟子作七篇，每講一義，多引詩、書以爲證據。若曰世人亦知此事之義乎？詩曰某某即此也，書曰某某即此也，否則尚恐自説有偏弊，不足以訓於人。是周時孔、孟之引訓於詩、書，猶今人之引訓於論語、孟子也。試觀孔子最重孝道，孝道推本文王、周公，是故孝經引詩「無念爾祖，聿修厥德」，引書「一人有慶，兆民賴之」。孟子最重性善，性善推本于孔子，孔子推本于詩，是故引蒸民秉夷、物則懿德，此最明著人人皆知者也。又春秋時列國君卿大夫引詩、書者，亦皆明著者也。奈何後儒臆造諸説以擬聖經，若法言以後等書，世人樂講其書，而反荒詩、書乎？元録詩書古訓六卷，乃總論語、孝經、孟子、禮記、大戴記、春秋三傳、國語、爾雅十經。此十經中引詩、書爲訓者，采繫于詩、書各篇各句之下。降至國策，罕引詩、書。極至暴秦，雜燒詩、書，偶語詩、書者棄市，動輒族誅殺降，以殺戮爲功德，詩、書所繫豈不大哉！漢興，祀孔子，詩、書復出，朝野誦習，人心反正矣。子史引詩、書者多存古訓，惟恐不能盡醇，則低寫一格附之于後。以晉爲斷，蓋因漢、晉以前尚未以二氏爲訓，所説皆在政治言行，不尚空言也。然此所寫列者，皆古聖賢子史已經引出之訓，其未經引證者若伏而讀之、訓而行之，引申觸類，章句正極多矣。」

阮先生元，字伯元，又字良伯，號芸臺，江蘇儀徵人。官大學士，謚文達。所著十三經注疏校勘記、經籍纂詁，士林傳習。説孝經、論語能見其大，開陳蘭浦之先；辨音訓通假能造其微，開郝蘭皋之先。詩書古訓，述而不作；曾子注釋，雅言粹美。研經室集中多明體達用之文，閒有立説稍偏，學者可分別觀之，不必爲通儒諱也。

五四

古學遂微新説起，嗟嗟流禍烈秦燔。
道、咸以後今文學，憑臆誣經肇亂源。

先師黃先生以周云：「乾、嘉之閒，祧宋學而宗漢學，得處多，失處少；道、咸之閒，又祧東漢之治古文學者而宗西漢之今文家，得處少，失處反多。意在翻新出奇，而無實事求是之心。」此言良是。蓋宋賢精於説理，疏於考古，補而正之，經義斯備。東漢諸賢本因西漢經師舊義彌縫而變通之，必畫分爲二，入主出奴，則自我作古，憑臆亂經矣。經學盛衰視乎氣運，我朝書學自閻、惠創通大義，至江、王、段、孫、陳而極盛；詩學自陳、惠創通大義，歷戴、段、馬、胡、兩陳而極盛。陰陽互伏，無平不陂，當詩、書古義極明之際，異説即稍稍萌芽。其心蓋因東漢師説羣儒闡發已多，非借重西漢不足推倒一世。挾求勝之私，以翻案爲能。浸淫日甚，公然誣高密，并詆河間，囂張如蜩螗沸羹，凶悖如奪攘矯虔，無復一毫儒者氣象。謬種流傳，數十年間變本加厲。攻鄭不已，遂至非孔，俶擾人紀，反易天常，而五帝三王以來敘典秩禮之中國，遂變爲猛虎長蛇磨牙吮血之場矣。生民之禍，聖教之厄，視暴秦焚書且十倍過之。何則？秦所焚者，簡策之詩、書；今所焚者，人心之詩、書。人心之詩、書焚則人心死，人心死則盈天地間無非殺機，人類幾何而不滅？易曰：「履霜堅冰，由來者漸。」詩曰：「誰生厲階，至今爲梗。」在始作俑者，不過恃才妄作，不自忖量，以奪毛、鄭之席爲快。而孰知流禍之極，三綱絕紐，六經掃地。無論西漢、東漢，漢學、宋學，皆一網打盡，古學從此微且滅，而天下之亂將何時已乎？昔帝堯「吁嚚訟」，帝舜「堲讒説殄行，震驚朕師」；詩曰「如蠻如髦，我是用憂」，又曰「燎之方揚，寧或滅之」，我不忍先王先聖教民相生相養相保之道從此敗壞而不救、淪亡而不反也，是用深考漢學之源流，會通宋學之精義，平心實事，正本清源。羣言淆亂質諸聖，天下之動貞夫一，其諸有心世道之君子亦有樂於是歟。

## 復禮堂授詩書目

### 講習書

學者治詩，既自少讀朱子詩經集傳，當進而恭讀欽定詩經傳説彙纂、本聖學，別同異、明是非之精義。熟讀毛詩注疏，參以近師之説。列目如左：

毛詩注疏見前。日本近有影宋毛詩單疏，首缺數卷。又毛詩單注以枕經樓本爲善。

毛詩釋文

陳氏毛詩稽古編原刻本、皇清經解本。

段氏毛詩故訓傳定本小箋經韻樓叢書本、皇清經解本。

詩經小學拜經堂叢書本、皇清經解本。

馬氏毛詩傳箋通釋原刻本、皇清經解續編本。

胡氏毛詩後箋原刻本、皇清經解續編本。

陳氏毛詩傳疏、毛詩音、毛詩説、傳義類、鄭箋徵原刻本、皇清經解續編本。

陳氏魯詩遺説考以下五種並左海叢書本、皇清經解續編本。

齊詩遺説考

韓詩遺説考

毛詩鄭箋改字説

詩經四家異文考

毛詩文鈔〇元弼毛詩學刊未竣，附見於此。

## 參考書

陳氏第毛詩古音考明刻本、覆刻單行本。

顧氏炎武詩本音原刻本、皇清經解本。音韻之學，治説文時即當講求，互詳小學類。

惠氏詩説舊刻本、皇清經解本。

惠氏毛詩古義

戴氏詩經補注、毛鄭詩考正孔戴遺書本、皇清經解本。

陳氏齊詩翼氏學、詩緯集證左海叢書本、皇清經解續編本。

包氏毛詩禮徵原刻本、崇文書局本。

朱氏詩地理徵皇清經解續編本。

凡音韻樂律之書皆詩學支流，别見禮類、小學類。

阮氏詩書古訓原刻本，皇清經解續編本。此書實兩經分編，而序文統論詩、書，名亦合稱，故總著於後。

# 復禮堂述學詩卷四　述周禮

一

惟王建極乾元正，冢宰坤元總百官。
統柄詔王端治本，羣臣盡識萬民安。

伏羲作易名官，爲制禮之始，至周公而大備。蓋乾爲君，坤爲臣，乾元統天，坤元順承天。周官六典之首皆曰：「惟王建國，設官分職，以爲民極。」此乾元用九以治天下也，其下云乃立天官、地官等。而六典皆統於冢宰，此坤元用六以乘天地也。姚氏配中周易學曰：「大宰之職掌建邦之六典，則坤元之用六也；以佐王治邦國，則坤元之順承天也。」

周公其當之矣。蓋王爲乾元，宰則坤元。乾元用九，凡大臣皆是。坤元順承天，則亦乾元所用矣。冢宰所以獨爲坤元者，天子以下，天下亦一人而已，非剛柔兼而體坤元之德者不可以爲冢宰。百官總之，權莫大焉；天子任之，寵莫加焉。无剛柔之用不足御羣寮，无坤元之德不能承天子。臣之義比於地，地成天功，故五行而四時者土兼之。五行皆生於土，陰陽俱成於土，百官之聽於冢宰亦猶是。天之施生，地實成之；數之變化，陰實與之。冢宰之或稱冢、或稱大，鄭以爲進退異名，百官總焉則謂之冢，列職於王則爲大。竊謂百官總焉，謂之爲元；臣服於乾，則名曰坤。六陰六陽周流於外，總於坤元。而君以乾元三百六十之官總於冢宰而聽於天子者也。坤元順承天，則陰陽九六之成於地者，莫非乾元之用，即坤元亦乾元所用者也。乾曰「用九」，坤曰「順承」，其義互相備也。乾所用之九，坤亦成之；君所立之官，宰亦統之；坤所用之六，乾亦君之；宰所立之官，王亦主之；孰非乾元之用乎？五官各率其屬，亦地道成物之義。而不得謂之坤元者，坤元一而已矣，冢宰亦一而已矣。五官者，四時分王之土，各有所司，冢宰則中宫之元，藏元神者也。愚謂乾坤相對，則乾六爻皆君，坤六爻皆臣；若以乾六爻自相對，則惟九五體乾元爲天子，而九四以下皆臣；以元與六爻相對，則又元爲君，而六爻稱九者皆爲臣，所謂乾元用九也；以坤六爻自相對，則六五體坤元爲冢宰，而餘爻爲羣臣，所謂坤元用六也。昔帝堯在上，羣龍爲輔；舜既受禪，禹、皋之屬並列於朝。以其有陽德則爲九，以其在臣位則爲六。乾元用九，六官並在其中；坤元用六，則冢宰率五官以佐天子。六龍皆乾元所用，則皆有九之德，處六之位而坤元實統之以承天者也。陰陽合則同功，在天地各以專氣相成，在人則必兼其道而後濟。下之事上也，雖有庇民之大德，不敢有君民之心，此坤元之德也。百官皆統於冢宰，而八柄馭羣臣、八統馭萬民，皆詔王行之，明政教必由至尊。故易用九言乾元，用六不言坤元，此羣臣所以順、萬民所以安、天下所以平也。姚氏以易義推禮，其理甚精而猶未盡，今贊而辨之。

二

周禮開宗三大義，建邦六典事相維。
官爲國與民樞紐，六計與廉勵百司。

天生民而立之君，以生養保全其身家性命。而天下之大、兆民之衆，一人不能獨治，必設官分職、任賢使能，而後國於天地有與立。張文襄公勸學篇曰：「周禮大義，治國、治官、治民三事相維。大宰建邦之六典，治典經邦國、治官府、紀萬民，其餘教典、禮典、政典、刑典、事典皆國、官、民三義並舉。蓋官爲國與民之樞紐，官不治則國、民交受其害。此爲周禮一經專有之義，故漢名周官經，唐名周官禮。」按：治國、治官、治民三事，爲周禮開宗第一義，全經皆不外此。三大義以爲之經，六屬以爲之緯；六屬以爲之經，六聯以爲之緯。如此治經，心目開朗，脉絡貫通，於力則鮮，致用甚大。由周公致太平之迹以察其心，良法美意百世可知。大宰六典並舉治國、治官、治民；而治官八灋，小宰詳列其目；八灋歸於六計，六計皆以廉爲本。蓋惟宰相大臣有誠意正心之學，平日千駟弗視、一介不取，有以裕堯、舜君民之本，而後庶司百執事皆取行己有恥、砥礪廉隅之士，用勵相國家。夫然故官方飭、庶績凝、大臣法、小臣廉，朝野無非清明之氣，弊端無由作、亂源無自生，而天下可長治久安也。

六屬爲經六聯緯，燦如列宿布周天。
若將聯事編成表，便是周官釋例篇。

## 三

小宰「以官府之六屬舉邦治，一曰天官，其屬六十」云云。鄭注曰：「六官之屬三百六十，象天地四時、日月星辰之度數，天道備焉。」又曰：「以官府之六聯合邦治，一曰祭祀之聯事」云云。鄭司農云：「大祭祀，大宰贊玉幣，司徒奉牛牲，宗伯視滌濯、涖玉鬯、省牲鑊、奉玉齍，司馬羞魚牲、奉馬牲，司寇奉明水火。大喪，大宰贊贈玉、含玉，司徒率六鄉之衆庶屬其六綍，宗伯爲上相，司馬平士大夫，司寇前王，此所謂官聯。」元弼周禮學明例曰：「治禮莫要於釋例。釋周官之例，當以三百六十官之事分類系聯之。鄭注所言即其法也。大宰八法，一曰官屬，三曰官聯。周公作周禮，又作儀禮。周禮以官爲紀，官屬也；儀禮以事爲紀，官聯也。官屬爲經，官聯爲緯。故周禮爲經禮，儀禮爲曲禮。經曲猶經緯也，周禮即儀禮之釋官，儀禮即周禮之釋例。今儀禮僅存十七篇，朱子儀禮經傳通解、江氏禮書綱目據周禮事別爲篇補之，實得制作本法。後人苟因其成文，約而聯之，比類合誼、發揮旁通，爲周禮釋例專書，使良法美意、本末終始同條共貫，王道粲然分明，人人易知易從。尋省了則運用神，嗜學者多則非聖無法之説息，於經術世運非小補也。」

案：周禮聯事表，余嘗欲爲之而未果，我友張氏錫恭草創以爲兩湖書院講義而未成。實則通解、綱目已不啻燦然列表，學者讀之，即無異治禮經者讀淩氏釋例矣。六聯之事，皆治國、治官、治民三大義之目，猶禮經冠、昏、喪、祭、聘、覲、射、鄉、節文等殺皆尊尊、親親、長長、賢賢、男女有別五大義之目，本末終始、一以貫之。學者治禮，當首明此義。

## 四

天官大義正王身，身正家齊四海均。
察吏理財官府肅，憲章百世可遵循。

李氏光地曰：「冢宰兼统百官，理萬事，而其要以正君身爲本。故自王及后、世子，凡内外之飲食、服用、居處，以至閽豎、閹寺、婦職、女功，皆兼而掌之，蓋所以相天子修身齊家而爲治國平天下之本。其慮至遠而義至精也。」

王氏應麟困學紀聞曰：「嬪御奄寺、飲食酒漿、衣服次舍、器用貨賄，皆領於冢宰；冕弁車旗、宗祝巫史、卜筮瞽侑，皆領於宗伯。此周公相成王，格心輔德之法。及其衰也，昏椓靡共，婦寺階亂。膳夫、内史、趣馬、師氏締交於嬖寵，瑣瑣姻亞、私人之子竊位於王朝。至秦而大臣不得議近臣矣，至漢而中朝得以絀外朝矣，至唐而北司是信、南司無用矣，由周公之典廢也。閒有詰責幸臣如申屠嘉，奏劾常侍如楊秉，宫中府中爲一體如諸葛武侯，可謂知宰相之職者。唐太宗責房玄齡以北門營繕何預君事，豈善讀周禮者哉。」

顧氏炎武日知録云：「閹人、寺人屬於冢宰，則内廷無亂政之人；九嬪、世婦屬於冢宰，則後宫無盛色之事。大宰之於王，不惟佐之治國，亦誨之齊家者也。自漢以來，惟諸葛孔明爲知此義，故其上表後主，謂：『宫中府中俱爲一體，而宫中之事事無大小悉以咨攸之、禕、允三人。』於是後主欲采擇以充後宫而終執不聽，宦人黄皓終允之世位不過黄門丞，可以爲行周禮之效矣。」

案：此周公相成王致太平之本。

司馬溫公論財利疏云：「周禮冢宰以九職、九式、九貢之法治財用，唐制以宰相領鹽鐵、度支、户部，國初亦以宰相都提舉三司水陸發運等使，是則錢穀自古及今皆宰相之職，必若府庫空竭、閭閻愁困，而曰我能論道經邦、燮理陰陽，非愚臣之所知也。」

案：大宰、小宰、宰夫三職，論理財察吏至詳。蓋天地之大德曰生，聖人之大寶曰位，何以守位曰人，何以聚人曰財。大學生衆食寡、爲疾用舒，周官理財之精義也；見賢必舉、見不善必退，周官察吏之精義也。此周公相成王致太平之實也。

## 五

任民九職財恆足，賦式相當均節平。
利阜靡微商政要，地官司市義相成。

江氏永周禮疑義舉要曰：「九職任萬民，皆任之以生財，大學所謂『生之者衆』也。九職外有學士習道藝，巫醫卜筮守世事，府史胥徒服公事，皆非所以生財，故不在九職之數。而大司徒并之爲十有二，天下之民盡此矣。」

周禮學要旨曰：「職事十有二，而生財者居其九，餘止有三，所謂生之者衆、食之者寡也。以九職任民，以九式節用，所謂爲之者疾、用之者舒也。此理財之要道也。八法治官，八柄馭臣，此用人之要道也。八統馭萬民，即老老、長長、恤孤，帥天下以仁而民從之。大學由誠意、正心、脩身推而至於家國天下，而平天下之道在用人理財，與民同好恶，即周官之大傳也。生財有大道，不畜聚斂之臣，未有上好仁而下不好義，皆大宰職之精義，爲萬世救貧救弱莫善之策。而王安石乃反是以禍宋，非周官罪人何？」

案：祭祀、賓客、喪荒以下，用財莫不有式，而九式之用與九賦一一相當，蓋治國之要節用爲本。九賦之入，視歲之上下，而冢宰均節其用以爲式法，所謂量入爲出、節以制度，不傷財、不害民也。九職中莫要於農、工、商，農政詳於地官，工政蓋詳於冬官，今僅存考工記。而工商相須爲用，司市職亡者使有、利者使阜、害者使亡、靡者使微四語，實勞來百工、振興商務、裕民足國之要。所謂后以財成天地之道，以左右民者，此亦其權衡也。

六

園廛口賦兼田税，用一緩餘民力輕。
聖代恤民恩至渥，滋生人口永無征。

孟子曰：「有布縷之征、粟米之征、力役之征。」園廛，布縷之征也，載師所謂二十而稅一者是也。田稅，粟米之征也，載師所謂近郊十一以下，孟子所謂其實什一者是也。其云「二十而三」及「無過十二」者，統他稅計之。口賦，力役之征也，管子所謂邦賦之籍終歲十錢是也。金氏榜禮箋論之甚精當。孟子又曰：「君子用其一、緩其二。」此周禮取民之法，而又凶荒無征，春秋補助，此所以民樂國富而頌聲作也。丁糧自古分征，後世益多苛稅，至我朝康熙五十二年，奉滋生人丁永不加賦之旨，雍正四年定丁銀併入錢糧之制，乾隆二十七年停編審之法，而歷代苛征一朝豁除。張文襄公勸學教忠篇述之甚詳，今日元元叩心以思漢德，父老輒涕泣道之。

# 七

叔季亂亡相接踵，後宮盛色宦官專。
周家內宰司陰教，義本關雎務進賢。

朱子上宋孝宗封事曰：「邪正之驗著於外者，莫先於家人，而次及於左右，然後有以達於朝廷而及於天下焉。若宮闈之内端莊齊肅，后妃有關雎之德，後宮無盛色之譏，貫魚順序而無一人敢恃恩私以亂典常、納賄賂而行請謁，此則家之正也。退朝之後從容燕息，貴戚近臣攜僕奄尹陪侍左右，各恭其職，無一人敢通内外、竊威福，招權市寵以紊朝政，此則左右之正也。内自禁省，外徹朝廷，二者之間洞然無有豪髮私邪之間，然後發號施令、羣聽不疑，進賢退姦、衆志咸服，紀綱得以振而無侵撓之患，政事得以脩而無阿私之失，此所以朝廷百官、六軍萬民無敢不出於正而治道畢也。心一不正，則是數者固無從而得其正，是數者一有不正而曰心正，則亦安有是理哉？是以古先聖王兢兢業業持守此心，雖在紛華波動之中、幽獨得肆之地，而所以精之、一之、克之、復之，如對神明，如臨淵谷，未嘗敢有須臾之怠，然猶恐其隱微之間或有差失而不自知也。是以建師保之官以自開明，列諫諍之職以自規正，而凡其飲食酒漿、衣服次舍、器用財賄，與夫宦官、宫妾之政，無一不領於冢宰之官，使其左右前後、一動一靜無不制以有司之法，而無纖芥之隙、瞬息之頃得以隱其豪髮之私。蓋雖以一人之尊深居九重之邃，而懔然常若立乎宗廟之中、朝廷之上，此先王之治所以由内及外、自微至著，精粹純白、無少瑕翳，而其遺風餘烈猶可以爲後世法程也。」

案：天子理陽道，后治陰德，相須而成，是以關雎樂得淑女以配君子，憂在進賢。而葛覃序曰：「恭儉節用，尊敬師傅。」卷耳序曰：「内有進賢之志，而無險詖私謁之心。」其清明純一之德如是，故能配至尊而立陰教之極。家道正，人倫厚，子孫賢聖，天下化成，而怨曠嫉妒與夫嬖寵專恣，如後世女子、小人朋比亂政之禍無自生焉。昔人謂有關雎、麟趾之德意，而後可以行周官之法度。内宰以下諸職，其尤著明親切者也。古之嫁娶，必擇孝弟世世有仁義者，以納婦吉爲子克家之本。而又以陰禮教六宮，以陰禮教九嬪，宜其家人而后可以教國人，其所以正本清源者至矣。

八

王后親蠶養穜稑，早知耕織事艱難。

葛覃絺綌甫田稼，豫戒驕奢絶禍端。

內宰：「中春詔后帥外内命婦始蠶于北郊，以爲祭服。」又曰：「上春詔王后帥六宮之人而生穜稑之種而獻之于王。」注曰：「古者使后宮藏種，以其有傳類蕃孳之祥，必生而獻之，示能育之，使不傷敗。且以佐王耕事，共禘郊也。」

案：古者天子親耕，王后親蠶，所以爲天下耕夫織婦倡，重民衣食之本也。而穜稑之種，必使后宮生之，既取傳類蕃孳之祥，又明當與王同恤民功，蓋恐婦人尊貴或致驕奢，故防微杜漸，因事託戒。詩葛覃之篇曰：「爲絺爲綌，服之無斁。」甫田之篇曰：「曾孫來止，以其婦子。」箋云：「成王來止觀農事，親與后、世子行，使知稼穡之艱難。」此周官之意，即往日周公無逸之教歟。漢成帝之報許皇后詔曰：「易曰：『鳥焚其巢，旅人先笑後號咷，喪牛于易，凶。』」言王者處民上，如鳥之處巢也，不顧恤百姓，百姓畔而去之，若鳥之自焚也。雖先快意説笑，後必號咷而無及也。百姓喪其君，若牛亡其毛也，故稱凶。此足爲不知稼穡之艱難、不聞小人之勞者戒。蓋當時儒臣所爲，惜乎成帝知戒后而不知自戒也。

# 九

地官敷教先籌養，溝洫井田經畫詳。
三物教民封比户，普天率土識綱常。

胡氏培翬井田論曰：「生民之始，食果實，茹毛飲血，或居窟、或居巢，勢至散也。散而無所統必亂，故先王思所以聚之。聚則貧富強弱相形，必至於爭，爭則聚者復散，故先王思所以保之。保其聚，使不至於散且亂者，其惟井田之法乎？三代盛王所以治天下，恃有此而已矣。其制可述也，孟子曰：『方里而井，井九百畝。』此一井也。由是井十爲通，通十爲成，則百井；成十爲終，終十爲同，則萬井。周禮匠人職曰：『二耜爲耦，一耦之伐，廣尺深尺，謂之甽；田首倍之，廣二尺、深二尺，謂之遂；九夫爲井，井間廣四尺、深四尺，謂之溝；方十里爲成，爲方一里者百。成間廣八尺、深八尺，謂之洫；方百里爲同，爲方一里者萬。同間廣二尋、深二仞，謂之澮，專達於川。』此井田之制也。其有不可井者，則爲溝洫之制以通之。溝洫者，謂不畫井而但爲溝洫，故謂之溝洫。其舉二字爲名，以與井田配，始於周官疏。遂人職曰：『夫閒有遂，遂上有徑；十夫有溝，溝上有畛；百夫有洫，洫上有涂；千夫有澮，澮上有道；萬夫有川，川上有路。』此溝洫之制也。井田，一井九百畝，畫爲九區，象井之字。中一區百畝爲公田，外八家各私百畝，同養公田。詩曰『雨我公田，遂及我私』是也。溝洫則不畫井，無公田。自一夫百畝積至於萬夫，爲方三十三里少半里之地。詩曰『駿發爾私，終三十里』是也。井田以井計，溝洫以夫計；井田以九起數，溝洫以十起數。匠人井田之制始于一同九萬夫，遂人溝洫之制始于萬夫。王畿方千里，中爲王城，從内嚮外，每面各五百里。一百里爲郊，其地置六鄉；二百里爲甸，置六遂，鄉遂用溝洫、行貢法。三百里爲稍，置家邑；四百里爲縣，置小都；五百里爲畺，置大都。家邑、小都、大都通謂之都鄙，都鄙用井田、行助法。孟子曰『請野九一而助』，野即都鄙之地也；『國中什一使自賦』，國中即鄉遂之地也。井田、溝洫非有異也，可井則井，不可井者則但爲溝洫而已。有溝洫以濟其窮，而井田之法遂以通行於天下。是故有數善焉。一曰可以養民。古者一夫受田百畝，上父母、下妻子，皆取給焉。二畝半爲廬舍，還廬樹桑楸，疆畔種瓜果，井竈葱韭悉取于是。五母雞、二母彘，女工蠶績，老者得衣帛食肉焉，死者得葬焉。餘夫之能耕者亦受田二十五畝，斂以什一。民氣樂焉，頌聲作焉。一曰可以教民。古者家有塾，塾，閭首之室也。春夏耕作之時，父老坐塾上，晏出後時者不得出，暮不持樵者不得入。五穀畢入，餘子皆入學。上老坐於右塾，庶老坐於左塾。八歲者學小學，十五者學大學，教之孝弟禮儀，其秀者又以升於國學而教焉。詩曰：『攸介攸止，烝我髦士。』此之謂也。一曰可以衛民身。古者寓兵於農，計地出車，通出匹馬，成出革車一乘，同出革車百乘，一車甲士三人，步卒七十二人。於農隙之時習爲蒐狩之禮，教之坐作進退，而又大事致之，追胥比之，伍兩卒旅之。衆即比閭族黨之人，恩足相恤，義足相救，服容相别，音聲相識，故足恃而無患也。一曰可以厚民俗。古者授民田有三等，田美者少予之，田惡者多予之。上田一歲一墾，則家百畝；中田二歲一墾，則二百畝；下田三歲一墾，則三百畝。肥饒不得獨樂，墝埆不得獨苦。故其時出入更守，疾病相憂，患難相救，有無相貸，飲食相召，嫁娶相謀，漁獵分得。詩曰：『彼有不穫稚，此有不斂穧；彼有遺秉，此有滯穗，伊寡婦之利。』其效可睹矣。凡此皆井田之法之善也。夫外有以贍其身家，内有以淑其心性，常則安居而樂業，變則同仇而敵愾。古盛時上下和協，歷數百年而長治久安者，豈不以此也哉。今井田之廢久矣，當今日而欲復之，將奪富民之田以與貧民，勢必紛擾不可行。且阡陌已壞，而欲爲溝洫涂畛於其中，亦必曠日持久而難行。雖然，善法古者不襲其迹，惟其意，今井田即不可復，而其法未嘗不可師而用之也。今富民之田皆貧民耕之也，計其力之所能耕，一夫一家亦不過百畝而止耳，誠能相其地利、時其蓄洩，令民廣種五穀蔬菜之屬，山木以時斬伐，以養生送死，於其農之勤者又得賚以勸之，恤其身、簡其役，俾之寬然有餘，則民自知本業之可樂，知重本業必不輕去其鄉矣。於是仿古者飲、射、讀法之制，以時奉宣聖諭，行鄉飲之禮以習禮儀，令民廣設義學以牖其愚頑；仿古者會卒伍之法，立保甲以靖奸宄、禦盜賊；仿古者黨州相救相賙之法，令民廣建義倉以救凶荒，多捐義田以贍孤寡，則養民、教民、衛民、厚民之政畢具於此，民自可聚不可散、可治不可亂矣。故自戰國以來議井田者甚多，以其制爲必可復者非也，以其法爲必不可行者亦非也。嗚呼，古制之不存於今日而其法未嘗不可師而用者，豈獨井田也哉？」

案：先王治民，富而後教。井田之法行，左塾、右塾、上老、庶老之教修，則天下之民無不養、即無不教。蓋自司徒布十有二教於邦國都鄙，以保息六養萬民，以本族六安萬民，以鄉八刑糾萬民，親民之官各以正道導民。由利用厚生而正其德，漸仁摩義，服習有素。於是閭胥春秋讀灋，「書其敬敏任恤者」；族師月吉讀灋，「書其孝弟睦婣有學者」；黨正正歲屬民讀灋，「而書其德行道藝」；州長正月之吉屬民讀灋，「以考其德行道藝而勸之」。鄉大夫三年大比，興賢者能者，而知仁、聖、義、忠、和之德，孝友、睦婣、任恤之行，禮、樂、射、御、書、數之藝，學而成者貢於朝而爲國用、爲民望。此所以國有與立，民有與治，人識綱常，家敦仁讓，至於比户可封、刑措不用，所謂聖人久於其道而天下化成，後之王者循是而行之，唐虞三代之治猶可以復也。

# 一〇

雅詩棫樸及菁莪，樂道周家吉士多。
制爵以賢民慎德，遺風漢舉孝廉科。

司徒十二教，十有一曰「以賢制爵，則民慎德」。古者學校修、教化行，人識君臣父子之綱，家敦睦婣任恤之行，其德成而賢著，則升之朝而爵之、量其能而用之，是以立政罔非吉人，民日遷善而不能已。降至漢世，治化雖未逮殷、周，而學校如林，五經皆立博士，郡國舉孝廉、賢良、方正。於時循吏純儒蔚然興起，樵牧婦孺皆尚節行，風俗茂美、國家歷年永久，尚賢崇德之效昭然可睹矣。

一一

卒旅師軍鄉子弟，不惟有勇且知方。
淪肌浹髓知忠孝，誰背君親肆獝狂。

大司徒：「令五家爲比，五比爲閭，四閭爲族，五族爲黨，五黨爲州，五州爲鄉。」

小司徒：「乃會萬民之卒伍而用之，五人爲伍，五伍爲兩，四兩爲卒，五卒爲旅，五旅爲師，五師爲軍。」注曰：「此皆先王所因農事而定軍令者也。」

又曰：「凡起徒役，毋過家一人。」

鄉大夫三三年大比，興賢者能者，帥其吏與其衆寡，以禮禮賓之。此謂使民興賢，出使長之；使民興能，入使治之。」

案：此六鄉之法也，務農事於此，定軍令於此，興賢能亦於此，六遂以外養民、制軍、興賢之法，大意皆同。故師役更調而農不廢，賢才衆多而官不曠。蓋古者兵農不分、文武不分，自官吏工商外，無人不農，即無人不士、無人不兵。民皆地著，守望相助，寇賊姦宄之來，人自爲戰、家自爲守。而服田力穡之人，皆説禮、樂而敦詩、書，深明君民一體大義。故子貢問政，子曰：「足食、足兵、民信。」子路言：「有勇且知方。」孟子言：「深耕易耨，修其孝弟忠信；入事父兄，出事長上，可使制梃以撻陷溺其民者之堅甲利兵。」此三代以上中國所以爲普天大地中至富至強至治之國也。管子相齊，農與士已分，而士鄉十五，三萬家出三萬人爲三軍，猶是六鄉爲六軍之遺法。士之子恆爲士，父與父言慈，子與子言孝，戰士即學士。晉文公觀師曰：「少長有禮其可用。」則文武猶不分兩途。軍士皆服疇食德之子弟，安有背君親而爲不義者乎？然此非一王之制、一代之功，蓋自伏羲作八卦、定人倫，别人類於禽獸，而文治興；作網罟、教田漁，以禦禽獸之害，而武事興；神農以耒耜教天下，而農事興。當時草昧初開，民至危苦，翕然奉聖人爲君師，以自生自衛，故農也、兵也、士也自然合一而不可分。歷黄帝、堯、舜以至周公，而養民、教民、衛民之道大備，天下人人安樂而率由之。及周之衰，井田之法廢，歷世既久，而寓兵於農、鄉舉里選之法勢不能復行。唐之府兵號稱良法，而白骨窮邊、春閨夢裏，千村萬落、荆杞縱横，征戍之苦，詩人痛乎言之。今議者或援外國之法，欲令人人皆兵，而不知西法之不可行於中，猶古法之不能行於今。無故擾民，大亂必起，正與周官保息安民相反矣。曰：「然則，古之良法遂無用乎？」曰：善師古者取其意。生聚教訓，使地無餘利、民無餘力，以足民爲養兵之本，而節制精練、餉糈無缺。將帥視軍士如父兄之於子弟，甘苦與共，雖賞罰嚴明，而體恤倍至。曉以大義，激其忠愛，舉古來名將、忠臣義士事迹與之討論，以恢張其志氣，則伏節死難、戰勝攻克之效必於是取之。兵農雖分而合力，文武雖分而一心，雖謂周禮復行可也。不此之務，而驅剥膚泣血之民，欲其赴湯蹈火，「其何能淑，載胥及溺」而已矣。

一二

人情飲食兼男女，陽禮交歡陰禮親。
嫁娶射鄉歸地職，睦婣任恤教相因。

大司徒十二教，二曰「以陽禮教讓，則民不爭」，三曰「以陰禮教親，則民不怨」。注曰：「陽禮謂鄉射、飲酒之禮也，陰禮謂男女之禮。昏姻以時則男不曠、女不怨。」

案：飲食、男女，人之大欲存焉，欲而無節則近於禽獸。聖人作爲鄉射、飲酒之禮以同其和樂，則長幼有序，民作敬讓而不爭矣；制爲昏禮以正其情性，則男女有别，民各有其室家而無怨矣。周禮凡君德政治之綱，皆天官職之；凡民生教養之實，皆地官職之。陽禮、陰禮，鄉大夫、州長、黨正及媒氏分主之，而統於司徒。用是百姓親、五品遜，敬敷五教，此其要道也。

## 一三

三代取民皆什一，載師任地豈横征。
若云什二皆田税，安得豐年作頌聲。

載師：「凡任地，國宅無征，園廛二十而一，近郊十一，遠郊二十而三，甸、稍、縣、都皆無過十二，惟其漆林之征二十而五。」注曰：「周税輕近而重遠，近者多役也。」朱子曰：「所謂十二者，是并雜税，皆無過此數。」江氏曰：「國語載孔子之言曰：『先王制土，藉田以力而砥其遠邇。』是田賦有遠近取平之法。取民固不過十一，然力役先取諸近，近者多而遠者少，其勢不得不然。益遠民之賦以補近民之力，政乃均平。」

周禮學解紛曰：「此經所言，爲畿内田税簿書之總綱。園廛二十而一者，五畝之宅，樹之以桑麻，約税四分畝之一，積至百畝則税五畝，當百畝田税之半。此文在國宅下、近郊上，則據國中至近郊之園廛言，不兼遠郊以外。近郊十一者，田税也；遠郊二十而三者，以園廛并入田税，據地相當總計之。蓋園廛百畝當田税之半，并入田税則爲十一有半。不可言十一有半，故言二十有三。若就一家所受五畝之宅計，則止十一四十分十之一，其田税仍十一也。近郊以園廛與田税分言，遠郊合言，其實則同。以同在六鄉之内，不容異也。甸、稍、縣、都皆無過十二者，此以園廛及力役之征及雜税皆并入田税，而各就其家計之，計一家田税十一，園廛之税無幾。力役之征有算錢、軍賦二者，算錢與田税皆在太宰九賦中，遠近皆有，閭師職曰『國中自七尺以及六十，野自六尺以及六十有五，皆征之』是也。但征其力者不征其財，郊内役多，則征財者少，故略不計；郊外役少，則征財者多，故計之。又野自六尺即征，六十五乃免。管子書算錢終歲十錢，以上農食九人計，可任者不下三四人，約加一老一幼，未及六十五、已滿六尺，凡算錢六十。據李悝盡地力法，十一之税米十五石，石三十錢，則算錢六十當米二石，爲田税三十分之四。其軍賦，鄉遂家出一人不出車，都鄙六十四井出車一乘，馬四匹、牛二十頭，干戈備具。公邑役少，當亦如之。計八家同井，二而當一，六十四井凡二百五十六家。公邑雖不爲井，或亦計家出車。其費一家若干不可考，大分言之，不過當米一石有奇。合之算錢、園廛二者，爲錢不過百餘。古權量錢法與後世大異，今但就書傳成文計之。漢法算錢人百二十，或放古一家園廛、力役之征爲之；百二十得米四石，爲田税十五分之四；尚遠不及十二之數，則十二必兼雜税言。雜税者何？牧地之征，山物、澤物之征也。凡田不耕者曰牧，六遂上地亦有萊五十畝，其地可牧。受上地者又人多而力勤，必有農而兼牧者。六遂以外山林、川澤多，又必有農而兼占山澤之利者。故角人掌以時徵齒角於山澤之農，羽人徵羽翮於山澤之農，掌葛徵絺綌之材於山農、草貢之材於澤農。言農則是耕甿，若非兼占山澤之利，何以得徵其材？正税外有雜税，此其明文。以雜税合園廛、力役之征，其數當與田税相等，并歸田税計之，則十二矣。十二之税惟甸、稍、縣、都有之，曰無過者，算錢多少不定，雜税多少有無不定，其最多者無過十二耳。農人兼占山澤之利不能過多，與虞衡專職有别，故其税合正税不過十二。十二中雜税乃餘利，非加賦，惟力役之征重於郊内，則以郊内役多、郊外役少，鄭君、朱子、江氏言之詳矣。孟子曰：『有布縷之征、粟米之征、力役之征。』園廛即布縷之征，算錢、軍賦即力役之征，十一之税則粟米之征。十一者，天下之中正；遠郊二十而三，田税仍止十一，其餘則布縷之征也；甸、稍、縣、都皆無過十二，田税仍止十一，其餘則布縷、力役之征與雜税也。曰：『諸税之悉歸田税計，何也？』曰：『取其都數易得也。』當時賦斂之事，蓋每事别之得其準數，而後總歸田税計之。此經則又畿内田税之總數也。其近郊田税與園廛别言，遠郊合言；遠郊以園廛并歸田税，據地相當計；甸、稍、縣、都以各税并歸田税，各就其家計。皆當時各處要會之法不同，此因其成法總計之耳。此經爲周禮中第一大疑，然以經文反覆求之，實無可疑。非惟田税不過什一，并布縷、力役之征亦藉此可得大數，足見先王恤民之深、優民之至。據經文近郊遠郊以下税數遞增，則總合諸税輕近重遠甚明；據近郊、遠郊、甸、稍、縣、都與上文諸田所任之地字字相應，則諸税以田爲主甚明；據下文惟其漆林之征二十而五，漆林爲雜税之一，於雜税中别出其最重者，則十二中兼有雜税甚明；十二不專據田税，則二十而三亦非專據田税，而田税止於十一，餘皆以他税并入甚明；據遠近輕重以役多少則所重惟力役之財征，而近郊、遠郊税法文異實同又甚明。鄭君、朱子、江氏之説相兼乃具。作者之聖、述者之明，非好學深思、心知其意固難爲淺見寡聞者道也。」

案：天子六軍出於六鄉，其六遂以外，因農事寄軍令雖同，師役亦有更調之法，然其勢必先近而後遠。大抵力役之征，近者多出力、遠者多出財，故算錢遠多而近少。又鄉遂出軍、都鄙出車不同，皆所謂砥遠邇也。至雜税則因民所占之利而酌取之，並非於田税額外有一毫徒取於民，故傳曰「什一而税頌聲作」。孟子論三代税法曰：「其實皆什一也。」魯宣税畝，始取什二，春秋以爲大譏，明與周禮義不相蒙。上之所取，財盡則怨，力盡則叛。時使薄斂，所以勸百姓。周之盛也，綏萬邦，屢豐年，和親、安平、康樂，民皆謂上實生我，而不謂浚我以生。後世貪暴横征，自速滅亡，固不足與語經，但恐經義不明，小人或借以文姦言，故詳辨之。

一四

赤子冥行入井危，恩勤諫救有專司。
必經三讓又三罰，禮教難施入士師。

「司諫掌糾萬民之德而勸之朋友，正其行而強之道藝，巡問而觀察之，以時書其德行道藝。」

「司救掌萬民之衺惡過失而誅讓之，以禮防禁而救之。凡民之有衺惡者，三讓而罰，三罰而士加明刑；其有過失者，三讓而罰，三罰而歸于圜土。」注曰：「邪惡謂侮慢長老，語言無忌而未麗於罪者。過失亦由邪惡，若抽拔兵器誤傷人麗於罪者。古者重刑，且責怒之，未即罪也。明刑，書其邪惡之狀以恥辱之。」

案：天生民而立之君，使司牧之，弗使失性。其有不幸而陷於法者，先王哀矜恫瘝若己推而納諸罟擭、陷穽之中。書康誥曰：「若保赤子。」孟子釋之曰：「赤子匍匐將入井，非赤子之罪也。」故古之爲政，視民如傷，厚生正德，防萌杜漸，施之十二教，興之鄉三物，糾之鄉八刑。又特設司諫之官，糾萬民之德，正其行，巡問而觀察之；設司救之官，掌萬民之衺惡過失而誅讓之，三讓而罰，三罰而後加明刑，入圜土。夫過失傷人麗於法矣，猶必先以三讓、繼以三罰，如是而猶犯，則殆於怙終矣。猶不忍棄，而歸諸圜土以收教之，使之動心忍性，知上之曲予矜全，而不忍自棄其身於生成之外。苟能改過遷善，雖上罪不過三年而舍。度三年之中，其所以提撕警覺，感發其善心、懲創其逸志者無不至。如是而猶不改，則是禮教所不能化，而自甘爲刑戮之民，苟非極冥頑不靈者當不至此。古者司徒之教，勞之、來之、匡之、直之、輔之、翼之，勸善懲惡，深入人心，則司寇之刑存其象而無其人矣，書所謂象以典刑者此也。

## 一五

萬物本天人本祖，禮隆報本顯神明。
敬天法祖爲民極，五禮根源自此生。

大宗伯兼掌五禮，而其職首特云：「掌建邦之天神、人鬼、地示之禮，以佐王建保邦國。」其下即云以吉禮事邦國之鬼、神、示，次及凶禮、賓禮、軍禮、嘉禮。蓋禮有五經，莫重於祭。禮者，因人相愛相敬之心，教之相生相養相保之道，而愛人敬人之本出於愛親敬親。萬物本乎天、人本乎祖，昔者明王事父孝，故事天明；事母孝，故事地察。孝於父母先祖者，生則敬養，没則靜享，繼志述事，事死如生。敬其所尊、愛其所親，愛親者不敢惡於人，敬親者不敢慢於人。自天子至於庶人，各保其祖、父所傳之天下國家、身體髮膚，以致孝乎鬼神，而後爲能饗親。孝於天地者，盡性踐形，顧諟明命。凡大圜所覆、大矩所載，體乾元坤元大生廣生之德，兼包而並育之，天下猶一家，中國猶一人。各正性命，保合太和，以升中於天，而後爲能饗帝王者，爲天地、宗廟、社稷之主。敬天法祖，嚴恭寅畏，齊明承祭，以顯神明、昭至德，而後禮達於下，尊尊親親、合敬同愛而天下平。此五經之根源，孝經之大義也。

一六

禮有五經喪祭重，大宗專職肅齊明。
殷宗喪禮周公祭，四海同心孝敬生。

記曰：「禮重於喪祭。」宗伯兼掌五禮，而嘉禮、昏、冠、鄉射、飲酒屬於司徒，大射及軍禮屬於司馬，賓禮屬於司寇，惟吉禮及凶禮之喪禮專屬宗伯，蓋慎終追遠、反古復始，尤禮之大本，故爲禮官專掌。書曰：「高宗諒陰，三年不言。」記曰：「高宗即位而慈良於喪。」當此之時，殷衰而復興，禮廢而復舉。孝經曰：「昔者周公郊祀后稷以配天，宗祀文王於明堂以配上帝，是以四海之内各以其職來祭。」其所以感發天下孝敬之心者深矣。

# 一七

春官典禮多言學，六藝同歸禮統宗。
教胄秩宗原一貫，海流道德富三雍。

六經之道同歸，而禮、樂之用爲急。樂與禮同體，故宗伯典禮，而其屬有大司樂，職掌特重。且學問之事皆統於春官，大宗伯、小宗伯以下，諸掌喪祭之禮及車服禮器，凡有事於禮者，皆著在禮經，禮學也；大司樂以下至司干，詩學、樂學也；大卜以下至眡祲，易學也；大史以下至御史，書學、春秋學也。聖人之學，一禮而已。大宗伯掌禮之大綱，而大司樂治建國之學政。舜命伯夷典禮作秩宗，命夔典樂教胄子，其職相須，道本一貫。漢代五經博士屬太常，自唐至我朝，凡學官考試之事皆屬禮部，猶古之遺法。周公制禮作樂，備哉燦爛。神明之式，禮修學明，濟濟揚揚，辟雍海流。道德之富，讀春官一篇，百世之下猶如或見之。

## 一八

人倫攸敘原天秩，貴有常尊賤不陵。
拔本塞源裂冠冕，禮亡學廢賊民興。

傳曰：「禮以承天，天之道也。」先王承天之道以治人之情，使君君臣臣、父父子子，貴有常尊、賤有等威，上下辨、民志定，而後智不得詐愚、勇不得威怯、強不得犯弱、衆不得暴寡，人人相愛相敬以相生相養相保，而非僻之心無自生，奇衺之行無自作，犯上作亂、爭奪相殺之禍無自起，此禮所以爲大。而君子學道則愛人，小人學道則易使，凡以講明切究乎此也。世衰道微，邪説爲暴行之先驅，舉列聖舊章而盡紊之、國家功令而盡改之。於是周公五禮、孔子六經所以率天常而維民紀，垂法後王、奠安萬世者，一旦墜地，天下昏然不由禮、不讀書，而亂賊遂横行無忌，三綱絶紐、四海倒懸，生靈塗炭、莫之能救。孟子曰：「上無禮、下無學、賊民興，喪無日矣。」痛哉言乎！

一九

水濱古磬生餘慕，司樂本經獻竇公。
安得五行文始舞，金聲玉振暢皇風。

漢書藝文志曰：「六國之君，魏文侯最爲好古，孝文時得其樂人竇公，獻其書，乃周官大宗伯之大司樂章也。」

禮樂志曰：「成帝時，犍爲郡於水濱得古磬十六枚，議者以爲善祥，劉向因是説上，宜興辟雍、設庠序、陳禮樂，隆雅頌之聲、盛揖攘之容，以風化天下。如此而不治者，未之有也。」

又曰：「高祖廟奏武[一]德、文始、五行之舞，孝文廟奏昭德、文始、四時、五行之舞，孝武廟奏盛德、文始、四時、五行之舞。文始舞者，本舜招舞也；五行舞者，本周舞也。」

案：周代六樂，漢世猶存其二，帝王禮樂不相沿襲，而皆有所因。漢代制作蓋不逮古矣，然就史臣所紀，猶可想見其盛隆，而況成周頌聲作、和樂興，金聲而玉振之者乎！

二〇

掌火堯時烈山澤，獸蹄鳥迹滅無蹤。
周官九伐分輕重，逆亂人倫誅不容。

[一] 武，底本作「五」，漢書禮樂志作「武」，音近而誤，據改。

孟子言舜使益掌火，當即司馬之職。益烈山澤而焚之，禽獸逃匿。蓋天地之性人爲貴，鳥獸之害人者，勢不得以不去也。周禮大司馬九伐之法有輕重，而終之曰：「外內亂，鳥獸行，則滅之。」夫天之愛民甚矣，然人而逆亂人倫，行如鳥獸，則自絕於天，天即以禽獸待之。雖至仁哀矜，無所施教，有殄滅之，無俾貽害於人類而已。此正聖人體天德、厚人倫，不忍人之政也。

## 二一

少長有倫師可用，晉文此語最知兵。
四時講武閑輿衛，節制精嚴衆志城。

古者止戈爲武，非以爲暴，故行軍以禮。晉文公曰：「少長有禮，其可用也。」此言最爲知兵。古今戰勝攻取之略不同，然未有師不用命、亂次以濟而不敗者。周禮四時蒐、苗、獮、狩，閑習車徒，節制精嚴，講貫有素。平日既深明孝弟忠信、與國爲體之義，臨陣又先爲不可敗以待敵之可敗，此所以衆志成城，行之以義、成之以謀，而戰無不克也。

## 二二

殷末諸侯強并弱，先王舊制漸難行。
周公封建恢疆土，形勢相維遏亂萌。

鄭君說唐虞三代封建之制，會通尚書、周官、禮記、孟子而定之，上下千古，義據通深。周禮學解紛曰：「欲定諸侯封疆之大小，必先知唐虞三代九州疆域之大小與諸侯國數之多寡。據皋陶謨云：『弼成五服，至于五千。』而禹貢五百里要服以外曰蠻夷，則要服內爲中國，方七千里。此唐、虞、夏疆域之著於經者也。書『協和萬國』，春秋傳『塗山之會，執玉帛者萬國』，此唐、虞、夏國數之略見於經傳者也。以方七千里之地，置國幾盈萬，則其國之地儉於百里、七十里、五十里可知。王制說殷制曰：『凡四海之內九州，州方千里。』又曰：『四海之內，斷長補短，方三千里。』此殷世疆域之著於記者也。又曰：『九州千七百七十三國。』此殷世諸侯國數之著於記者也。方三千里之地，置千七百七十三國，其地亦僉于百里、七十里、五十里可知。周初疆域無文。孟子曰周公封魯、太公封齊皆爲方百里，二公之封在武王初定天下時，則周初諸侯之地如殷制可知。周官職方氏：『方千里曰王畿，其外方五百里曰侯服，又其外方五百里曰甸服，又其外方五百里曰男服，又其外方五百里曰采服，又其外方五百里曰衞服，又其外方五百里曰蠻服，又其外方五百里曰夷服，又其外方五百里曰鎮服，又其外方五百里曰藩服。』王畿及九服四面相距方萬里。大行人『蠻服』作『要服』，要服下别出『九州之外謂之藩國』，則要服内爲九州，方七千里，與虞、夏同。職方氏、大行人兩文，又見周書作雒解、大戴記朝事義，此周公時疆域之見於經傳者也。孟子曰：『周公兼夷狄。』書立政曰：『其克詰爾戎兵，以陟禹之迹，方行天下，至于海表，罔有不服。』鄭君詩譜云：『周公致太平，敷定九畿，復夏禹之舊制。』非虚言也。書大傳云：『天下諸侯之來，進受命于周，退見文、武尸者，千七百七十三諸侯。』此周公時侯國之數見於傳者也。周公時九州方七千里，爲方千里者四十九，而諸侯僅千七百七十三國，若猶是百里、七十里、五十里之地，祇居方千里者九，餘方千里者四十將盡以爲閒田乎？周公時疆域與夏同，而國數與殷同，則其國之大小必與前古迥異。孟子説周室班爵禄云百里、七十里、五十里者，本據周初言。諸侯受地三等，自唐、虞迄周初千載成法。但夏、商以來諸侯漸相吞并，至周初大國當不下方四五百里，小國亦至百里。武王、周公不能無故削之，而封建親戚以藩屏周。若使以蕞爾之國攝乎大國之間，一再傳後，必不祀忽諸。武王末受命，規模草創未定；周公爲久遠計，不得不因時立制，就其地之大小別其爵等，而周所新建之諸侯則準其爵而益之地。所謂公方五百里、侯方四百里云云者，就當時已定之爵地言。而孟子言班爵禄，及諸書所論侯國之制，多據始封，不據繼增，宜其與周官不相應，所謂言各有當也。禮時爲大，周之興也，諸侯不期而會孟津者八百，天下既定，豈能反削其地？且聖人以爲苟能治其民，亦安用削之？商、周之際，夷狄漸強，大封諸侯，亦所以禦外安内。公五百里、侯四百里之等，實當時封建之良法。至孟子時則諸侯放恣，大者五六千里，小者亦一二千里。有王者作，非盡革滅之，不能爲治。如不廢封建，亦必復周初以前之本制，故魯方百里者五，亦必在所損。孟子此言，乃通達時勢之言，非不知掌故之言。後人或據周禮駁孟子，或因孟子疑周禮，皆失之矣。」

二三

夏、商百里稱千乘，周室公侯拓地多。
推校周書、司馬法，方知軍制不同科。

夏、殷及周初諸侯大國百里，周公制禮則公五百里、侯四百里，而書、傳通謂之千乘之國。夫以公侯四五百里計，六十四井出一乘可也，若百里而出千乘，則十井一乘，其虐甚於丘甲，民何以堪？先王之制豈其若是？黄先生以周禮書通故以逸周書、司馬法與周禮相推校，乃知古二十五人爲一乘，周以七十五人爲一乘，乘法截然不同。又周禮畿内諸侯大國不過百里，其乘法與古同，而與外諸侯異。又以徵調之法爲出賦之法，故司馬法論軍乘二法，人數多少迥異，鄭注分別引之。元弼周禮學引申師説甚詳。三代聖王因時制宜，恤民之仁一也。若耗竭民力以圖黷武，有弗戢自焚而已。

## 二四

先王弧矢定天下，六耦三侯威不寧。
大射儀歸司馬掌，誰言軍禮缺專經。

射人：「以射灋治射儀，王以六耦射三侯。」又曰：「若王大射，則以貍步張三侯。」考工記梓人祭侯辭曰：「惟若寧侯，毋或若女不寧侯，不屬于王所，故抗而射女。」禮大射經曰：「射人戒諸公卿大夫射，司士戒士射。」注云：「射人、司士皆司馬之屬。」又曰：「前射三日，宰夫戒宰及司馬。」

案：先王以弧矢之利威天下，所以禁暴止亂，使生民無弱肉強食之禍也。然凡有血氣皆有爭心，禁暴由此，爲暴即由此，故軍必以禮行之。射以觀德，必使容體比於禮、節比於樂，夫然後天下無事則用之於禮義，天下有事則用之於戰勝。用之於戰勝則無敵，用之於禮義則順治。大射之禮掌於司馬，嘉禮即軍禮也。今禮十七篇，射禮居二，則五禮大略已具。射禮升降揖讓進退之節委曲繁重，井然不亂，即以兵法部勒之意。安不忘危，思患而豫防之，於此見矣。

## 二五

僕、右、虎賁惟吉士，兼資文武取人才。
懸弧早識子臣鵠，習射禮容問曲臺。

大僕、司右、虎賁氏，皆王之近臣，職掌侍從，且備禦非常。周公作立政重其官，曰：「虎賁、綴衣、趣馬，左右攜僕，其惟吉士。」蓋古者六藝之教，禮、樂與射、御並重，造就人才，兼資文武。禮，男子生，以桑弧蓬矢射，示有事於天地四方。而爲人臣者以爲臣鵠，爲人子者以爲子鵠，深明忠孝大義，故功成而德行立，上以捍衛君親、下以保乂百姓，達禮定分，折衝禦侮，其用一也。漢世行禮射於曲臺，抑亦澤宮擇士之遺意乎？

## 二六

詰爾戎兵陟禹迹，穆王猶述職方篇。
山川形勢兵家要，因敵制宜策萬全。

書立政曰：「其克詰爾戎兵，以陟禹之迹，方行天下，至于海表，罔有不服。」蓋周公致太平，敷定九畿，當志其疆域。而用兵之道，必先知山川險要、道路通塞，而後因敵制宜，百戰不殆。故周禮司馬之屬有職方氏之官，至穆王時猶述之，見逸周書。其序曰：「王化雖弛，天命方永；四夷八蠻，攸尊王政。作職方。」職方制於周公，而云穆王作者，汪氏中述學舉左傳稱召穆公作常棣爲例，謂申其告誡、俾舉其職是也。

## 二七

伯夷降典折民刑，刑律根源出禮經。

倫紀分明刑罰中，服圖百代炳丹青。

書曰：「伯夷降典，折民惟刑。」又曰：「明于刑之中，率乂于民棐彝。」言明刑以助彝倫也。夫子説正名曰：「名不正則言不順，言不順則事不成，事不成則禮樂不興，禮樂不興則刑罰不中。」禮大傳曰：「人道親親也，親親故尊祖，尊祖故敬宗，敬宗故收族，收族故宗廟嚴，宗廟嚴故重社稷，重社稷故愛百姓，愛百姓故刑罰中。」此刑典之本也。先王化民以禮，禮者，則天經地義以爲民坊，使人日徙善遠罪而不自知者也。其有昏頑下愚，禮教所不能化，於是明刑以警覺之。天敘有典，天秩有禮，天討有罪，出乎此則入乎彼。刑者，必其自絶於禮，天理不能容、人情無可原者，而後與衆棄之。故刑之原出於禮，喪服圖爲刑律輕重之準。自漢律、唐律以及我大清律，欽恤精意，靡不由之，是百王之所同、古今之所壹也。近世包藏禍心之徒乃簧鼓邪説、顛倒彝倫，舉舊章而盡紊之，於是上下無等、男女無别，逆案迭出、淫道公行，而民無所措手足矣。撥亂世反諸正，其必自講禮明倫，使人知禁懷刑，不忍自棄其身於大惡始。

二八

司寇行刑君不舉，要將逆惡付焚殘。
春秋他日申王法，亂賊能無心膽寒。

司寇行戮，君爲之不舉，哀矜惻怛若此之深。而周禮「放弒其君則殘之」，又曰「凡殺其親者焚之」，刑法之嚴又如此。蓋人倫大變天地不容，不得不處以極刑，深塞逆源。周室衰微，王綱絶紐，弒逆大惡往往而有，人道絶矣。孔子作春秋，秉周禮、申王法，奉王以治天下，而後順逆明、是非正，亂臣賊子當伏焚殘之誅，無所逃於天地之閒。故曰：「春秋，天子之事也。孔子成春秋而亂臣賊子懼。」

二九

秋官諸職分刑禁，刑治已然禁未然。

杜漸防萌赦災眚，獄城圜象好生天。

李氏光地曰：「秋官主刑設官，而禁副之。大司寇總掌刑禁之典法，小司寇佐理刑而爲刑罰獄訟之總司。士師佐用禁而爲羣獄訟之總司。獄官先刑官而設，鄉士、遂士、縣士、方士、訝士爲羣獄訟之分司，皆士師屬。以地次之，羣地之獄訟皆斷弊於朝，故朝士後之。獄訟既弊，次以司民者，見民者天之所司、王之所敬，刑罰不可不中也。獄成不可易，有五刑以麗其辟，故次司刑。有刺宥以附于刑，故次司刺。自此以下，刑官具矣。雖然刑非得已也，貴用禁，故下皆以禁官次之。禁其大凡，則布憲通禁於天下；禁其非常，則禁殺戮、禁暴氏嚴禁于國中。刑尚寬、禁尚密，刑有所不及、禁無所不至，自野廬氏至修閭氏八職，外而道路、内而里閭，靡事不有禁。設蜡氏、雍氏、萍氏、司寤氏、司烜氏、條狼氏于中間，所以使行者無害、死者有主，陸走者無險阻、水浮者不没溺。時其宵晝行止，節防其焚灾，除其不蠲。禁行至此，可謂大細不捐，禁官具矣。自冥氏至庭氏十二職，草木鳥獸爲民害者驅而除之，義之盡也，是刑官之餘也。繼以銜枚氏司囂者，無端歌哭、雜氣妖聲，不祥也，弭而消之，仁之盡也，是禁官之餘也。於是刑禁畢。次以伊耆氏者，民安物阜，收秋養之成也。」

案：刑治之於已然，而禁防之於未然。刑者侀也，侀者成也，一成而不可變，死者不可復生，斷者不可復續。且民之所以陷於罪者，皆由失養失教，無恆産、無恆心，誰爲民父母而使赤子入井？故周禮刑官必先以獄官，詳審聽斷，悉其聰明、致其忠愛，哀矜勿喜，以求其情。而又每事每處備設禁官，防微杜漸，俾民不迷。又圜土之法收教罷民，過失雖麗於法，不忍遽刑，務欲化惡爲善，並生而並育之，故秋官之中藹然春意存焉。鄭君注小司寇云：「用情理言之，冀有可以出之者。」又注地官比長云：「圜土者，獄城也。獄必圜者，規主仁，以仁心求其情。古之治獄，閔於出之。」天道好生，雖春生秋殺，氣化自然，而秋曰旻天，取其仁覆閔下，此先王不忍人之心也。

三〇

滿堂飲酒盡歡娱，忍見一人泣向隅。

三法求情須内恕，一毛見挫痛知無。

漢書刑法志曰：「滿堂而飲酒，有一人向隅而悲泣，則一堂皆爲之不樂。王者之於天下，譬猶一堂之上也。」周書載文王之言曰：「如毛在躬，拔之無不知痛。」此周官以三灋求民情、斷民中之意也。禮孔子閒居曰：「無服之喪，内恕孔悲。」

三一

哀矜折獄防冤濫，刑亂須嚴非種鋤。
正是愛民如子意，不容豺虎肆當塗。

周官三刺、三宥、三赦，哀矜折獄，惟恐冤濫。而又曰：「刑亂國用重典。」蓋臣弑君、子弑父，寇攘姦宄、殺人于貨，元惡大憝，人類所同惡共棄。稂莠不除，嘉穀不殖；豺虎横行，安能聽其以人肉爲糧而不之殪乎？此刑典所以於此獨嚴也。

## 三二

察情弼教制民中，嘉石平罷肺達窮。
束矢鈞金非獄貨，墨昏罪與殺人同。

大司寇「以嘉石平罷民，以肺石達窮民」，則閭閻患苦無不察知，鰥寡隱痛無不上聞。而又有入束矢、鈞金禁民獄訟之瀆，易噬嗑之四曰「得金矢」，其五曰「得黄金」，蓋兩造皆入矢若金。直者歸其所入，而又得不直者之所入，此所以抑無情者誣善健訟之風，非遏訟而爲有司利也。書曰：「獄貨非寶，惟府辜功，報以庶尤。」左傳引夏書曰：「昏、墨、賊、殺。」古懲治貪墨如此其嚴。近世邪説亂政，乃有取訟費之事，而訟棍利人家難、索詐無厭，如封豕長蛇，尤可駭歎，皆刑典所不容誅者。

三三

天子當陽均四海，正刑考禮肅羣侯。
覲時請事天威懍，是用大行官屬秋。

李氏光地曰：「大司寇以所建之三典頒布天下邦國，使施行之。而邦國諸侯奉法守紀，惟恐干王刑典之誅，故于朝覲會同日肉袒請刑。而王者亦因其無事，與之修賓客之禮。于是大行人、小行人、司儀之官從之而設。」

案：朱子謂覲禮「侯氏肉袒告聽事」，所謂懷諸侯則天下畏之，此大行人以下諸職所以屬秋官也。賓禮尊嚴，亦其義類。

三四

唐、虞以上重共工，禹作司空抑洚洪。

百姓與能成器立，開天創物聖人功。

易曰：「備物致用，立成器以爲天下利，莫大乎聖人。」又曰：「以制器者尚其象。」又曰：「庖犧氏王天下，作八卦，通神明之德，類萬物之情。」因説作結繩爲網罟及神農爲耒耜，黄帝、堯、舜通變神化作衣裳、舟楫等九事。蓋形而上者謂之道，形而下者謂之器；道者器之本，器者道之用。道者，天地生生之大德也；器者，人所以繼天地而相生之具也。伏羲作八卦，黄帝、堯、舜通變神化，道也；網罟、耒耜、衣裳、舟楫之等，器也。洪荒之世，水土荒沈，人民稀少，無衣食器用之利。聖人先知先覺，先得人心之所同然。其仁足以合天下之愛敬，其智足以發天下之聰明，開闢草昧，創制顯庸，百工之事皆聖人之作而百姓與能。自伏羲作網罟後，有共工氏霸九州，其子曰勾龍，能平水土，後因以共工爲官名。唐、虞以上特重其職，堯使禹爲之，更命曰司空，遂抑洪水而天下平。三代司空之職列於六卿，工事皆統焉。蓋平地成天，利用厚生，非工不立。智者創物，巧者世守，所以使人相生相養、禦灾捍患。孝子以事其親，忠臣以事其君，聖人以普其德，凡民以安其業。人不能須臾離道，即不能須臾離器，天下古今之通義也。但古之制器也與道合，故其器皆以生人，雖殺人之器皆以生道用之；今之制器也與道分，故其器多以殺人，雖生人之器皆有爭心殺機寓乎其閒。中國開闢最早，使逞其機心，窮極巧變以爲殺人利器，恐生民久無噍類矣。司空之職，蓋本道以爲器，如中庸所謂「來百工則財用足」者，其法度具在於是，考工記特其一端。然制作推本聖人，法象取諸天地，器用務利民生，道器一貫亦可得而見矣。

三五

周禮六官竟闕冬，千金懸購恨無從。
考工足補司空職，大雅河間勝魯恭。

漢書河間獻王傳稱獻王所得書皆古文周官之屬。

釋文敘録：「或曰河間獻王開獻書之路。時有李氏上周官五篇，失事官一篇，乃購千金不得，取考工記以補之。」

陳氏澧曰：「考工記實可補經，何必割裂五官乎？作記者以一人而盡諳衆工之事，此人甚奇特。且所記皆有用之物，不可卑視之。惟其卑視工事，一任賤工爲之，以致中國之物不如外國，此所關者甚大也，今時乃頗悟之矣。」

案：日省月試，既禀稱事，所以勸百工也。曰省曰試，所謂考也。後世工事無考，一任賤工爲之，其人既不足與於道，其志又不在善其器，偷惰苦窳，苟逐微利而已。即有明君賢相振作一時，而所以備物致用、立成器者，無歷久不敝、隨時日新之法，是用中國日趨貧弱，外侮得而乘之。獻王以考工記補冬官，一若豫見後世之弊，而使儒者知道器合一、體用相資、實事求是，勿徒託空言者。史稱之曰：「夫惟大雅，卓爾不羣。」其表章經傳，垂法將來，豈但與魯恭得書壁中同語已哉！

三六

文辨等威武即戎，作車一器聚羣工。

車工必自察輪始，萬古旋機運不窮。

禮器莫重於車，兵器莫要於車，故一器而工聚者車爲多。車所以行由輪，故察車自輪始。陳氏澧曰：「記以輪爲首，有旨哉。古人以輪行地，今外國竟以輪行水，且西洋人奇器圖説所載諸器多以輪爲用。算法之割圜，輪之象也，其理微矣。」

案：日月以輪轉，易之坎、離象日月，又象水火，坎、離交而爲既濟、未濟。二卦皆言曳其輪，此即以火運輪行水之理。天地之間、往古來今，無非機旋輪轉，在以道御之而已。

三七

日月雙輪繞地隅，北辰居所定天樞。
人心亦復機輪轉，衡軸居中能正無。

李康運命論曰：「天動星迴而辰極猶居其所，機旋輪轉而衡軸猶執其中。」此觀象可以見心、即器可以悟道。

## 三八

金泥玉檢出山巖，李氏書歸祕府函。
弟子五傳皆未見，更生別録大書銜。

賈氏公彥序周禮廢興引馬融傳曰：「秦自孝公以下，用商君之法，其政酷烈，與周官相反。故始皇禁挾書，特疾惡，欲絶滅之，搜求焚燒之獨悉，是以隱藏百年。孝武帝開獻書之路，既出於山巖屋壁，復入于祕府，五家之儒莫得見焉。至孝成皇帝，達才通人劉向、子歆校理秘書，始得列序著于録、略。」元弼禮經纂疏序曰：「周官後出者，六典本天子所秉以治天下，諸侯不得用，不在樂正四術之内。孔子問禮之後，儒者始得聞。然後學或未通習，故今禮記雖兼記經、曲，而除雜記贊大行、朝事儀述典命諸職外，皆説威儀三千爲多。蓋焚坑之後其傳泯焉，尚有孤本出於山巖屋壁，則天之未喪斯文也。」

案：周禮出於山巖屋壁，由李氏上之河間獻王，以達於漢朝，遂歸祕府。五家之儒，謂高堂生、蕭奮、孟卿、后倉、戴德戴聖。鄭君六藝論所謂五傳弟子，自漢初以來傳禮者。然武帝時諸儒議禮頗采周官，則孟卿、后倉等未必不見，但未傳習耳。馬云「達才通人劉向、子歆」，以達才通人目子政，并及其子歆也。録、略謂子政別録及歆七略也。子政每校一書，輒條其篇目、撮其指意，録而奏之，自署光禄大夫臣向銜名於末，今尚存戰國策、荀子等序，惜序周官之篇亡耳。

三九

表章周禮向非歆，豈有亡新增竄文。
臨碩、何休雖論難，齊東野語未之聞。

陳氏澧曰：「馬融傳云：『孝成皇帝時，達才通人劉向、子歆校理祕書，始得列序著于録、略。時衆儒以爲非是，唯歆獨識，其年尚幼。』據此則周禮得列序著録，由於劉向，其時劉歆尚幼也。後儒因劉歆而詬厲周禮者，誤也。」

又曰：「史記封禪書云：『上與公卿諸生議封禪，羣儒采封禪尚書、周官、王制之望祀射牛事。』漢書藝文志云：『河間獻王與毛生等共采周官及諸子言樂事者以作樂記。』賈公彦序周禮廢興引馬融周禮傳云：『孝成皇帝時，衆儒並出共排，以爲非是。』蓋西漢儒者始則信周禮，後乃排之耳。賈又云：『林孝存以爲武帝知周官末世瀆亂不驗之書。』此説非也。武帝以爲瀆亂，羣儒尚采之乎？」

案：子政校周禮，即已録而奏之，時歆年尚幼，去莽篡時甚遠。且歆但有助莽篡逆之罪，並無改竄古書之罪，漢人所共知。當時不信周禮者，林孝存不過以爲瀆亂不驗，何休不過以爲六國陰謀，其言固皆不足信，然從未有以爲莽、歆增竄者。後儒歸獄亡新，直齊東野語，無稽不更之尤者耳。非聖誣經，貽禍後世，其極至於康有爲新學僞經考而天下大亂起矣。

## 四〇

劉歆助莽飾奸謀，事與周官風馬牛。
考古何嘗無一是，國師悖逆戒千秋。

劉歆助莽文飾奸謀，與周官絶不相涉，非但如風馬牛不相及而已。歆承名父之後，高才多聞，考古何嘗無可取？惟其熏心富貴、患得患失，遂致自反所學，悖逆君親，爲莽國師，播惡千秋，卒亦身陷刑戮，先莽而誅。始雖乘馬，終必泣血，讀書萬卷，不識忠孝字，此學者之大戒也。漢書以歆表章古學，事附子政傳後，而助莽事皆入莽傳，蓋絶之於其父也，史筆之嚴如此。

## 四一

周禮古文同孔壁，字多叚借義難明。

子春九十能通讀，曠代耆英比伏生。

漢志有周官傳四篇，不著撰人姓名。其得列序著録由劉子政，而發疑正讀、使文從字順則始杜子春。陳氏澧曰：「馬融傳云：『河南緱氏杜子春，永平之初年且九十，能通其讀，鄭衆、賈逵往受業焉。』杜子春當生於西漢成帝初年，東漢經師之最先者。周禮出於山巖屋壁，子春獨能通其讀，首創之功甚大。其説見於鄭注中者百餘條，皆辨正文字音讀，當時讀周禮之難在此也。」

案：漢初有伏生而書傳，後漢初有杜子春而周禮傳，皆以大年當斯文絶續之際，天爲聖經篤生耆英，一髮千鈞，所繫至重。書古文與周禮皆出壁藏，然書自伏生所傳外竟絶無師説，而周禮獨賴子春以通。濟南、緱氏，並壽萬古矣。

## 四二

二三君子著文章，鄭序諸家學並昌。

洪雅多聞傳杜業，賈精鄭博有專長。

鄭君周禮序曰：「世祖以來，通人達士大中大夫鄭少贛名興，及子大司農仲師名衆、故議郎衛次仲、侍中賈君景伯、南郡太守馬季長，皆作周禮解詁。玄竊觀二三君子之文章，可謂雅達廣攬者也。」馬融傳曰：「衆、逵洪雅博聞，以經書記轉相證明爲解。」案：鄭序並列二鄭、衛、賈、馬諸家解詁，而二鄭、景伯親受業子春，其學尤爲世所重。季長嘗謂賈君精而不博，鄭君博而不精，今賈侍中書已亡，鄭司農説則鄭君多從之，其精可知矣。

四三

鄭大夫，河南人，釋文敘録謂與子仲師並受業子春。

扶風自詡精兼博，高密惟徵二鄭文。

正讀發疑信多善，浮辭竹帛省紛紜。

季長論鄭、賈之學皆有未滿，而以既精既博自詡。然鄭君引其説絶少，惟備載二鄭説而贊辨之。竊意諸家之中，鄭、賈爲優，而賈書行世尤顯，故鄭君特表章二鄭以成家世所訓。或仲師之義視侍中更爲精密，故鄭君擇尤善者取之。

陳氏澧曰：「鄭君之讚辨二鄭也，其説云：『玄竊觀二三君子之文章，顧省竹帛之浮辭，其所變易，灼然如晦之見明；其所彌縫，奄然如合符復析。疑當作「析符復合」。斯可謂雅達廣攬者也。然猶有參錯，同事相違，則就其原文字之聲類、考訓詁、捃祕逸。謂二鄭者，同宗之大儒，明理于典籍，粗識周官之義，存古字，發疑正讀，亦信多善，徒寡且約，用不顯傳于世。今讚而辨之，庶成此家世所訓也。』澧嘗論之曰：『自非聖人，孰無參錯？前儒參錯，賴後儒有以辨之。辨其未明者而明者愈明，辨其未合者而合者愈合，故足貴也。然辨其參錯，不可没其多善。後儒不知此義，讀古人書，辨其參錯，而其多善則置之不論。既失博學知服之義，且開露才揚己之風。此學者之大病也，由失鄭氏家法故也。』」

案：此説深得先師碩意。

四四

金和玉節氣如春，鄭序溫文養德純。

清廟明堂彝鼎重，兵家矛戟豈同倫。

陳氏澧曰：「讀鄭君周禮序，所謂如入宗廟，但見禮樂器；讀何邵公公羊序，則如觀武庫，但睹矛戟矣。鄭學非何所及，可於兩序見之。」

案：鄭君進退容止非禮不動，故發爲文辭春容大雅如此，讀之可想見其學養之純。

四五

確知周禮出周公，遍覽羣經能折衷。

博大精深臻極軌，彌縫變易義條通。

賈氏敘周禮興廢曰：「林孝存作十論、七難排棄周禮，何休亦以爲六国陰謀之書，唯有鄭玄遍覽羣经，知周禮乃周公致太平之迹，故能答林碩之論難，使義得條通。是以周禮大行，後王之法。易曰：『神而化之，存乎其人。』此之謂也。」

案：鄭君因二鄭之義，貫通羣經，闡揚大典，先王經世宏綱細目燦然分明，其所變易則晦者無不明，其所彌縫則歧者無不合，義據通深，斯爲極軌矣。

# 四六

令升注義康成亞，劉、李遺音僅有存。

賈氏與修禮記疏，周官典制更專門。

釋文敘録：干寶周禮注十三卷，又李軌、劉昌宗、徐邈、戚衮、沈重作周禮音。

案：令升尊信鄭君，佚注零文義多精善。劉、李等舊音並見釋文。賈氏公彦承六朝諸儒之學，貞觀中與修禮記正義，又自撰周禮、儀禮疏，皆極精核。朱子稱經疏中周禮最善，蓋制度典章考正詳備，元元本本，殫見洽聞。禮學專門，鄭君而下莫此爲盛矣。疏文傳寫訛舛頗多，在學者好學深思、心知其意，孔、賈詩、禮疏如玉山珠海，天地之美具焉。近儒或輕詆之，過矣。賈氏，洺州永年人，官太學博士。

## 四七

括囊大典惟高密，孔、賈兩賢實繼之。
朱子尤推周禮疏，憲章稽古後王資。

朱子儀禮經傳通解據周禮事别爲篇，輔以禮記，以補禮經之闕。備録鄭注及孔、賈疏，憲章稽古，源流畢貫，後王師資於是乎在。

## 四八

周官名論傳千載，隋有文中、唐太宗。
宋代程、張皆篤信，紫陽直紹鄭司農。

文中子曰：「吾視千載而上，聖人在上者，未有若周公焉。其道則一，而經制大備，後之爲政者有所持循矣。」
唐太宗讀周官以爲真聖作，曰：「不井田，不封建，而欲行周公之道，不可得也。」
程子曰：「有麟趾、關雎之意，然後能行周官之法度。」
張子曰：「周禮是的當之書。」
朱子曰：「周禮大綱是要人主正心、修身、齊家、治國、平天下，使天下之民無不被其澤，又推而至于鳥獸草木，無一不得其所而已。不如是，不足以謂之裁成輔相、參贊天地。」

案：英明之主，名世之賢，其識皆大過人，故能知前聖制作之盡善。伊川、横渠並尊周禮，而朱子禮學直紹鄭君，故治禮無漢學、宋學之分，在實事求是、體心踐履以達之天下而已。

四九

周公典法孰能行，治比成、康惟聖清。
天子右文親議禮，羣儒蔚起應休明。

周官典法曠代不行，惟我朝列聖體堯舜執中、文武緝熙敬勝之德，重熙累洽，致成王、周公禮樂交通、太平雅頌之盛。凡所以經緯天地、裁成萬物者，無一不與周官精義相符。恭讀欽定三禮義疏，可以知先聖後聖之一揆。善法古者，通變神化，使民宜之。而羣言折中，妄疑古經之邪説不待辯而息。鄭氏有言，作禮樂者，必聖人在天子之位。高宗純皇帝稽古右文，極千載一時之盛，是用海内名儒應運而興。通達治體，潤色鴻業，禮書巨編，重規疊矩，至今不衰，蓋聖學所興起者遠矣。

## 五〇

慎修舉要真知要，禮説瑾瑜閒匿瑕。
撝約、輔之多妙義，精金玉色見平沙。

江氏爲禮學大宗，周禮疑義舉要提綱挈領、文約指明。惠氏禮説精義固多，未免瑜不掩瑕，蓋闡明鄭學，猶大輅椎輪也。金氏禮箋、孔氏禮學卮言説周禮皆有極精處。説文曰：「鎏，金之美者，與玉同色。」精光寶氣，湧見平沙，不可掩抑，吾爲讀二家書者取譬。

江先生永，字慎修，安徽婺源人，歲貢生，所著書皆極精博純粹，禮書綱目尤足紹鄭君、朱子之業，以其學授戴氏震、金氏榜。

惠先生士奇，字仲孺，號天牧，一號半農，官翰林學士，著易説、禮説、春秋説。互見述易詩注。

金先生榜，字蘂中，又字檠齋，號輔之，安徽歙縣人，官翰林院修撰。著禮箋十卷，今行世僅三卷。聞故友費氏念慈云：「老輩相傳箋文甚多，今本特摘取與鄭注異義者耳。」若然，則全書申鄭者多矣，惜皆未刊也。張皋文祭金先生文云：「箋禮九篇，以鄭正鄭；惟其匡救，是謂篤信。」可謂得師意者。箋文雖不盡確，而引據詳明、立言矜慎，迥非後之金誠齋可比。

孔先生廣森，字撝約，又字衆仲，號顨軒，山東曲阜人，受學戴東原，爲公羊大師，又有大戴禮記補注，甚約而精。

## 五一

有田皆井井皆禄，孤詣苦心惜冠雲。

軍賦更爲厲民説，西莊此義背經文。

元弼嘗書周官禄田考、周禮軍賦説後曰：「周官，先王政典也，備物致用，立成器以爲天下利。其綱紀法度布在諸職，往往一官不能獨舉，衆官聯事舉之。治此經者，必錯綜參伍，類聚羣分，原始要終，旁通午貫，然後可以見其措正施行之敘，以爲後王取法之資。鄭君作注，説一事必貫通全經。六朝諸儒義疏及唐賈氏因其法。前此班孟堅漢書諸志，後此杜君卿、馬貴與之書，述周官制度皆能兼綜條貫、觀其會通。國朝江慎修疑義舉要文約而理博，金輔之禮箋、孔撝約巵言亦信多善。而其專考一事、條分縷析，莫詳於沈果堂、王西莊之論禄田、軍賦。傳曰：『君子學以聚之，問以辯之。』不聚則不能辯，是二書者，其聚而辯之之準式歟。雖然，吾有譏焉，周官有井田、有溝洫、有禄田、有采地，不相蒙也。沈氏胥天下之井田而井之，於經乖。且胥天下之井田而禄之，不知禄與采之分。如此則萬民九正之貢，公家所入幾何？設有軍旅及非常興作，經費於何取之哉？什一而税，天下之中正。載師所謂無過十二云者，包雜税而言之。王氏不知此，又從十二層累加之，至於十而取三、十而取四。噫，是以後世業主之法論周官正供也，何以異於秦人太半之賦？且何解於無過之文哉？取民之厚如此，將旦夕叛亂之不暇，而何有於頌聲作、囹圄虚，長治久安，奠八百年之祚哉？由沈之説，不可爲國；由王之説，不可爲民。國民交病，謂周公之制然乎哉？沈氏駁鄭，王氏申鄭，要其爲未探碩意一也。夫言出於常人不必辯，言而出於經師，且二書分類考核之法足以示學者津梁，恐習焉而誤信其説，故亟辯之，俾後之君子得以去瑕取玖，且知窮經務以達政、考古必求致用。沾沾文句、致遠恐泥，精義利用、擇善而從，乃爲通儒之學爾。」

沈先生彤，字冠雲，號果堂，江蘇吴江人。事親以孝聞，博學通識，與惠松崖友善。所著尚書小疏、儀禮小疏、果堂集等考論多精確，惟禄田考甚難而非。王先生鳴盛詳述書注。

五二

漢志周官傳四篇，著書必在向、歆前。
通人容甫徵文確，東塾補苴義少偏。

漢書藝文志有周官傳四篇，本別録、七略舊文，則其書必子政以前人爲之，如大戴記之夏小正傳不著撰人名氏。經六篇而傳止四篇，則其文甚簡，作者時代必近古。或七十子之遺，獻王得經並得之；或獻王與毛生等所撰，略釋訓詁、舉大義。蓋周官師説有自來矣。

汪氏中述學周官徵文曰：「漢以前周官傳授源流不詳，故爲衆儒所排。中考之于古，凡得六徵：逸周書職方解即夏官職方職文，據序在穆王之世，云『王化雖弛，天命方永，四夷八蠻，攸尊王政，作職方』，一也；藝文志：『六國之君，魏文侯最爲好古，孝文時得其樂人竇公，獻其書，乃周官大宗伯之大司樂章也』，二也；太傅禮朝事載秋官『典瑞』『大行人』『小行人』『司儀』四職文，三也；禮記燕義，夏官『諸子職』文，四也；諸、庶字通。内則『食齊視春時』以下天官『食醫職』文，『春宜膏豚膳膏薌』以下『庖人職』文，『牛夜鳴則庮』以下『内饔職』文，五也；詩生民傳『嘗之日，莅卜來歲之芟』以下，春官『肆師職』文，六也。遠則西周之世王朝之政典、大史所記及列國之官世守之以食其業，官失而師儒傳之，七十子後學者繫之于六藝。其傳習之緒明白可據也如是，而以其晚出疑之，斯不學之過也。或曰：『周官周公所定，而言穆王作職方，何也？』曰：賦詩之義，有造篇、有述古，夫作亦猶是也。召穆公糾合宗族于成周而作常棣之詩，則述古亦謂之作，詳職方、大司樂二條。知周官之文，各官皆載其一以爲官灋，故每職之下皆繫曰掌。而太宰建之以爲六典，則合爲一書，穆王作之，特申其告誡，俾舉其職爾。若夫古之典籍，自四術以外，不能盡人而誦習之，故孟子論井地爵禄，漢博士作王制，皆不見周官，案：孟子論爵禄據周初言之，論井田則固與周禮合，詳前。不可執是以議之也。古今異宜，其有不可通者，信古而闕疑可也。」

陳氏澧曰：「禮記雜記下『贊大行曰』云云，鄭注云：『贊大行者，書説大行人之禮者名也。』孔疏云：『周禮有大行人篇，舊作記之前有人説書贊明大行人之事，謂之贊大行。』郊特牲『縮酌用茅，明酌也』云云，孔疏云：『此一節記人摠釋周禮司尊彝涗二齊及鬱鬯之事。』考工記賈疏云：『此記人所録衆工，本擬亡篇六十而作。』大司馬『中冬教大閲，羣吏聽誓於陳前。』鄭注云：『月令：季秋天子教于田獵以習五戎，司徒搢扑北面以誓之。此大閲禮實正歲之中冬，而説季秋之政，於周爲中冬，爲月令者失之矣。』贾疏云：『呂不韋以爲此經中冬爲周之中冬，當夏之季秋，是失之矣。』據此四條，周禮若非周室典制，作禮記者何必贊之釋之，作考工記者何必擬之。且呂不韋作月令本於周禮而猶有失，則周禮必遠在呂不韋之前，此皆足徵周禮是周室典制。」

案：二說皆極是，惟陳氏以周禮爲周代之制，大體本於周公，容有後王增修者，其論雖通，然不如汪氏信古闕疑之說，尤爲無弊。

汪先生中，字容甫，江蘇江都人，拔貢生，好古博學善屬文。

五三

圖注考工戴最明，伯元車解少年成。
易疇小記殊穿鑿，子尹輪輿抉剔精。

戴東原考工記圖翼贊鄭學，最爲明白。阮文達車制圖解，自言作時年二十四，鄭子尹譏其疏舛，蓋服官中外，未暇沈潛反覆、詳密更定。程易疇考工創物小記務與鄭立異，百端穿鑿，私勝之蔽，或矛盾自陷。子尹作輪輿私箋，一一駁而釋之，批郤導窾，冰解的破，鄭義昭然復明。程氏自言多見古器，據以立説。元弼嘗與張文襄公言及此，公曰：「古器制度不盡同，以愚所見，有與鄭合者，亦有與程合者，未可舉此而廢彼也。」然則鄭注既本師傳，又據目驗，漢世去古未遠，所見禮器必較今爲多。况如輪、輿、輈之度數，子尹所推，鄭義固精密無一誤，不待徵諸晚出古器而後信乎。鄭君精九數，東原、子尹皆善算術，故能究其微。

程先生瑤田，字易疇，安徽歙縣人，受學慎修江氏。其人立品甚善，題所居曰讓堂，然著書則其言不讓，蓋未能去一矜字，克伐不行，聖人固以爲難也。

鄭先生珍，字子尹，貴州遵義人，著輪輿私箋、儀禮私箋、巢經巢經説等，皆甚精善。

# 五四

矜言創物鄭爲讎，九穀辨名卻不侔。

溝洫圖成疆理法，不慚名字易田疇。

程氏考工创物小記力求破鄭，如攻寇讎，而九穀考則據鄭注辨晰詳明，與此不侔。溝洫疆理小記義亦多善，易其田疇，足與其名字相應矣。

五五

周官豈比逸周書，君子不知蓋闕如。

淩氏一言爲不知，通人猶蔽況其餘。

淩次仲禮經大師，而校禮堂文集有比周禮於逸周書之説，則謬誤殊甚。君子一言以爲知，一言以爲不知，精通如淩氏，猶有此蔽，餘更何責哉。

淩先生廷堪，字次仲，安徽歙縣人，撰禮經釋例，精熟貫穿，罕與爲比。惜有此失言，故亟正之。

五六

音理窮源段茂堂，原文聲類考精詳。
千年漢讀茫難辨，一旦探驪得夜光。

段氏爲小學大師，審别音理，極深研幾。周禮漢讀考於鄭注讀如、讀爲、當爲三例剖析毫芒、同條共貫，自賈疏以來千載未發者一旦如明月夜光照耀昏夜，深得鄭君就其原文字之聲類考訓詁之神旨。蓋就其原文者，順其上下之文而讀之，字如此而義不如此，則知其爲叚借，或聲誤字，所謂不以字妨經也。字之聲類者，既知其爲叚借，若聲誤則當於其字之聲類求之，而後知某字確爲某之借、確爲某之誤，而不以音理不相涉之字代之，所謂不以經妨字也。如是則訓詁當而經文明矣。餘詳自序。

## 五七

周官禘樂無商調，上古雲韶響久沈。
東塾蔚成聲律考，易疇笙磬可同音。

大司樂天神、地示、人鬼三大祭樂，有宮、角、徵、羽而無商。非無商聲，無商調耳。陳蘭浦聲律通考論之甚詳，惟於鄭注之義未及闡明。程易疇好駁鄭義，而於此注各家所不能申者獨推得其意。二家之説，相兼乃具，元弼周禮學合著之。

## 五八

當年作疏記孫、王，王學通深升鄭堂。
可惜冬官同缺佚，仲容發藻獨流光。

元弼弱冠前聞並世疏周禮者，有世丈王苇卿先生、年丈孫仲容先生。又聞費屺懷前輩言王丈禮學通深，大典章制度貫穿洽熟，同人罕及。光緒壬辰，以禮經校釋就正先生，極承許可。先生立身居官正直匪懈，卓乎可師，惜年未臻大耋，書未及寫定，爲儒林憾事。孫丈書今行於世。

王先生頌蔚，字苇卿，江蘇長洲人，官内閣侍讀學士。子季烈，字君九，能世其學。白冢搆亂時官學部，羣邪搖撼，屹然不動，耿耿孤忠，矢志靡它。校定先生文爲寫禮廎遺著，傳學者。

# 五九

樸學儒師我識孫，博稽載籍少傷繁。
一篇書後申微意，政教須探大本原。

元弼年二十，應禮部試，識孫年丈於黄漱蘭師客席，論學極承器異。師授以孫丈所著古籀拾遺，稱其説以平實二字爲主。越數年，孫丈又寄示墨子閒詁，然渴望其周禮正義之出。尋聞是書卷帙浩繁，張文襄公欲令自加删裁，爲刊布之。光緒戊申，見排印本，字小。約略讀之，選言宏富，考核精詳，蔚乎盛矣。時舉世競言新政，或以周官文飾之，先生解經純乎古義，而序文推論治本似猶未暢厥旨，特作書後一篇，明古今政教不易之道以箴時失，載復禮堂文集。

孫先生詒讓，字仲容，浙江瑞安人。同治丁卯，與先君子同舉於鄉。博極羣書，尤精周禮，學者宗之。

# 六〇

漢書諸志周官傳，通典沿流考舊章。
孔子尊周鄭尊漢，本朝制度要推詳。

政治之學必通達古今，漢書諸志及通典等敘述典章經制、沿革源流燦然分明，皆不啻周官之傳。先後鄭、干令升周禮注、賈氏周禮疏多引時制況周制，古之名儒皆通達朝章國典，故坐而言即可起而行。陳氏灃曰：「讀周禮者知漢、晉、唐儒者舉今曉古之法，則當遵循之。讀周禮畢，當讀大清會典，舉國朝之制以況周禮，則周禮更顯而易見。而今制之遠有本原，亦因之而見矣。且國朝有會典，復有歷代職官表，凡今有而古無、古有而今無，與名同而實異、實同而名異者，詳爲考證，讀周禮者讀此，更瞭如指掌矣。周禮者，古之政書也，治此經者宜通知古今，陋儒不足以知之也。」愚案：此說甚當，昔孔子尊周，作春秋祖述堯舜而憲章文武，褒貶二百四十年之事，斷以周禮，故曰「春秋天子之事」，謂周天子也。鄭君尊漢，故於制度沿革必舉漢法。學者知此，則通經可以致用，立言足以垂教矣。

## 六一

荆舒變法假周禮，豈識周公方且膺。
大錯鑄成今更甚，秦焚莽篡禍相乘。

王安石假周禮行新法，舉宋代百數十年既富且教、民康物阜之天下而擾亂之，紛更祖制、排斥賢良、引用羣邪、剥削黎庶，不畏天怒、不恤人言、不顧民怨，遂致民窮財盡、羣小接踵盤結，卒成靖康之禍，使後人疑周禮爲不可行。或詆爲莽、歆增竄，此正與於亂經非聖之甚者。彼其封號曰荆、曰舒，適與魯頌「荆舒是懲」相應，是周禮之罪人，周公方且膺之矣。胡天不吊，六州之鐵鑄成大錯，前車既覆，後乃更甚。近康有爲學不及安石，而堅僻躁妄、言僞而辯，欺罔朝廷、流毒天下，遂至四海分崩、三綱横決，新莽篡竊、暴秦坑焚之禍倉猝並起，生民糜爛，乾坤或息，大亂蔓延，未知所底。而始作俑者之邪説餘毒，猶將盡圓顱方趾之民，剥其膚而喋其血，吁可悲夫！安石假周禮，有爲毁周禮，而皆以私智矜言變法。夫法非不可變，其在易每卦六爻失位者當變、得位者不可變。形而上者謂之道，形而下者謂之器，器可變也，道不可變也。其在禮，立權度量、考文章之等，可得與民變革者也；尊尊、親親、長長、男女有别，不可得與民變革者也。若安石、若有爲，直小人不法之尤者耳，何足以變法？嗚呼，宋事無論矣，我朝列聖厚澤深仁、浹民肌髓，皇祚歷年當過殷、周。孝欽顯皇后任用賢將相，戡夷大亂，宏濟蒼生；德宗景皇帝勵精圖治，明目達聰，親政之初庶績咸熙，將成中興莫大之業。遭時艱厄，不得已而通變作新，爲我民禦灾捍患。時大學士翁同龢延攬人才，既得識時務之豪傑，而康有爲以一知半解、鹵莽滅裂，亂次以濟，貽誤大政。遂爲奸臣袁世凱上誣聖主、下愚黔首，反易天常、窺竊神器之資。如堯憂洪水，四岳薦鯀，而神姦甚於共、驩，敷治未得舜、禹，五行汨陳，亂靡有定，此非獨我朝之不幸，乃萬萬生靈之大不幸，五帝三王以來中國人倫之大不幸也。昔孔子作春秋，一秉周禮。安石假周禮而廢春秋，有爲誣春秋而毀周禮，其爲貪饕權利、壞法亂紀之小人則一而已矣。

## 六二

新莽雖經到漸臺，漢家陽九未消災。
通人達士期相質，鄭序曾推世祖來。

漢書載王莽在漸臺爲漢兵所誅，然赤眉猶猖獗數年。光武立號高邑，建都河、洛，投戈講藝，天下儒者乃雲會京師。賈氏引鄭君周禮序曰「世祖以來通人達士」云云，撥亂世反諸正，時乘六龍以御天，而天下文明矣。嗚呼，盛哉！

六三

阮論明堂胡井田，番禺精義集前賢。
象刑刑象通書禮，淺闇寡聞亦附編。

阮文達公明堂論、胡竹村先生井田論卓識閎義，及東塾論周禮各條，元弼皆著之周禮學。其他各家論大典章制度，亦皆比類合誼、贊而辯之。又如尚書象刑即周禮刑象之等，淺闇之見，並附先儒之末。語在周禮學及復禮堂文初、二集。周禮之學，唐以前鄭學微言要義備載賈疏，國朝諸儒之説備載孫疏，若據二書爲本，更加探討，取其考核至精之説推闡義理、合之世用，文約指明，爲周禮通義一書則尤善矣。七十衰年，目瞑意倦，姑爲此説以諗來者。

## 復禮堂授周禮書目

### 講習書

學者治周禮當恪遵欽定周禮義疏，服膺鄭、賈，參酌羣言，列目如左：

周禮注疏見前。黄氏丕烈士禮居叢書有校宋單注本，近日有新印宋本。

周禮釋文

惠氏禮説舊刻本、皇清經解本。

江氏周禮疑義舉要舊刻本、皇清經解本。

段氏周禮漢讀考經韻樓叢書本、皇清經解本。

孫氏周禮正義排印本，梁文忠公刊近日新印本。

戴氏考工記圖初刻本、孔戴遺書本、皇清經解本。

鄭氏輪輿私箋原刻本、皇清經解續編本。

程氏九穀考、溝洫疆理小記通藝録本、皇清經解本。

金氏禮箋内周禮一卷原刻本、皇清經解本。

孔氏禮學卮言内周禮各條孔顨軒叢書本、皇清經解本。

周禮文鈔

## 參考書

惠氏周禮古義

沈氏周官禄田考原刻本、皇清經解本。

王氏周禮軍賦説原刻本、皇清經解本。

程氏考工創物小記通藝録本、皇清經解本。

阮氏車制圖解揅經室集本、皇清經解本。

孫氏周禮政要原刻本。此非孫氏極至之作，但推論古今，亦多通論，非緣飾經術、以文譎觚者比。

## 周禮學支流

杜氏通典武英殿本、廣東局刻本。

馬氏文獻通考武英殿本、廣東局刻本。

陳氏聲律通考東塾叢書本。

# 復禮堂述學詩卷五　述禮經上〔一〕

## 一

聖人制禮立人倫，大本兩端尊與親。
長長賢賢男女别，敬敷五教朗星陳。

三代之學皆所以明人倫，何以明之？曰：禮而已矣。元弼自少篤志治禮，沈研鑽極，由其數以通其義。既成禮經校釋，又覃精研思有年，提要鉤元，成禮經學。其明例篇曰：

〔一〕底本無「上」字，據體例補。

「易曰：『有天地然後有萬物，有萬物然後有男女，有男女然後有夫婦，有夫婦然後有父子，有父子然後有君臣，有君臣然後有上下，有上下然後禮義有所錯。』禮大傳曰：『尊尊也，親親也，長長也，男女有別，此不可得與民變革者也。』中庸曰：『親親之殺，尊賢之等，禮所生也。天下之達道五，曰君臣也、父子也、夫婦也、昆弟也、朋友之交也。』論語曰：『殷因於夏禮，所損益可知也；周因於殷禮，所損益可知也。』先儒以所因爲三綱五常。然則，禮之大體曰親親、曰尊尊、曰長長、曰賢賢、曰男女有別，此五者五倫之道；而統之以三綱，曰君爲臣綱、父爲子綱、夫爲妻綱，長長統於親親，賢賢統於尊尊。三者以爲之經，五者以爲之緯；五者以爲之經，冠、昏、喪、祭、聘、覲、射、鄉以爲之緯；冠、昏、喪、祭、聘、覲、射、鄉以爲之經，服物、采章、節文、等殺以爲之緯。本末終始，同條共貫，須臾不可離也，一物不可繆也。禮之所尊尊其義，天經、地義、民行，得之者生、失之者死，爲之者人、舍之者禽獸。知者知此，仁者體此，勇者强此，政者正此，刑者型此，樂者樂此，聖人之所以作君作師、生民之所以相生相養，皆由此道出也。」

今案：五大義即書所謂「敬敷五教」，孟子所謂「契爲司徒，教以人倫」。親親，父母爲首；尊尊，君爲首。而君臣之義起於父子，父子之本正於夫婦，有父子則有兄弟，有君臣則有朋友，故三綱又爲五倫之本。五倫起於父子天性而定於君臣大義，故齊景公問政，孔子對曰：「君君、臣臣、父父、子子。」人人親其親、尊其尊，則相愛相敬，無瀆姓、無奪倫、無棄信背義，人心正而萬事根本立矣。此禮之大經也。

二

先王殊世不同禮，文質隨時有變更。
惟此人倫五大義，與天無極奠民生。

先王之立禮也，有本有文。五帝殊時不相沿樂，三王異世不相襲禮，質文相變，禮之文也；父子有親，君臣有義，夫婦有別，長幼有序，朋友有信，天不變道亦不變，禮之本也。故曰：「夫禮，天之經也、地之義也，天地之經，民實則之。」又曰：「夫禮，天地之經緯，民之所由生也。」司徒之教宗伯之禮，其義一而已矣。

三

五義爲經五禮緯，節文等殺自然生。
冠昏喪祭鄉相見，曲達斯人愛敬情。

有尊尊、親親、長長、賢賢、男女有別五倫之義，而後有吉、凶、賓、軍、嘉五禮之制，以立冠、昏、喪、祭、鄉、相見諸禮之事。禮經學明例曰：「凡經十七篇：親親之禮八，嘉禮二，曰士冠禮、曰士昏禮；凶禮三，曰士喪禮、曰既夕禮、鄭目録云：士喪之下篇。曰士虞禮；吉禮三，曰特牲饋食禮、曰少牢饋食禮、曰有司徹。鄭目録云：少牢之下篇。尊尊之禮五，嘉禮三，曰燕禮、曰大射儀、曰公食大夫禮；賓禮二，曰聘禮、曰覲禮。長長之禮二，皆嘉禮，曰鄉飲酒禮、曰鄉射禮。賢賢之禮三，賓禮一，曰士相見禮；嘉禮二，曰鄉飲酒禮、曰鄉射禮。男女有別之禮一，曰士昏禮。親親、尊尊、長長、賢賢、男女有別五者皆備之禮一，曰凶禮，喪服。凡冠禮以親親爲經，而尊尊、長長、賢賢緯之。凡昏禮以親親、男女有別爲經，而尊尊、賢賢緯之。凡喪禮以親親爲經，而尊尊、賢賢、男女有別緯之。凡祭禮以親親爲經，而尊尊、長長、賢賢、男女有別緯之。凡燕禮以尊尊爲經，而親親、賢賢、長長緯之。凡大射以尊尊爲經，而賢賢緯之。凡聘禮以尊尊爲經，而親親、賢賢、長長緯之。凡食禮以尊尊爲經，而賢賢緯之。凡覲禮以尊尊爲經，而親親、賢賢緯之。凡鄉飲酒、鄉射以長長、賢賢爲經，而尊尊緯之。凡士相見以賢賢爲經，而尊尊、長長緯之。」

案：五義爲經，五禮爲緯，而每禮中五義自相經緯又如此。學者以此治禮，脉絡貫通、義理昭著，若綱在綱、如裘挈領矣。

元弼孝經鄭氏注序曰：「冠、昏、喪、祭、聘、覲、射、鄉，無一非因嚴教敬、因親教愛，讀孝經而後知禮之協乎天性、順乎人情。今謂尊尊、親親、長長、賢賢、男女有別，統言之則曰愛敬而已。夫禮，先王順天之道以治人之情，凡制度文爲、器數儀節皆以曲達斯人愛敬之情。愛敬之本出於孝，故明王以孝治天下則禮達於下，無所不行矣。」

# 四

禮文官職分爲二，並起周公攝政年。
經曲即同經緯義，體之爲聖履爲賢。

禮記禮器：「經禮三百，曲禮三千。」鄭注曰：「經禮謂周禮也，其官有三百六十；曲猶事也，事禮謂今禮也，其中事儀三千。」

鄭君禮序曰：「禮者，體也、履也。統之於心曰體，踐而行之曰履；體之爲聖，履之爲賢。」禮記卷一大題下正義。

賈氏儀禮疏序曰：「周禮、儀禮發源是一，並是周公攝政太平之書。」

禮經學解紛曰：「鄭君説周禮爲經禮、儀禮爲曲禮，經曲猶經緯也。古者凡治天下之事通謂之禮，故曰爲國以禮。春秋左氏傳自吉、凶、賓、軍、嘉而外，凡刑法政俗一切得失皆斷之曰禮、曰非禮。二戴禮記於治天下之事無不備。然則，禮者王治之通名，析言則宗伯所掌謂之禮，統言則六典皆謂之禮，故周官稱周禮。度儀禮全經時，周禮三百六十官所共之事，當事别爲篇，無所不備。朱子儀禮經傳通解、江氏禮書綱目據周禮補經，實得聖人制作本法。周禮、儀禮一從一横，交相爲用，如絲之有經緯，故曰經曲。知周爲經、儀爲曲者，周禮天子所秉以治天下，儀禮則達乎諸侯、大夫及士、庶人。太宰之職，掌建邦之六典，注曰：「典，經也、法也。王謂之禮經，常所秉以治天下。」是周禮稱禮經，經與法同義。古者禮統於官，臨事則百官各揚其職以共舉其事，周官之文蓋各官皆載其一以爲官法，三語本汪氏中。而合爲一書。則天子秉之，謂之禮經。其目三百六十，故曰禮經三百。禮經、經禮倒文，周禮爲經則儀禮爲曲。經、經也，曲、緯也；經、法也，曲、事也。周禮，官所守之法；儀禮，法所分之事。法、經也，事、緯也，事必聯衆官爲之。周禮小宰以官府之六聯合邦治，祭祀、賓客、喪荒、軍旅、田役、斂馳及凡小事皆有聯。以儀禮考之，聘禮、覲禮即賓客之聯事。如禮書綱目所補，則凡事皆有復聯。太宰以八法治官府，一曰官屬、三曰官聯。周禮以官爲紀，官屬也；儀禮以事爲紀，官聯也。官屬經也，官聯緯也。事統於官，故儀禮每曰官具、曰官饌、曰官戒。禮記説燕義則引庶子官，説朝事義則引大行人、小行人、典命、司儀諸官。鄭注説鄉飲酒則引鄉大夫職，説鄉射則引州長職。凡儀禮中職官制度無一不推本周禮，足徵周禮爲經。周禮舉行事大法，而節文次第備在儀禮。儀禮全經其文必兼倍於周禮，以司儀與聘禮較可見。其曰郊勞、致館、將幣、致饔餼、還圭、饗食、致贈、郊送之等，即儀禮分節之目。鄭注周禮往往舉儀禮實之，蓋必如儀禮所陳，而後周禮之事一一措置曲當、無毫髮憾。故孔子曰：「經禮三百，猶可能也；威儀三千，難能也。」此儀禮之所以爲曲，曲者以言乎緯之盡善也。周禮、儀禮相經緯如此。聖人之制禮也，經與曲相輔而行，周禮爲禮之綱領，儀禮爲禮之條目也。學者之治禮也，經與曲相證而明，周禮即儀禮之目録分章，儀禮即周禮之事類釋例也。治禮莫要於釋例，釋周禮之例當以三百六十官之事分類系聯之，而儀禮固然，則雖謂儀禮即周禮之釋例可也。愚初讀禮器鄭注，以經曲分屬二禮，求其説不得。厥後沈潛反覆於二經有年，又深考通解、綱目之書，確知二禮相經緯，且周爲經、儀爲緯，乃恍然悟所謂經曲者即經緯，鄭注貫通二禮爲訓，非薛瓚輩所能見及。薛瓚注漢書，説經禮、曲禮與鄭異，後人多從之，非是。而經之訓法，曲之訓事、訓屈曲，皆一以貫之矣。朱子、江氏以周禮補儀禮，蓋深知二禮之相經緯，而其法其義實已自鄭君經曲之説發之。明乎此，而後二禮之文左右逢原，同條共理，旁推午貫，豁然大通。而後世排棄周官之邪説，亦不待辨而息矣。

案：統心踐履皆兼二禮言，孔子從心不踰矩，體之爲聖也；顔子非禮勿動，履之爲賢也。詳禮經校釋。

五

孔子從周親定禮，全經當近百餘篇。
今傳士禮雖殘缺，疑是當時簡約編。

禮經學解紛曰：「禮經古當有二本，一全經、一約編。王制曰：『樂正順先王詩、書、禮、樂以造士。』文王世子曰：『秋學禮，執禮者詔之。』專言禮，則禮之全經惟士學之，天子諸侯之禮備在其中。王制又曰：『司徒修六禮以節民性。』周禮曰：『以祀禮教敬，以陽禮教讓，以陰禮教親。』於禮之中别其數與其類，則禮之約編凡民皆習之。禮不下庶人，制禮自士始，凡民所習蓋士大夫禮居多，今十七篇所以稱士禮。而天子諸侯禮亦間存一二，以明君臣之義。孔子定禮，蓋兼定此二本。禮記冠、昏諸義就士冠、士昏諸篇爲說，蓋據約編言；祭義多說天子、諸侯祭禮，則據全經言，故部居分别不相次。秦火而後，高堂生傳禮十七篇與約編爲近，淹中所得五十六篇與全經爲近。曲禮三千，度其篇數不下百餘，五十六篇固非全經。即十七篇以經記考之，亦非約編完本。何則？公食禮云『設洗如饗』，則完本當有饗禮；鄉飲酒義兼説黨飲，則完本當有黨飲禮。而今皆無之，知非完書。但冠、昏、喪、祭、朝、聘、射、鄉諸禮具在，則所缺當無幾耳。邵氏懿辰謂十七篇爲完書，雖未確而尚近理，至謂五十六篇爲劉歆作僞則誣妄甚矣。」

# 六

今禮雖餘十七篇，昭昭五義日中天。
欲閑聖道息邪説，經正民興莫此先。

淩氏廷堪復禮曰：「聖人之道，一禮而已矣。孟子曰：『契爲司徒，教以人倫，父子有親、君臣有義、夫婦有別、長幼有序、朋友有信。』此五者皆吾性之所固有者也。聖人知其然也，因父子之道而制爲士冠之禮，因君臣之道而制爲聘覲之禮，因夫婦之道而制爲士昏之禮，因長幼之道而制爲鄉飲酒之禮，因朋友之道而制爲士相見之禮，自元子以至於庶人少而習焉、長而安焉，禮之外别無所謂學也。夫性具於生初，而情則緣性而有者也。性本至中，而情則不能無過不及之偏。非禮以節之，則何以復其性焉？父子當親也，君臣當義也，夫婦當别也，長幼當序也，朋友當信也，五者根於性者也，所謂人倫也。而其所以親之、義之、别之、序之、信之，則必由乎情以達焉者也。非禮以節之，則過者或溢於情，而不及者則漠焉遇之，故曰『喜怒哀樂之未發謂之中，發而皆中節謂之和』，其中節也，非自能中節也，必有禮以節之，故曰非禮何以復其性焉。是故知父子之當親也，則爲醴醮祝字之文以達焉，其禮非士冠可賅也，而於士冠焉始之。知君臣之當義也，則爲堂廉拜稽之文以達焉，其禮非聘、覲可賅也，而於聘、覲焉始之。知夫婦之當别也，則爲笄次帨鞶之文以達焉，其禮非士昏可賅也，而於士昏焉始之。知長幼之當序也，則爲盥洗酬酢之文以達焉，其禮非鄉飲酒可賅也，而於鄉飲酒焉始之。知朋友之當信也，則爲雉腒奠授之文以達焉，其禮非士相見可賅也，而於士相見焉始之。記曰：『禮儀三百，威儀三千。』其事蓋不僅父子、君臣、夫婦、長幼、朋友也，即其大者而推之，而百行舉不外乎是矣。其篇亦不僅士冠、聘、覲、士昏、鄉飲酒、士相見也，即其存者而推之，而五禮舉不外乎是矣。三代盛王之時，上以禮爲教也，下以禮爲學也。君子學士冠之禮，自三加以至於受醴，而父子之親油然矣。學聘、覲之禮，自受玉以至於親勞，而君臣之義秩然矣。學士昏之禮，自親迎以至於徹饌成禮，而夫婦之別判然矣。學鄉飲酒之禮，自始獻以至於無算爵，而長幼之序井然矣。學士相見之禮，自初見執贄以至於既見還贄，而朋友之信昭然矣。蓋至天下無一人不囿於禮，無一事不依於禮，循循焉日以復其性於禮而不自知焉。劉康公曰：『民受天地之中以生，所謂命也，是以有動作、禮義、威儀之則以定命也。』故曰：『天命之謂性，率性之謂道，修道之謂教。』夫其所謂教者禮也，即父子有親、君臣有義、夫婦有別、長幼有序、朋友有信是也。故曰學則三代共之，皆所以明人倫也。」

案：十七篇雖殘缺，而先王五教具在其中，人之所以異於禽獸在此，聖人所以參天地而贊化育由此。禮止亂之所由生，猶坊止水之所自來。今天下之亂爲開闢以來所未有，不過無禮而已，君子撥亂世反諸正，必自隆禮始。

## 七

冠禮藹然父子親，人情有子望成人。
廟中行禮尊先祖，母待闈門父接賓。

士冠禮：「筮于庿門。」鄭氏注曰：「冠必筮日於廟門者，重以成人之禮成子孫也。」禮記冠義曰：「古者重冠，重冠故行之於廟，所以自卑而尊先祖也。」

案：冠禮明父子之親，自筮日、戒賓、筮賓、宿賓、爲期，及冠日接賓、三加、醴、字，皆父親主之，望子之成人，重之至也。祖在則祖主之，統於至尊也。皆不敢自專而行之於廟，蓋所以成其子孫者，正以繼先祖之緒。孝經首章曰：「無念爾祖，聿脩厥德。」此所以父子相傳世世慈孝，爲天下長治久安之本也。

「冠者降自西階，適東壁，北面見于母。」注曰：「適東壁者，出闈門也，時母在闈門之外。」禮經校釋曰：「冠禮，父入廟行禮，母離寢而在廟之闈門外待之，蓋父母共以成人之禮成其子也。父母生子，自呱呱一聲而後，無一刻不望其長大成立，故冠禮父主之，醴畢即急見母也。」案：子生至冠，父母之劬勞至矣。凡兒幼善病，鞠之育之，冀其長成。物生必蒙，教之誨之，望其賢智。溯自一月而胚，三月而胎，十月而生，三歲免懷，八歲毀齒，十五成童，憂其不育、懼其不才，歷萬端勤苦，居然能勝元服、可語成德，父母之心其喜之、望之、愛之、重之爲何如。魯敬姜之言曰：「我有斯子，我以將爲賢人也。」春秋傳曰：「愛子，教之以義方。」韓詩外傳曰：「夫爲人父者，必懷慈仁之愛以畜養其子，撫循飲食以全其身。及其有識也，必嚴居正言以先導之。及其束髮也，授名師以成其技。十九見志，請賓冠之。」陶淵明命子詩曰：「厲夜生子，遽爾求火。凡百有心，奚特於我。既見其生，實欲其可。人亦有言，斯情無假。日居月諸，漸免於孩。夙興夜寐，願爾斯才。」父母之望子成人如此，故聖人制禮曲達其情。人子體此則守身以事親、立身以成親，自不能已矣。孝經論孝，首舉不毀、揚名兩端，此禮經之精義也。

## 八

東序加冠尊適長，先王宗法此由生。
興言著代知親老，隱動春暉眷戀情。

「主人之贊者筵于東序少北。」注曰：「東序，主人位也。適子冠於阼，少北，避主人。」

漢匡衡上疏曰：「臣聞室家之道修則天下理得，故詩始國風，禮本冠昏。適子冠乎阼，禮之用醴，衆子不得與列，所以貴正體而明嫌疑也。非虚加其禮文而已，乃中心與之殊異，故禮探其情而見之外也。」

淩氏廷堪曰：「冠禮，適子冠于阼，庶子冠于房外。昏禮，適婦酌之以醴，庶婦醮之以酒。此適庶之分也。封建之世，諸侯有國，大夫、士有家，傳重及承重者始爲宗子。先王制禮，於適庶之分最嚴，故於冠、昏首重之，蓋慮其啓爭也。」

案：此明適子著代之義，所以使宗子收族、族人敬宗，以嚴宗廟而長和睦也。禮經校釋曰：「記曰：『適子冠於阼，以著代也。』蓋二十成人，漸有代親之端，故冠於阼以著其義，人子於此當有愴然不安者。然主人尚未離其位也，至昏禮婦見舅姑，而舅姑先降自西階，婦降自阼階矣。人年三十，娶而有子，至子娶則父年六十、母年五十，人無百年不敝之身，瞻依怙恃、定省饋養之日去一日則少一日。曾子曰：『親戚既没，雖欲孝，誰爲孝？』故禮於冠、昏著此義，所以深動子婦愛日之誠，而使之及時以養。冠、昏不用樂，職是故也。迨喪禮大斂，殯於西階，三月而葬，苞遣奠而贈制幣，父母而賓客之矣。反哭升堂，反諸其所作；婦入於室，反諸其所養。此時雖欲致其一日之歡，尚可得乎？而其端則於冠子饗婦之日已早見之。事有必至，爲人子者不可不發深省也。」

案：此明人子不忍代親之義，父母之年不可不知也。孟東野詩云：「誰言寸草心，報得三春暉。」東廣微詩云：「眷戀庭闈，心不遑安。」是以孝子愛日。

## 九

事母事君資事父，弟恭少順節文详。

三綱四行成人道，義在孝經士孝章。

冠禮，父主之，子受命於父，禮畢而見母，「資於事父以事母」。夫爲妻綱，父爲子綱也。易服，服玄冠玄端，奠贄見於君，「資於事父以事君」。「以孝事君則忠」，君爲臣綱也。見兄弟，遂見卿大夫、鄉先生，「以敬事長則順」也。孝經士章蓋隱括此經之義，爲諸禮提綱。冠義曰：「成人之者，將責成人禮焉也。責成人禮焉者，將責爲人子、爲人弟、爲人臣、爲人少者之禮行焉。將責四者之行於人，其禮可不重與？故孝弟忠順之行立，而後可以爲人。」此七十子本孝經以說禮之大義也。

一〇

膚髮受親性受天，人靈萬物獨超然。
始加元服勉成德，無忝所生作聖賢。

始加，祝曰：「令月吉日，始加元服，棄爾幼志，順爾成德。」記曰：「醮於客位，加有成也。三加彌尊，諭其志也。」注曰：「尊敬之，成其爲人。諭其志者，欲其德之進。」

案：人受形於父母，受性於天，盡性乃能踐形。孝經曰：「天地之性人爲貴，人之行莫大於孝。」禮記曰：「仁人之事親也如事天，事天如事親。」人受性於天，超然獨靈於萬物。冠禮以成人之禮成子孫，所以爲天地立心、爲生民立命。人道所以繼天也，冠禮行而後天地有人、父母有子。人各自愛自敬，其全受父母正當天地之身，修德立行，勉爲孝子、忠臣、仁聖、賢人而不能已，故曰冠者禮之始也。

一一

肇制儷皮起伏羲，類情通德絶嫌疑。
別分男女爲夫婦，萬古人倫自此基。

冠禮明父子之倫，而父子之本正於夫婦，故禮始於冠、本於昏。記曰：「男女有別然後父子親，父子親然後義生，義生然後禮作。」又曰：「男女有別而後夫婦有義，夫婦有義而后父子有親，父子有親而后君臣有正。」昔者伏羲制嫁娶，以儷皮爲禮；作八卦，首定乾坤，以示其象。此昏禮之始，人倫、王道所由起。元弼周易鄭氏注箋釋序論之綦詳，述易詩首章注即舉其義。

一二

奠鴈親迎御授綏，同牢合巹共尊卑。

欲成孝敬承先祖，敬慎親之禮固宜。

士昏禮：納采、問名、納吉、納徵、請期，皆受于廟。記曰：「昏禮者，將合二姓之好，上以事宗廟而下以繼後世也。主人筵几於廟而拜迎於門外，入揖讓而升，聽命於廟，所以敬慎重正昏禮也。」

親迎，「賓升，北面，奠鴈，再拜稽首。」記曰：「執摯以相見，敬章別也。將以爲社稷主、爲先祖後，而可以不致敬乎？」

「壻御婦車，授綏。」記曰：「壻親御授綏，親之也。親之也者，親之也。敬而親之，先王之所以得天下也。」

「婦至，同牢而食，合巹而酳。」記曰：「所以合體，同尊卑以親之也。敬慎重正而后親之，禮之大體，所以成男女之别而立夫婦之義也。」

案：昏禮之敬慎重正如是，故男女非有行媒不相知名，非受幣不交不親，六禮不備、貞女不行，壹與之齊、終身不改，專心壹志、同成孝敬，而家道正。此三綱之首，王化之原也。鄭注曲禮曰：「重別，有禮乃相纏固。」聖人教人倫，於夫婦特曰有別。蓋上古之世民無定偶，人知母不知父，與禽獸無異。伏羲別男女以爲夫婦，而民始各有其偶。易傳曰：「夫婦之道不可以不久也。」惟其別是以久，夫婦別而後人人知父之爲父、子之爲子，嫌疑絶、族類辨、慈孝篤而愛敬之道推暨無窮，五倫百行皆由此起。記曰：「男女有別、夫婦有義，而后父子有親、君臣有正。」此別之於未爲夫婦之前者也。妃匹之際，生民之本，萬福之原。易曰：「女正位乎内，男正位乎外。男女正，天地之大義也。」詩首關雎，其傳曰：「摯而有別，不淫其色，慎固幽深。」閨門之内、衽席之上，一皆發乎情、止乎禮，是以子孫蕃育、聰明仁孝。易曰：「納婦吉，子克家。」蓋子性純則孝，孝則忠。傳曰：「夫婦有別則父子親，父子親則君臣敬。」此別之於既爲夫婦之後者也，皆昏禮敬慎重正而後親之之教也。

一三

待曉堂前拜舅姑，羹湯洗手博歡娛。

奠酬心惕西階降，愛日彌思盡婉愉。

「夙興，婦沐浴，纚、笄，宵衣以俟見。」禮經學要旨曰：「子得而妻之，則父母得而婦之，故昏之明日見于舅姑。汪氏中語。婦之道，親夫以孝舅姑，順於舅姑而後當於夫，故見舅姑而後成婦。」

「婦執笲棗、栗。」記曰：「婦執笲棗、栗、腶脩以見。贊禮婦，成婦禮也。」白虎通曰：「婦人之贄以棗、栗、腶脩者，職在供養饋食之間也。」

「舅姑入于室，婦盥饋。」注曰：「婦道既成，成以孝養。」記曰：「明婦順也。」

饗婦，「舅姑先降自西階，婦降自阼階。」注曰：「授之室，使爲主，明代己。」案：此亦所以深動爲婦者愛日孝敬之心，詳前。記曰：「以著代也。成婦禮、明婦順，又申之以著代，所以重責婦順焉也。」古者生子，諭教有素，子之能仕則教之忠，女之將嫁更教之順，爲人婦者皆思博舅姑歡以慰父母心，故著代之義足以使之惕然心動，助其君子以成孝敬。夫如是，則安有孝衰於妻子之患哉？昏禮大節有二，自同牢以上，言别男女、正夫婦之禮；自見舅姑以下，言婦事舅姑之禮。記昏義依此爲訓，詩周南、召南與禮文相應，詳述詩注。

## 一四

不及舅姑稱不幸，執笄廟見敬生哀。
最難人子當斯際，瞻望几筵萬感來。

「舅姑既没，三月奠菜，婦執笲菜入拜扱地。」注曰：「婦人扱地，猶男子稽首。」盛氏世佐儀禮集編曰：「婦人拜法見經傳者五，唯肅拜爲正，餘皆非吉禮。扱地之拜，蓋介乎吉凶之閒，以致其哀敬之意。」

案：魯語子夏曰：「古之嫁者，不及舅姑謂之不幸。」婦人之道，親夫以孝舅姑。其於舅姑也，怙恃眷戀之情一如父母。詩汝墳勉其君子曰：「父母孔邇。」杕杜望其君子曰：「憂我父母。」故事生則曲致婉愉，務得高堂歡。即不逮侍奉，而廟見之際惻然有哀慕之心焉。况人子於此，仰瞻榱棟，俯視几筵，父母之形若可睹也而不可睹也，父母之聲若可聞也而不可聞也，使父母而存，此時歡娱何如。而今已矣，風木之痛，霜露之悲，平時尚不能堪，而况當兹嘉會之際。他事皆美備，惟吾親不見，其淒涼感觸可勝言耶？扱地之拜，禮情當深長思也。

一五

公宫宗室殷勤教，婦學無非事舅姑。
歡息蘋蘩忘禮法，學非所學大閑踰。

記曰：「婦人先嫁三月，祖廟未毁教于公宫，祖廟既毁教于宗室。教以婦德、婦言、婦容、婦功。教成祭之，牲用魚，芼之以蘋藻，所以成婦順也。」白虎通嫁娶篇曰：「婦人所以有師何？學事人之道也。」又曰：「婦人學事舅姑。」司馬氏光書儀曰：「女子六歲始習女工之小者；七歲始誦孝經、論語；八歲不出中門；九歲爲之講解論語、孝經及列女傳、女戒之類，略曉大意；十歲教以婉娩聽從及女工之大者；既笄責以成人之禮。」又曰：「古之賢女無不觀圖史以自鑒，如曹大家之徒，皆精通經術、論議明正。今人或教女子以作歌詩、執俗樂，殊非所宜也。」

案：古之諭教早矣，先嫁三月又申教之，教成又祭其所出祖，重以先祖之遺體許人，恩勤之至也。教以婦德、婦言、婦容、婦功，皆所以順舅姑、和室人、以當於夫，爲有子克家之本。陰教修則天下家家有賢婦，即家家有賢母。母賢則子賢，即盡天下皆孝子仁人矣。易曰：「正其本，萬物理。」傳曰：「鳳凰生而有仁義之心，虎狼生而有貪戾之意，兩者不等，各以其母，戒之哉。毋養乳虎，將傷天下。」故昏義極論陰教，所謂正家而天下定也。後世公宫、宗室之制既廢，教女之法當如溫公所言。書儀以作歌詩尚爲非宜，而况導以非禮，使習聞敗綱斁倫、越分踰閑之邪説乎？人之所以異於禽獸者，在廉恥防閑，中國禮俗之所以成、人類之所以尊由此。今乃使聰明才智之女子皆學非所學，廢婦人事舅姑、佐内治、教育子女之切務，而馳逐於分外之事，天下無賢婦則孝敬何由成，天下無賢母則人才何由出。舉開闢以來繼天立極之人倫而瀆亂之，吾恐氣化亂、生理絶而禽獮草薙之禍將作也。禮止亂之所由生，盍亦反其本矣。

一六

事生愛敬死哀戚，痛絶禮篇説問喪。
追事精神安體魄，喪經大義此提綱。

孝經曰：「生事愛敬，死事哀戚。」孝子不幸而遭親喪，其哀痛迫切，如天崩地坼〔一〕、五内摧裂。禮記問喪篇痛哉言之，而奉喪大要凡有兩端。張氏爾岐儀禮鄭注句讀曰：「喪禮凡二大端，一以奉體魄，一以事精神。楔齒綴足，奉體魄之始；奠脯醢，事精神之始也。」淩氏廷堪禮經釋例曰：「若然，則葬乃奉體魄之終，祭乃事精神之終也。」荀子曰：「葬埋，敬藏其形也；祭祀，敬事其神也。」案：敬藏其形則必誠必信、勿之有悔，敬事其神則啼號攀援、如見如聞。人未有自致者也，必也親喪乎？禮者，稱孝子自盡之至情

〔一〕坼，底本作「圻」，形近而誤。

而立文者也。死者不可復生，三日而後斂，以望其生。三日而不生，則竟不生矣。魂氣歸天，形魄歸地，所以奉吾親者如是而已矣。欲報之德，昊天罔極，哀何極哉！

一七

啼號呼復猶天望，擗踊殯塗已地藏。
燕養饋羞親不待，終身風木永悲涼。

禮運曰：「天望而地藏也，體魄則降，知氣在上。」檀弓曰：「復，盡愛之道也。望反諸幽，求諸鬼神之道也。」始死招魂復魄，升屋望天而號，猶冀其生。復而不生，則不得不行死事。死日而襲，厥明而小斂，又厥明而大斂。殯於西階而塗其上，則已入地而藏，吾親永不可得見矣。呼天搶地，擗踊無算，曾何益矣。朝夕哭奠，燕養、饋羞、湯沐之饌如他日，孝子不忍一日廢其事親之禮也，亦惟自盡焉耳。樹欲靜而風不停，子欲養而親不待，鮮民之生，終身銜恤而已矣。

一八

每讀喪經痛失音，當年曾子泣沾襟。
敬文忠厚無遺悔，感發人心孝敬深。

陳氏澧曰：「士喪禮『代哭』鄭注云：『代，更也。孝子始有親喪，悲哀憔悴，禮防其以死傷生，使之更哭，不絶聲而已。』既夕禮『三虞』注云：『虞，安也。骨肉歸于土，精氣無所不之，孝子爲其彷徨，三祭以安之。朝葬，日中而虞，不忍一日離。』如此之類，乃鄭注發明喪禮之精意，而禮記注尤多。如喪大記『主人二手承衾而哭』注云：『哀慕若欲攀援。』雜記上『朝夕哭不帷』注云：『緣孝子之心欲見殯肂也。』尸子云：『曾子讀喪禮，泣下沾襟。』讀鄭君之注，真欲泣下沾襟矣。」儀禮卷。

又曰：「問喪云：『入門而弗見也，上堂又弗見也，入室又弗見也，亡矣喪矣，不可復見已矣。』三年問云：『凡生天地之間者，有血氣之屬必有知，有知之屬莫不知愛其類。

今是大鳥獸，則失喪其羣匹，越月踰時焉，則必反巡過其故鄉，翔回焉、鳴號焉、蹢躅焉、踟躕焉，然後乃能去之。小者至於燕雀，猶有啁噍之頃焉，然後乃能去之。故有血氣之屬者莫知於人，故人於其親也，至死不窮。』讀此二節，當無不泣下霑襟者。使墨者讀之，亦當爲之憮然也。近代士人囿於科舉習氣，不讀喪禮，性情薄而風俗衰，未必不由於此矣。」禮記卷。

案：七十子及鄭君發明禮經精義如此，三隅反之，凡所以感發人子孝敬之心者觸處皆是。逮事父母者讀之，當瞿然動其愛日喜懼之情；父母既没者讀之，惻怛悲哀更何極耶！昔故友張聞遠同年在憂服中遺元弼書，云：「不孝已矣，兄當父母俱存之日，幸毋負此光陰。」孰意一轉瞬間，同爲鮮民耶！至今回想，痛徹心肝。嗚呼，此真禮意也！

荀子曰：「死之爲道也，一而不可得再復也。臣之所以致重其君，子之所以致重其親，於是盡矣。故事生不忠厚、不敬文謂之野，送死不忠厚、不敬文謂之瘠。君子賤野而羞瘠，使生死終始若一，足以爲人願，是先王之道、忠臣孝子之極也。」

案：「忠厚敬文」四字，足以檃括禮制。

一九

父母既亡兄弟在，依依手足最情真。
倚廬泣血哀相對，不見親身如見親。

程子有言：「父母既没，兄弟益當相愛。」元弼禮經大義曰：「殯斂既畢，主人揖衆，主人就次。昆弟分形於父母，嬛嬛在疚，形影相吊，其相憐爲何如。言念及此，則終身友愛有不能已矣。」又曰：「倚廬之中哭晝夜無時。睊睊心目，寢寐見之。自顧其身，塊然四體，鞠我育我，父母心力氣血所由耗竭也。兄弟相顧如見父母，涕洟嗚咽，髣髴父母彌留之際，恩斯勤斯，對之有無窮之悲且憐而不能言者然。」案：此區區由中之言，敬爲天下孝子悌弟告。痛念我生，年未及壯，怙恃俱失，依從兩兄，歡然一體，數十年無絲毫閒言。元弼未足言恭兄而兩兄篤友至矣，如何今日獨行踽涼，回首當年同侍寢門，歡然嬉笑，曾幾何時。以是思哀，哀可知矣。

# 二〇

士喪殯斂賜親臨，教孝勸忠禮意深。
真是視臣如手足，馮尸君哭撫當心。

賈山至言曰：「古之賢君於其臣也，尊其爵禄而親之，疾則臨視之無數，死則往吊哭之，臨其小斂、大斂，已棺塗而後爲之服錫衰麻絰，而三臨其喪。未斂不飲酒食肉，未葬不舉樂。當宗廟之祭而死，爲之廢樂。故古之君人者於其臣也可謂盡禮矣，服法服、端容貌、正顔色，然後見之，故臣下莫敢不竭力盡死以報其上，功德立於後世而令聞不忘也。」朱子曰：「古人君臣之際，如君臨臣喪，坐撫當心，要節而踊。今日之事，至於死生之際，恝然不相關，不啻如路人，所謂君臣之義安在？」黄氏叔暘曰：「古者人君於其臣之喪，親臨之，視斂，親撫之，其恩禮何厚也。巫不入門，祝先之，其恭敬何至也。升，主人馮之，又命主婦馮之，其教孝何切也。臣於君之臨也，迎而先入，撫而先降，必俟君命而後馮，馮又不敢當所，且於男女之別亦不紊焉。細微曲折，無不合禮。觀於此者，仁愛忠孝之心油然生矣。」

陳氏澧曰：「喪大記云：『大夫之喪，將大斂，君即位于序端；卒斂，君撫之。』孔疏云：『君臣情重，方爲分異，故斂竟而君以手案尸，與之別也。』此疏說禮意亦沈摯，古之君臣情重如此，所謂視臣如手足也，讀之亦使人泣下也。」

二二

啓殯西階將就墓，每加以遠痛滋深。
哀離其室先朝廟，曲體先人孝敬心。

既夕禮：「夙興，丈夫髽，散帶垂。」注曰：「爲將啓變也。」「入，即位，袒，商祝免，袒，執功布入，升自西階，聲三、啓三。」注曰：「聲三，三有聲，存神也；啓三，三言啓，告神也。」

「祝取銘置于重，踊無算。」

「遷于祖，用軸。」檀弓曰：「喪之朝也，順死者之孝心也。其哀，離其室也。故至於祖考之廟而后行。」

元弼禮經大義曰：「夙興，丈夫髽、散帶垂，入，即位，袒，爲將啓殯變，哀之至也。入門不哭，將以啓告神，不敢讙囂，敬之至也。商祝執功布升自西階，聲三，體孝子之心以存神也。言啓三，告神也。命哭，祝取銘置于重，主人踊無算。既告神，將舉柩，孝子惻怛痛疾，志懣氣盛，哀不可節也。遷祖重先，主道也。奠從，神所馮依也。主人及男女號泣從柩，親自是離其室矣。入廟升自西階，用子道不由阼也。正柩兩楹閒，北首，象鄉户牖閒祖考之位也。」

案：飯於牖下，小斂於户内，大斂於阼，殯於客位，祖於庭，葬於墓，喪事每加以遠，殯則親形不復見矣，啓殯則親從此離其室矣。故自死至於殯，自啓至於葬，其擗踊哭泣之節同，哀之至也。將葬先朝廟，明孝子始終不忘親也。蓋至是而遺體爲全歸，精神可祔祖矣。

## 二二

生人臨别賦驪駒，尚覺涔涔淚雨珠。
薦馬還車踊無算，攀援親柩只須臾。

禮經大義曰：「設從奠而薦車，設遷祖奠而薦馬，象生時將行效駕也。主人感之哭踊，行道遲遲，中心有違。凡人暫離猶依依不忍，而况生我之親、永訣之痛，一去不復返者哉。反是而思，父母在時人子宜如何愛日以養，而忍遠遊離親乎哉。嗚呼，生之膝下，一體既分，固日遠之勢。二親之壽忽如朝露，雖有至孝之心，致期頤之年，瞻依怙恃，亦能有幾時。故冠、昏之禮，子筵東序，婦降阼階，已示以人事代謝，父母而賓客之意。如何一轉瞬間而驪駒在門，攀援莫及，擊心觸地，悔何追耶。祖，行始也。將載，主人袒，踊無算。將還柩，主人袒，踊無算。朝廟於堂，祖於庭，益遠矣。自啓至葬，孝子侍寢一晝夜閒耳。嬰兒須臾離其父母則號呼不能止矣，如之何其餞送之！」

## 二三

有司卷俎歸賓館，吾子不觀大饗乎。
父母何堪作賓客，苞牲贈幣慟泉塗。

雜記[一]：「或問於曾子曰：『夫既遣而包其餘，猶既食而裹其餘與？君子既食則裹其餘乎？』曾子曰：『吾子不見大饗乎？夫大饗，既饗，卷三牲之俎歸于賓館，父母而賓客之，所以爲哀也，子不見大饗乎？』」

案：既遣而苞牲，既窆而贈用、制幣，皆無可奈何而盡其情也。歸俎、贈幣，在賓客爲厚之至，在父母爲哀之至也。嗚呼，父兮生我，母兮鞠我，而竟如賓客之去乎哉！

[一] 雜記，底本作「離記」，「離」字形近而誤。

## 二四

賓朋會葬同哀戚，用幣殷勤恩義深。
公史讀書公賵贈，飾終禮備恔人心。

賓賵者將命。

若奠。

若賻。

贈者將命。

公賵。

公使讀遣。

公贈。

案：記曰：「賓客之用幣，義之至也。」古者有凶事則欲與賢者哀戚之，故孝子哀次，至平生接賓客之處而悲不自勝。而朋友故舊來會葬者亦各盡其哀、致其敬，以不忘平生恩誼，雖君之尊亦然。禮經大義曰：「公賵玄纁束馬兩，哀而榮之也。賓奠幣于棧左服，若親授之然。古之人事死如事生，故襚則衣尸，贈則實幣于蓋，忠厚之至，所以教天下不背死而忘生也。賓賵、奠、賻、贈各盡其情，兄弟賵、奠可兼行，親親之恩也。讀賵，昭君恩，明兄弟朋友之義，以見死者之賢也。公使史讀遣，成其得禮之正以終，所以示恩榮而弭僭忒，使人子事親一於禮而不苟也。公使宰夫贈于邦門，痛念股肱，惓惓之意也。先儒有言曰：『初喪君既襚之矣，又或視其大斂矣，既則賵之，至柩行又贈之。於士如此，則大夫以上又加厚焉可知。』此即體羣臣之實也。夫然，故有世禄之典，有與國爲體之臣，有子之能仕、父教之忠之義。明乎此禮之義，天下尚有背君親而爲不義者乎？」

二五

送形而往迎精反，如慕如疑不忍離。
孝子存神屬荒絶，歸魂恍惚見虞尸。

士虞禮，鄭目録云：「虞猶安也。士既葬其父母，迎精而反，日中而祭之於殯宫以安之之禮。」

問喪曰：「送形而往，迎精而反。其往送也望望然、汲汲然如有追而弗及也，其反哭也皇皇然若有求而弗得也。故其往送也如慕，其反也如疑，心悵焉、愴焉、惚焉、愾焉，心絶志悲而已矣。祭之宗廟，以鬼饗之，徼幸復反也。」注曰：「説虞之義。」

禮經大義曰：「人之生也，呱呱一聲，始與母離。神麗乎形而氣質微弱，若有知、若無知，蠕蠕以動、惕惕以息，終日握而不能有所取，終日嗄而不能有所言，惟賴父母煦嫗鞠育，心誠求之，節其寒煖、時其寢食，聽於無聲、視於無形，以曲中其嗜欲、深察其疾苦，而後子之身乃得安，以馴至於長。及其死也，神與形離，恍惚杳冥，虛無所薄。焄蒿悽愴，若可接也而不可接也；噫興歎息，若可聞也而不可聞也。升降上下，於彼乎，於此乎？鬼神依人而行，惟賴人子極哀盡誠以感通而聯屬之，使絶者續、散者凝，飄忽無定者有所憑依，而後父母之神乃得安，上與祖考合而下以子孫爲歸。是故孝子之喪親也，送形而往，迎精而反。朝葬，日中而虞，虞之爲言安也。骨肉歸復於土，魂氣無不之，祭之宗廟以鬼享之，徼幸復反也。葬日虞，弗忍一日離也。」

又曰：「尸，主也。孝子不見親之形貌，心無所繫，立尸而主意焉。因祖考遺體以凝聚祖考之氣，氣與質合，庶幾散者復聚乎。虞而立尸，體魄既藏，藉生人之形質以凝聚其精神也。祝延尸，一人衰絰，哭從尸。尸入門，丈夫踊、婦人踊；升堂，踊；入户，踊。見尸如見親，觸目重哀，於是爲甚也。」

法言孝至篇曰：「孝子有祭乎？有齊乎？夫能存亡形、屬荒絶者惟齊也，故孝子之於齊，見父母之存也。」

案：孝子致其恍惚以存父母之神，見尸如見親，凡祭皆然，而於虞始之。嗚呼，生事畢而鬼事始矣。

## 二六

三虞卒哭將躋祔，絶痛廟門哭餞尸。

仿佛殯官神欲去，子孫號泣以隨之。

禮經大義曰：「始虞、再虞用柔日，三虞用剛日，安之之節也。每祭皆告以適皇祖，神以與祖合爲安也。喪事每加以遠，虞而以祭易奠。卒哭曰成事，以吉祭易喪祭矣，此事勢之無如何者也。卒哭之餞尸，哀之至也。丈夫、婦人皆出門即位而哭，俟尸之即席，親將離其室，哀更深也。主人酌廢爵獻尸，拜送，哭，復位。號泣而行，痛不能自止也。初獻，主人及兄弟踊，婦人亦如之。亞獻，主婦及婦人踊，主人兄弟亦如之。三獻，凡在列者皆踊，哭之久、踊之多，幾與殯前啓後等。視之形體既藏，而神又將去寢而即廟，父母而賓客之、而鬼神之，能無悲乎？」

# 二七

絶地呼天無可奈，以親祔祖庶安之。
練祥轉瞬駟過隙，春露秋霜何極悲。

禮經大義曰：「明日祔於祖父，人本乎祖，反本復始，故將葬而朝、卒哭而祔。魂兮歸來，明則有子孫，幽則有祖考，有保合聚順之歡而無震蕩播越離别之恨，孝子安親之道庶乎備矣。由是期而小祥，又期而大祥，中月而禫，三年之喪如駟之過隙。送死有期，復生有節，喪服由變而除矣。孝子之心其能已乎哉？欲報之德，昊天罔極，將如之何而可哉？孝經有言：『生則親安之，祭則鬼享之。』父母雖没，其心實與子息息相通。詩曰：『惠于宗公，神罔時怨，神罔時恫。』祭義之言孝曰：『尊仁安義，可謂用勞矣；博施備物，可謂不匱矣。』行父母之遺體，居處必莊、事君必忠、莅官必敬、朋友必信、戰陳必勇；將爲善，思貽父母令名，必果；一舉足、一出言不敢忘父母，其極至於師表人倫、道濟天下、垂教萬世，若周公、孔子、孟子其人。所謂大孝不匱，博施備物，道存則身常存，身常存則親常存，安親之道於是爲至。孔子曰：『人未有自致者也，必也親喪乎？』人雖至愚不肖，而當送形迎精之際，未有不求親之安者。充此安親之心，則人人可以爲孝子、忠臣、仁聖、賢人，而天下萬世由此安矣。人之行莫大於孝，故因虞義而極推之。」

## 二八

少連古號善居喪，世道衰微禮日亡。
順變節哀成口實，素冠庶見我心傷。

孔子曰：「少連、大連善居喪，三日不怠，三月不懈，期悲哀，三年憂。」又曰：「子生三年，然後免於父母之懷。夫三年之喪，天下之通喪也。」世衰道微，禮俗敗壞，人心惡薄，父母之喪雖服三年，而飲食起居久如平常。賓客吊者動云節哀順變，夫禮記此言爲以死傷生、以毀滅性者言之，懼其過乎禮也，今之居喪絶無及禮，安有過禮？哀本不足，何節之有？詩素冠刺不能三年也，今尚有喪將終而欒欒之棘人，可得見乎？孝道之衰如此，所以邪説暴行易作，倒行逆施所在而是，而天下之亂不可止也。人性本善，正經興民，在孝子仁人以至誠感發之而已。

## 二九

四時變易物新成，思死哀如不欲生。
筮日筮尸肅齊戒，圭爲孝薦達神明。

禮記祭義曰：「霜露既降，君子履之，必有悽愴之心；春雨露既濡，君子履之，必有怵惕之心，如將見之。」

孝經曰：「春秋祭祀，以時思之。」鄭注曰：「四時變易，物有成熟，將欲食之，先薦先祖，念之若生，不忘親也。」

祭義又曰：「文王之祭也，事死者如事生，思死者如不欲生。」

特牲饋食禮：「筮日。」胡氏曰：「士筮日亦在十日前。」案：前期十日，容散齊七日、致齊三日也。記曰：「及時將祭，君子乃齊。齊之爲言齊也，齊不齊以致齊者也。心不苟慮，必依於道；手足不苟動，必依於禮。是故君子之齊也，專致其精明之德也。故散齊七日以定之，致齊三日以齊之。定之之謂齊，齊者，精明之至也，然後可以交於神明也。」又曰：「齊之日，思其居處、思其笑語、思其志意、思其所樂、思其所嗜，齊三日，乃見其所爲齊者。」

「筮尸。」白虎通曰：「祭所以有尸者何？鬼神聽之無聲、視之無形，升自阼階，仰視榱桷，俯視几筵，其器存、其人亡，虛無寂寞，思慕哀傷無可寫泄，故座尸而食之。」

「正祭祝饗。」注曰：「其辭取於士虞記，則宜云孝孫某圭爲孝薦之饗。」記曰：「賢者之祭也，致其誠信，與其忠敬，明薦之而已矣。」又曰：「惟孝子爲能饗親，饗者鄉也，鄉之然後能饗也。」

禮經大義曰：「孝子之事親也，生則養、没則喪，喪畢則祭。祭者，非物自外至者也，自中出生於心也。三年之喪如駟過隙，復生有節，追慕無窮。四時變易，觸境生哀。五穀成、果實熟，馨絜盈乎前而父母不復嘗新，雖有千駟之富、萬鍾之禄，曾不得復致須臾之養，故君子有終身之喪。孝子仁人之於其親也，哀痛思慕，至死不窮。聖人通神明之德，知衆生必死，形魄歸地、魂氣歸天，形有盡而神無窮也。鬼神依人而行，祖考與子孫幽明雖隔而精誠相通也，於是制祭祀之禮以追養而繼孝。特牲饋食之禮筮日、筮尸，重祭禮，不敢自專，求當鬼神之意也。」

案：前期筮日，以容齊也；筮尸，以依神也。夫然後圭爲而孝薦之，以達於神明。

三〇

致愛則存致慤著，祭非外出自心生。

主人入室爲陰厭，出户如聞歎息聲。

禮經大義曰：「陰厭，主人及祝升西面于户内。記曰：『祭之日，入室僾然必有見乎其位。』其在此時與？又曰：『及祭之日，顔色必溫、行必恐，如懼不及愛然。』如懼不及見其所愛者。又曰：『孝子之祭可知也，其立之也敬以詘。』充詘，形容喜貌。又曰：『孝子之有深愛者必有和氣，有和氣者必有愉色，有愉色者必有婉容。和氣，謂立而詘。孝子如執玉、如奉盈，洞洞屬屬然，如弗勝、如將失之。』其孝敬之心至也與？昔子夏問孝，子曰：

『色難。』未有生不敬養而没能敬享者，未有養不致樂而祭能致嚴者。『祭如在。』『事死如事生，事亡如事存，孝之至也。』『主婦盥，薦兩豆。主人降，及賓盥，出，舉鼎。』記曰：『周還出户，肅然必有聞乎其容聲。』其在此時與？『孝子之祭也，色不忘乎目，聲不絶乎耳，心志嗜欲不忘乎心，致愛則存、致慤則著，著存不忘乎心，夫安得不敬乎？』『主人升，入，復位，俎入設，主婦設兩敦、兩鉶，祝酌奠。』記曰：『孝子之祭也，其薦之也敬以欲，薦之，謂進孰。其奠之也容貌必溫、身必詘，如語焉而未之然。』其在此時與？『主人再拜稽首，祝祝卒，主人又再拜稽首。』拜，服也；稽首，服之甚也。至誠懇惻、極順盡敬以勸強其親，想象恍惚、諭其志意以與神明交，庶或饗之。庶或饗之，孝子之志也，此尸未入之先事鬼神之道也。」

三一

豈是鬼神求飲食，焄蒿悽愴感精誠。
子孫仁孝先靈睢，報魄報陽禮意明。

先王制祭祀之禮，非爲鬼猶求食也，乃孝子追養繼孝，推人道以接天，以至誠凝聚祖考之精神而事之。祭義：「孔子曰：『氣也者，神之盛也；魄也者，鬼之盛也。合鬼與神，教之至也。衆生必死，死必歸土，此之謂鬼。骨肉斃于下陰爲野土，其氣發揚于上爲昭明，焄蒿悽愴，此百物之精也、神之著也。』」其下因論祭祀報魄、報氣之義，郊特牲亦有報陰報陽之文。然則鬼神雖非飲食是求，而祭祀實足以嘉魂魄。聖人知幽明之故、死生之説、鬼神之情狀而制此禮，非徒然也。是孝子喪親、攀援莫及、無可致力之時，猶可致力於萬一也，而忍不盡其誠敬乎？詩楚茨曰：「祀事孔明，先祖是皇，神保是饗。」箋云：「皇，暀也。先祖以孝子祀禮甚明之故，精氣歸暀之，其鬼神又安而饗其祭祀。」然則，神之饗與不饗，亦視乎子孫之賢不肖、祭祀之誠否而已。

## 三二

漫説立尸禮近夷，神來肅肅實憑之。

欣然墮祭如親飽，拜勸加餐祝侑辭。

江慎修謂古禮有近於夷者，如祭祀立尸之類。此說非也。古人立尸具有精意，禮經大義曰：「尸，神象也。孫爲王父尸而子不爲父尸，祭本出於子之思慕深切，欲得一人以凝聚父母之精神，故取其血脉相通而倫序稍遠，心氣差能自定以成禮者爲之。記曰：『所使爲尸者，於祭者子行也，父北面而事之，所以明子事父之道也。』」夫苟爲神靈所憑依，則吾見其爲祖考也，不知其爲卑幼也。孝子之事親也，父母所愛亦愛之、所敬亦敬之，而況於精氣所式憑者乎？故以世叔父宗子之尊，頎乎頯乎，事之謹而服之甚，夫然而子事父之道明矣。祝迎尸于門外，主人降立于阼階東，踧踖以俟尸也。尸入門，盥，侍神必絜也。尸入，主人從，見尸如見親，仿佛生平出入隨從扶持也。尸即席，主人拜，妥尸，安尸以安神也。尸執奠，祝饗，主人拜如初，欲神因尸以饗也。祝命挼祭，尸祭豆。佐食取黍稷肺祭授尸，尸祭之。墮損其饌，欣然若生時侍食，贊成祭也。尸祭酒、啐酒、告旨，主人拜。祭鉶、嘗鉶、告旨，主人拜。酒，穀味之芬芳者；鉶，肉味之調和者。齊敬共之，唯恐不美，告之美，達其心。明神饗之，主人拜，喜神之饗之也。尸每三飯告飽，祝侑，主人拜。如是者三，猶生時下氣怡聲、柔色殷勤勸親加餐也。佐食遍舉牲體及獸魚，尸祭之嚌之，象生時供養，物舉以奉親嘗之也。主人親羞肵俎。肵之爲言敬也，敬尸所以敬神也。仲尼嘗奉薦而進，其親執事也慤，其行也趨趨以數，精誠專一之至，若親見父母而趨走饌設於其前，所謂祭如在者與？」

案：古祭禮象生時奉養，其事皆必立尸而後可行。鬼神依人而行，禮緣生以事死。古之人父母生時習見祭祀有尸，以爲神必依於尸，故祭必立尸而後神得所憑依。後世事尸之禮久廢，父母生時從未有此，則祭時自不可行。然其所以致愛致慤，曲象事生之道以交於神明者，其義不可不深長思也。

三三

九飯禮成尸告飽，主人獻酒婦隨之。
相從兄弟兼諸婦，仿佛寢門奉養時。

禮經大義曰：「主人初獻，主婦亞獻，賓長三獻。既食而酳之，以衎安其所食，養之樂也，既內自盡，又外求助。祭也者，必夫婦親之，故詩周南有荇菜、召南有蘋蘩，所以成孝敬，立人倫之本也。主人酳尸，尸酢主人，飲酒之禮也。孝子惟恐神之遽去，備禮極敬以樂皇尸，節文充遂，所以娛神也。主婦亞獻，宗婦執兩籩户外坐，主婦受，設之，其孝敬同而供養統於適也。主人獻，賓長以肝從；主婦獻，兄弟長以燔從。親疏内外之別也。賓三獻，燔從，爵止，欲神惠之均於室中也。主婦致爵於主人，主人酢主婦；主人致爵於主婦，主婦酢主人。夫婦相授受，不相襲處，酢必易爵，明夫婦之別也。於斯時也，父母之神顧而樂之，子婦和敬如是，與生時寢門侍奉佐餕有以異乎？無以異也。古者小宗祭而兄弟皆來與焉，宗子祭則族人皆侍。庶子不祭，統於宗也。蓋兄弟之義無分，父母生時兄先弟後、羣從和集以致孝養。自父母視之，諸子猶一人也；自祖父母視之，諸孫猶一人也；推而上之極於始祖，則合族猶一人也。故宗廟之禮，子姓兄弟、羣昭羣穆咸在，昭與昭齒、穆與穆齒而不失其倫，夫是以親者益親而疏者不離也。長兄弟爲加爵，助主人致孝也；衆賓長爲加爵，助主人致敬也。爵止，欲神惠之均於在庭也。兄弟弟子洗，舉觶于其長，爲旅酬發端。及無算爵，賓弟子、兄弟弟子各舉觶于其長，所以序長幼、教孝弟。旅酬逮賤，自上而下，少長以齒，明長幼之序也。賓取主人酬觶以酬長兄弟，長兄弟酬衆賓長，賓兄弟交錯其酬以辯。於斯時也，父母之神顧而樂之，兄弟和協如是，視生時怡怡聚順有以異乎？無以異也。朋友衆賢樂與成禮，幸哉有子，可以保家矣。詩曰：『妻子好合，如鼓瑟琴；兄弟既翕，和樂且耽。』父母其順矣乎？又曰：『刑于寡妻，至于兄弟，以御于家邦。』治家者得人之懽心以事其親，而神猶有怨焉恫焉者乎？」

三四

室中夫婦庭兄弟，致爵交酬神惠均。
祖考來歆罔恫怨，子孫無恙各情親。

義見上。

三五

祭時三獻賓尸侑，豈獨備官展孝思。
能帥友朋來助祭，悦親有道信平時。

特牲、少牢禮皆賓長三獻。

有司徹賓尸，議侑于賓，以異姓。

禮經大義曰：「古者吉凶之事必與賢者共之，士祭有朋友屬吏，大夫有僚屬家臣，諸侯百官各揚其職，天子相維辟公。天子不毁傷天下，諸侯不毁傷其國，卿大夫不毁傷其家，而後能帥其屬以事其先。故君子不可以不修身，思修身不可以不事親，思事親不可以不知人。親親尊贤，義相表裏。宗廟之禮有序爵辨賢，傳曰：『信乎朋友有道，不順乎親，不信乎朋友矣。順乎親有道，反諸身不誠，不順乎親矣。』苟平日反身不誠、事親不悦，祭祀不誠不敬，則賢者必不樂與之成禮。故祭有賓，義之大者也。」

案：祭有賓，又有公有司私臣，祭義所謂備其百官，曾子所謂帥朋友以助敬也。孝子欲得尊賓嘉客以事其先，則修身慎行自不敢不勉矣。

## 三六

士之孫子恆爲士，義與諸侯世國同。
舉奠獻尸爲上蓍，圭田世守孝資忠。

禮經大義曰：「嗣舉奠，貴適重正，尊尊之義、宗法之本，欲使象賢承德、負荷家業，而亦以深動其孝養愛日之心也。大夫之子不舉奠，大夫不世爵，避賢路、防專僭也。士之子恆爲士，備禮不嫌也。」

案：孟子曰：「卿以下必有圭田，所以奉祭祀。」又曰：「惟士無田，則亦不祭。」牲殺、器皿、衣服不備不敢以祭，則不敢以宴。祭禮使嗣子舉奠，所以勗之肯堂、肯構，移孝作忠，以世食舊德，保其禄位、守其祭祀也。且祭時舉奠，祭畢爲上蓍，主人拜而戒之，隱然付託以宗祧之重，視冠禮著代意更深切。人子於此，當不勝其不忍處、不敢當之情，悽愴怵惕交集於心，如此而喜懼愛日、及時以養，能頃刻忘乎？此教孝教忠之精義也。大夫之子避諸侯，豫塞僭差之源，於事君安親中別取一義，禮意之曲盡如此。

三七

主人事蓑若嚴賓，傳重他年使嗣親。
爲守宗祊尊正體，義同冠禮責成人。

義見上。張氏爾岐頗疑此節。愚謂冠禮，冠者受命於父而見母，母受其禮而拜之，此妻天夫之義也，所以望其子克肖其父也。祭禮嗣蓑祖之餘，父與行禮而拜之，此子天父之義也，所以責其子無忝厥祖也。皆以非常之禮致其無窮之望，初不以子故而疑其溢分也。聖人制禮，所以感發人孝敬之心者深矣。

## 三八

利成尸謖神何往，陽厭更陳西北隅。
傾聽無聲視無迹，神靈或者遠人乎？

禮經大義曰：「祝告利成，主人出，尸謖，主人降，正祭畢矣。神之格思不可度也，神保聿歸亦不可知也。神其依人而行乎？或諸遠人乎？於是改饌西北隅，爲陽厭以飫神。佐食闔牖户，或者鬼神尚幽闇與？主人户外屏息而聽，其亦慨然聞乎其歎息之聲與？」

案：孝子求神非一道，謂鬼神依人而行乎？則立尸以憑之。謂神或諸遠人乎？則尸未入之前，設饌於室中隱奥之處以厭飫神，謂之陰厭。尸既謖之後，改饌於當室之白以厭飫神，謂之陽厭。蓋恍惚想象，多方求神之格，庶或饗之。庶或饗之，孝子之志也。

## 三九

受禄于天宜稼田，少牢義應楚茨篇。
主人聽嘏詩懷嗇，忠敬勤民可引年。

少牢饋食禮尸嘏主人，辭曰：「皇尸命工祝，承致多福無疆于女孝孫，來女孝孫，使女受禄于天，宜稼于田，眉壽萬年，勿替引之。」方氏舟云：「周官不耕者祭無盛，士無田則從庶人之薦，故雖卿大夫之尊，祝嘏之辭不過宜稼于田而已。雅詩有楚茨、大田，頌有載芟、良耜，自天子以至於庶人，但能知稼穡之艱難則百行有本，爲萬福之原也。」「主人再拜稽首，興，受黍，坐振祭，嚌之，詩懷之。出，宰夫以籩受嗇黍，主人嘗之。」注曰：「詩猶承也，收斂曰嗇，明豐年乃有黍稷也。復嘗之者，重之至也。」

禮經大義曰：「尸食祝以孝告，尸酢嘏以慈告。嘏，長也、大也，授主人以長大之福。賢者之祭也，必受其福。非世所謂福也，福者備也，備者百順之名也。無所不順者之謂備，言内盡於己而外順於道也。忠臣以事其君，孝子以事其親，其本一也。上則順於鬼神，外則順於君長，内則以孝於親，如此之謂備。惟賢者能備，能備然後能祭，祭則受福，此之謂也。鍜以黍，其辭曰『受禄于天，宜稼于田』，使知稼穡之艱難。聽聽祖考之彝訓，務忠儉而無敢汰侈，以保族宜家也。」

案：詩楚茨篇詳陳祭禮，而發首言「我藝黍稷」，國以民爲本，民以食爲天，明乎詩、禮之義，則夙夜匪懈，勤民恤功，與國同慶，世禄弗替矣。

## 四〇

禮隆三廟君恩重，玉食要知惟辟權。
祭禮避君不舉奠，豫防專禄以周旋。

禮，士二廟，大夫三廟。仕至大夫，賢著而德成，位尊禄厚以祀其先。記曰：「大夫有采以處其子孫。」君恩厚矣。然諸侯世子世國，大夫不世爵，臣之禄君實有之。書曰：

「臣之有作福作威玉食，其害于而家，凶于而國。」故祭禮登餕受爵以上嗣，士得行之，而大夫獨否，明仕無世官，豫防專禄僭差之禍，正以使居高位者小心翼翼，敬爾在公，竭力盡能，立功於國，世濟其美，以保族宜家也。孝經卿大夫以能守其宗廟爲孝。春秋譏世卿，傳曰：「爲人子不可不慎。」論語譏季氏八佾、三家雍徹，而云三桓之子孫微矣。夫惟不敢專禄，是以能世其禄。大夫禮每有當隆而殺以別嫌明微者，此聖人維持家國之精義也。

## 四一

有司既徹復賓尸，疑若神靈尚未離。
遂遂陶陶如復入，節文充遂寫哀思。

上大夫祭，三獻禮畢，尸出，有司徹饌，更行儐尸之禮。節文充遂，視下大夫不儐尸者及士祭禮爲盛。鄭君曰：「卿大夫既祭而儐尸，禮崇也。儐尸則不設饌西北隅，以此薦俎之陳有祭象，而亦足以厭飫神。」

禮經學要旨曰：「尸出廟而復入，則疑於神既離也，故賓客之。然以其向爲神之所憑也，故極敬事之。主人既徹而退，陶陶遂遂，如將復入，則愛慕之誠固足以凝留先祖或去之精神，而此薦俎之設亦足以爲厭飫矣。」

禮經大義曰：「記曰：『宿者皆出，其立卑靜以正，如將弗見然。及祭之後，陶陶遂遂，如將復入然。是故孝子慤善不違身，思慮不違親。』未祭而齊，如見所祭；已祭而思，明發不寐。充是心也，一舉足一出言，雖微祭也，何往而不如臨父母乎哉？」

案：祭之明日，明發不寐，况儐尸即在當日。凡禮之委曲繁重以樂皇尸者，皆所以寫其恍惚思慕不忍親去之哀情也。全篇皆當以此求之。

## 四二

燕毛昭穆各成行，睦族敬宗祖德長。

行葦仁風誰嗣響，義田初建歲寒堂。

禮經大義曰：「祭畢歸尸俎、賓俎，留兄弟燕私。先人不可見矣，兄弟皆祖考遺體，不忍其去，留與殷勤，親親之恩也。燕毛序齒，雖諸侯之尊，與父兄齒，而况大夫、士，敢或以貴富加於父兄宗族乎哉？」

案：古者大宗收族，鰥寡孤獨皆有所養，而不孝不弟、奇衺不衷皆化導匡救，絶惡於未萌，是以百姓親、五品遜，而天下易以平治。秦廢封建而宗法並廢，民散久矣。宋范文正公始置義田以贍宗族，行葦忠厚，藹然嗣音。自是數百年來，仁人君子多放歲寒堂遺法行之，可謂孝子不匱，永錫爾類者矣。

四三

水源木本溯無窮，廟祭有差寢薦同。
果使精誠能感格，祖宗百世氣相通。

古者有祭有薦，祭禮備、薦禮略，祭於廟、薦於寢。自天子七廟至適士二廟、官師一廟皆祭也；庶士、庶人無廟，死曰鬼，則薦而已。祭禮上下有等，不可僭踰；薦則孝思所及，行之可也。昔程子嘗謂祖豈可厭多，鄭君注祭法，謂大夫有祖考廟者亦鬼其百世。鬼者，薦之也。木有本、水有源，高曾祖禰以上豈可子孫尚在而聽其爲若敖氏之鬼？今世祭禮極略，尚不逮古之薦。四親以上，祖宗雖遠，歲時合享，亦何難行？君子反古復始，推禮意而爲之，果能致其追孝之誠，雖百世之遠，合莫通微，必有默相感格者矣。

## 四四

饋食三篇說士夫，王侯逸禮惜今無。
鄭公引記明經義，祭有十倫九事符。

今禮特牲、少牢、有司徹三篇皆士大夫祭禮，而禮記祭法、祭義、祭統所說多天子諸侯禮，然制禮自士始，等而上之，隆殺之文雖異，而孝敬之本則同。故后倉推士禮而致於天子，鄭君注饋食三篇多引祭統爲證。祭有十倫九事之義皆見於經。禮經大義曰：「人有五倫，祭者，追養繼孝，父子之道而君臣、夫婦、長幼、朋友之義皆於是著焉。祭有十倫，惟臣無作福，士大夫之祭無爵賞之施，餘皆備焉。故曰治人之道莫急於禮，禮有五經莫重於祭，士祭之義如此，而況天子諸侯之祭乎？故曰明乎郊社之禮、禘嘗之義，治國其如示諸掌而已。」

## 四五

喪祭禮明臣子恩，況當父母幸生存。
禮文痛發人深省，記取皋魚嗚咽言。

禮經解記曰：「喪祭之禮所以明臣子之恩也，喪祭之禮廢則臣子之恩薄，而倍死忘生者衆矣。」

大戴禮盛德記曰：「凡不孝生於不仁愛也，不仁愛生於喪祭之禮不明，喪祭之禮所以教仁愛也。致愛故能致喪祭，春秋祭祀之不絶，致思慕之心也。夫祭祀，致饋養之道也，死且思慕饋養，况於生而存乎？故曰喪祭之禮明則民孝矣。」

禮經大義曰：「祭者，人子終天抱痛，萬不得已之至情也。曾子曰：『椎牛而祭墓，不如菽水之甘也。』又曰：『親戚既没，雖欲孝，誰爲孝？年既耆艾，雖欲弟，誰爲弟？故孝有不及、弟有不時，故君子常於其不可得者而先施焉。』曾子事親養志常以皓皓，夫是以眉壽。昔者皋魚哭而哀，孔子問之，曰：『往而不復反者年也，失而不復得者親也。』孔子曰：『小子識之。』於是門人多辭而歸養。嗚呼，祭者所以追養繼孝也，爲人子者苟深思祭禮之義，其忍忽於養生乎哉？」

## 四六

喪服經垂萬古常，發篇大義舉三綱。
至尊君父夫同服，六術精粗次第詳。

聖人人倫之至，其教備於喪服。斬衰章首舉父、君、夫三服，傳曰：「父至尊也，君至尊也，夫至尊也。」吴氏紱曰：「子爲父，臣爲君，妻爲夫，此三綱也。遞生他服而不爲他服所生，遞殺他服而不爲他服所殺，制服之本存焉耳。」

禮經大義曰：「喪服，精義之學也，人倫之至也，禮自順此生，刑自反此作。喪禮節文有時變易，而服之大義則百世不與民變革，是百王之所同、古今之所壹也。」

禮經學明例曰：「服術有六，曰親親、曰尊尊、曰名、曰出入、曰長幼、曰從服。親親、尊尊二者以爲之經，其下四者以爲之緯。凡親親、尊尊之服，又以三綱爲經、餘服爲緯。」

案：六術精粗，賈氏喪服篇題疏語：「六術之服散見各章，其布之升數多寡及縷之精粗，皆因恩義之淺深爲服之輕重，由三綱而遞生遞降也。」

四七

人道親親由父子，至親期斷法天時。

以三爲五五爲九，上下旁推殺至緦。

禮經大義曰：「制服之本，至親以期斷。父子首足，夫妻牉合，昆弟四體，母同父，姊妹同昆弟，是謂一體之親。其生也恩愛深篤，其死也哀痛無窮。制服之始，法天地四時變易之節度，其服皆齊衰期。親親以三爲五，以五爲九，上殺、下殺、旁殺而親畢。至親之服爲隆，其餘由此而殺。由父母而上殺之，爲父母期，則爲祖父母大功，曾祖父母小功，高祖父母緦。由子而下殺之，爲子期，則爲孫大功，曾孫小功，玄孫緦。由昆弟而旁殺之，昆弟期，則從父昆弟大功，從祖昆弟小功，族昆弟緦，是謂四世而緦。且由父而旁殺之，則爲世叔父大功，爲從祖父小功，族父緦。由祖而旁殺之，則爲從祖祖父小功，族祖父緦。由曾祖而旁殺之，則爲族曾祖父緦。由子而旁殺之，則爲昆弟之子大功，從父昆弟之子小功，從祖昆弟之子緦。由孫而旁殺之，則爲昆弟之孫小功，從父昆弟之孫緦。由曾孫而旁殺之，則爲昆弟之曾孫緦。昆弟，同出於父者也，世叔父、從父昆弟同出於祖者也，從祖祖父、從祖父、從祖昆弟同出於曾祖者也，族曾祖父、族祖父、族父、族昆弟同出於高祖者也。是故父之族服如父，祖之族服如祖，曾之族服如曾，高之族服如高，尊者於卑者即以此報之。此制服之本也。」

案：人道親親，服之本主於父母，而父子昆弟天性一體，夫妻以人合而成一體，皆恩愛至極、哀痛無窮，故爲制服之本，餘服皆由此推之。

四八

親喪痛極愈尤遲，焉使倍之故再期。
齊斬重輕尊不二，至尊祖服亦加齊。

制服本義，至親皆以期斷，而父母生我，欲報之德昊天罔極，疾痛慘怛尤深。禮經大義曰：「創巨者其日久，痛甚者其愈遲，人子於父母哀痛思慕終身無窮，而謂期可以已乎哉？子生三年然後免於父母之懷，故加隆而倍之爲再期，二十五月而大祥，二十七月而禫，入三年之限，故曰再期之喪三年也。既加其期爲三年，於是又加其服爲斬衰，所謂三年之喪如斬，哀痛之至也。父母親同，然家無二主、尊無二上，故父在爲母屈而爲杖期，心喪三年，父卒則齊衰三年。既加父母爲三年，於是加祖父母之服爲期，則曾祖當大功，高祖當小功。然小功者兄弟之服，大功亦非至親之服，不敢以之服至尊，而曾祖與曾孫恩較殺，故重其衰麻、減其日月而爲齊衰三月。高祖與玄孫及見者鮮，故空其文，明及見則與曾祖同。正尊雖遠，無無服之道，高祖以上若及見，皆當以曾祖之服服之。」

案：祖父母加大功，爲齊衰期，至尊也；曾祖父母雖減其日月，而必服齊衰，至尊也；高祖服當同。親親故尊祖，正統至尊，雖遠必加隆焉，使倍之。禮記三年問文，焉猶於是也。

四九

婦統於夫子天父，母喪父在屈期年。
內心自抱三年痛，母服諸條義並然。

齊衰三年章「父卒則爲母」。

齊衰杖期章「父在爲母」。傳曰：「何以期也？屈也。至尊在，不敢伸其私尊也。父必三年然後娶，達子之志也。」賈氏疏云：「父非直於子爲至尊，妻於夫亦至尊。母則於子爲尊，夫不尊之，故言私尊也。子於母屈而期，心喪猶三年，故父雖爲妻期而除，三年乃娶者，通達子之心喪之志故也。」

朱子曰：「父在爲母期，非薄於母，只爲尊在其父，然亦心喪三年。」

顧氏炎武答友人論父在爲母齊衰期書曰：「禮喪服傳曰：『何以期也？屈也。至尊在，不敢伸其私尊也。』問喪篇曰：『父在不敢杖，尊者在故也。』喪服四制曰：『資於事父以事母而愛同，天無二日、土無二王、國無二君、家無二尊，以一治之也。故父在爲母齊衰期者，見無二尊也。』所謂三綱者，夫爲妻綱、父爲子綱。夫爲妻之服除，則子爲母之服亦除，此嚴父而不敢自專之義也。奈何忘其父爲一家制禮之主，而論異同、較厚薄於其子哉？伯魚之母死，期而猶哭，夫子聞之曰：『誰與哭者？』門人曰：『鯉也。』夫子曰：『嘻，其甚也。』伯魚聞之，遂除之。伯魚之母，孔子之妻也。孔子爲妻之服既除，則伯魚不敢爲其母之私恩而服過期之服，所謂先王制禮不敢過也。喪服子夏傳曰：『禽獸知母而不知父，野人曰父母何算焉，都邑之士則知尊禰矣。』喪服小記曰：『祖父卒而後爲祖母後者三年。』是則父在而不得伸其三年者，厭於父也；祖父在而不得伸其三年者，厭於祖父也。服之者仁也，不得伸者義也。品節斯，斯之謂禮。雖然，傳曰『父必三年然後娶，達子之志也』，然則十五月而禫之外，爲之子者豈忍遂食稻衣錦而居於内乎？志之爲言，即心喪之謂。以父之尊厭之，而又以父之三年不娶者達之，聖人所以處人父子之間者，仁之至、義之盡矣。自禮教不明，喪紀廢壞，而徒以衰麻之服爲喪，宜執事之疑而不敢安也。經傳言三年之喪，不謂之三年之服也。夫『三日不怠、三月不懈、期悲哀三年憂』者，此三年之喪也；『練而慨然、祥而廓然』者，此三年之喪也；『泣血三年，未嘗見齒』者，此三年之喪也。喪云，喪云，衰麻云乎哉？父在爲母，二十七月之内不聽樂、不昏嫁、不赴舉、不服官，自周公以來固已如此矣。且夫禮有母爲長子三年之文，先儒以爲不得以父在屈至期，何也？從乎父也。父除則雖子之爲母而不敢不除，父未除則雖母之爲子而不敢除，故子有爲母期者，母有爲長子三年者。孟子曰：『禮之實，節文斯二者是也。』若但曰父母之親同，其愛同、其服同，則孩提之童無不知之者矣，何待聖人爲之制哉？曾子問曰：『並有喪如之何？何先何後？』孔子曰：『葬，先輕而後重；其奠也，先重而後輕。』以父爲重，以母爲輕，苟非斯言之出於聖人，則亦將俗儒之所議矣。」

案：諸家説至當，唐武氏始增母服爲齊衰三年，其意不過爲自尊。明洪武又增爲斬衰三年，雖意在教孝而不知嚴父，皆以私見變亂古制，謬於天尊地卑之義。然沿習既久，人情益薄，非但不知資父事母之義，且并父母罔極之恩而並忘之。聖人制禮，父在爲母期者，屈其居喪之服，仍伸其居喪之志。若今日而使爲母服期，則適以伸其短喪之志矣，此我朝所以沿明制而不改也。又公之庶昆弟、大夫之庶子，母服皆厭降至大功，公子爲母練冠麻，既葬除之，亦皆心喪三年。爲人後者爲父母期，心喪亦三年。推而廣之，凡降服得伸心喪者，皆心喪如本制可也。

## 五〇

長子適孫服殊絶，爲承宗祀特加隆。

大宗收族民無散，爲後諸條義並同。

禮經大義曰：「父母於子期，正也。然爲父後者正體於上，其長子將代己傳祖之重，故加隆爲斬衰三年。母亦爲長子齊衰三年，重祖禰之正體也。長子死則立嫡孫，加隆爲期，重嫡也。」

又曰：「宗子所以統族人，尊祖故敬宗，故丈夫、婦人爲宗子齊衰三月。而大宗無後，得以族人之子後之，爲人後者爲之子，有宗而族不亂，其服皆稱情而立文也。」

案：父爲子期，而爲父後者爲長子加隆三年，祖爲孫大功。而長子死，爲嫡孫加隆期，所以明小宗也。大宗無後，得以族人支子爲後，爲人後者爲所後斬衰三年，爲其父母期，持重於大宗者降其小宗也。小宗有四，爲人後者爲大宗之親服皆若子，爲小宗本親皆降一等，所以明大宗也。大宗能率小宗，小宗能率羣弟，通其有無，鰥寡無悔而老窮不遺，合族人之歡心事先祖，孝之大者也。此尊尊之義，所以維持親親也。

## 五一

婦道親夫孝舅姑，舅姑服義本從夫。
臣從君服孫於祖，服例三綱若合符。

禮經大義曰：「妻爲夫斬衰三年，而婦爲舅姑期，非厚夫而薄舅姑也，從夫而服，不敢同於夫也。婦必從夫，而後能以夫之心爲心，以夫之所以事父母者事舅姑，故曰親夫以孝舅姑。若服舅姑與夫之服父母同，是抗乎夫，專用而踰等也。婦人不貳尊，爲夫斬則爲父母期，屈乎從夫之義也。服舅姑如己之父母，因乎從夫之義也。其服適均，皆至親之服，是謂稱情而立文。蓋子爲父、臣爲君、妻爲夫，此三綱也。子爲父斬而爲父之父母期，臣爲君斬而爲君之父母期，妻爲夫斬而爲夫之父母期，由三綱至尊等而上之也。妻從夫而盡孝乎舅姑，猶子從父而盡孝於祖父母。爲舅姑期，所以著其爲從服，以明從夫之本意。婦必專壹從夫，而後能一心以孝舅姑。故地道代終，夫死則守節以盡孝，是義之至也。」

案：後世加舅姑爲斬衰三年，其失與加母服斬衰三年同，皆不知聖人制禮本意，前人論之詳矣。然世風益薄，孝道益衰，過中之制沿襲既久，有其重之不可復輕，亦我朝所以因而不革也。至於今而婦事舅姑稍能盡禮者鮮矣，三年之服有名無實，不過如告朔餼羊。中國禮教陵夷至此而極，而其本實由於邪説横行，男女平權、夫婦道輕，觀於此亦可知禮重三綱之精意矣。

五二

婦服舅姑雖已除，居家哀素一如夫。
後人不察人倫本，服制增加誠意無。

禮經大義曰：「婦爲舅姑服雖止於期，而喪之實則必三年。家事統於尊，斷無夫猶縞素己獨玄黄、聞樂食旨一如平常之理。且衰麻哭泣，喪之文也；不飲酒、不食肉、不處内，喪之實也。然喪有疾則飲酒食肉，君大夫食之，不避粱肉。先王制禮，孝子居喪惟處内一事爲無時而可假借。故春秋之義，喪將終未除而納幣謂之喪娶，賤其無人心也。婦爲舅姑服雖除，而男女居室斷在其夫比御不入之後，特衰麻哭泣之節以期斷耳。」

案：吴氏澄云：「期之後，婦已除服，而居喪之實如其夫，是舅姑之服期而實三年也。故大戴禮云：『與更三年喪不去。』」愚謂先王制禮，婦爲舅姑喪服止於期者，從夫之義也；其居喪之實必三年者，亦從夫之義也。禮稱情而立文，婦之痛其舅姑，能如孝子毁瘠羸瘦之半，則可稱婦順矣，此人情之實也；子尚在憂服之中，婦服雖除，自觸目感傷而不能已，此亦人情之實也。大戴禮云「更三年喪」，謂共苦至於三年，其義重也。知此則古禮亦何待改乎？若禮教不修，孝道不明，虚加其文而無其實，亦何益乎？

五三

旁親服自正尊生，高服同曾義至精。
經列四緦高族備，人倫有本易推明。

齊衰三月章「曾祖父母」。傳曰：「何以齊衰三月也？小功者，兄弟之服也，不敢以兄弟之服服至尊也。」注曰：「正言小功者，服之數盡於五，則高祖宜緦麻、曾祖宜小功也。據祖期，則曾祖宜大功、高祖宜小功也。曾祖、高祖皆有小功之差，則曾孫、元孫爲之服同也。重其衰麻，尊尊也；減其日月，恩殺也。」

禮經學要旨曰：「子孫之於祖父母，有隆無替。三年以爲隆，緦、小功以爲殺，即加至大功，仍不可以爲隆。聖人於是制爲曾祖父母三月之服，以上殺之義，故減九月、七月、五月之數而三月。以祖雖百世，有隆無替，故不敢以功、緦加於祖考而齊衰。四語本戴氏震。又經無高祖服，注據傳及緦麻章高祖族有服推補之。戴氏云：『詩曰：「曾孫篤之。」箋云：「自孫之子而下，事先祖皆稱曾孫。」禮言曾祖，即關四世祖已上。夫子孫之於祖考，不相逮則已矣。雖不相逮，必不可曰有無服之祖也。苟相逮，皆齊衰三月。其殺也者，以上殺爲義；其不復殺也者，以有隆無替爲義。道並行而不相悖，夫是之謂文。』」

案：注據傳及緦麻章推出高祖有服，其義至精。蓋至親以期斷，自期以下，服之差凡四：由父而上殺至高祖，由子而下殺至元孫，由昆弟而旁殺至族昆弟，皆四世而緦。旁親之服出於正尊，昆弟與我同出於父者也，其服如父，期；世叔父、從父昆弟與我同出於祖者也，其服如祖，皆大功；從祖祖父、從祖父、從祖昆弟與我同出於曾祖者也，其服如曾祖，皆小功；族曾祖父、族祖父、族父族昆弟與我同出於高祖者也，其服如高祖，皆緦。故鄭據四緦皆出於高而推之曰：「則高祖有服明矣。」張氏惠言儀禮圖曰：「凡祖之族服如祖，曾之族服如曾，高之族服如高。」可謂文約指明，由是正尊加隆爲斬衰三年，爲齊衰期，爲齊衰三月，合大功、小功、緦爲五服。旁親惟世叔父加期，餘皆如本服。經備列四緦，皆高族。其本出於高祖之緦，列高祖本有服甚明。緦、小功之服不可以服至尊，而齊衰三月之期又無可復減，高祖與曾祖皆有小功之差，則當與曾祖同服又甚明。但高祖與元孫及見者希，故經舉曾祖以包見之，且以明高祖以上苟及見者皆同服也。程氏瑤田謂高祖元孫無服，謬於聖人制服之本甚矣。

## 五四

旁親世叔獨加隆，一體尊親痛癢同。
兄弟子猶親子服，恩勤十往古遺風。

不杖期章「世父母、叔父母」。傳曰：「世父、叔父何以期也？與尊者一體也。」又曰：「昆弟一體也。」又曰：「昆弟四體也。」

案：服例正尊加隆，旁親不加，惟世叔父獨加大功爲期，以與父手足一體、痛癢相關，生則親敬深重，没則痛怛特甚，非他旁親比也。

傳又曰：「昆弟之子何以亦期也？旁尊也，不足以加尊焉，故報之也。」

案：此以其分言也。檀弓曰：「喪服，兄弟之子猶子也，蓋引而進之也。」此以其情言也。古人兄弟友恭深至，故敬世叔父如父而愛兄弟之子如子。孟子曰：「信以爲人之親其兄之子，爲若親其鄰之赤子乎？」舉親之甚者不曰子而曰兄之子，明兄子爲親之至，已子無以加也。漢第五倫兄子嘗病，一夕十往，雖自謂未能無私，而恩勤省視，亦庶幾古長者之風矣。

五五

女子適人不降祖，移天惟取表三從。
大宗立後承尊統，降服應兼四小宗。

女子子適人者與爲人後者之服，六術之出入也。禮經大義曰：「天之生物也，使之一本，入者重之，出者輕之，尊無二上，以一治之也。爲人後者爲所後斬衰三年，受重者必以尊服服之。爲所後者之祖父母、妻，妻之父母、昆弟，昆弟之子若子，於所爲後之兄弟之子若子，此入而重也。持重於大宗者降其小宗，爲人後者爲其父母期，不貳斬也。其父母亦以旁尊自處而報之期，因而爲小宗諸親皆降，昆弟大功，昆弟之長殤姊妹適人者小功。小宗有四，有父宗，有祖宗，有曾祖宗，有高祖宗。爲人後者所後親疏不定，有不降祖宗、曾祖宗、高祖宗，而無不降父宗者。經舉父宗有定者爲例，而此外凡屬小宗皆可準之爲服。記曰：『爲人後者於兄弟降一等，報。』不貳統也，此出而輕也。婦人未嫁從父，既嫁從夫。父者子之天，夫者妻之天。妻爲夫斬衰三年，至尊也。爲夫之黨，尊者皆從服，視夫降一等；卑者皆報之，與夫同。娣姒婦非從非報，以相與居室同室而生小功、緦之親，此入而重也。婦人不能貳尊，女子子適人者爲其父母期，不貳斬也；爲世叔父母昆弟以下諸旁親皆降一等，諸親爲之亦如之。記曰：『姑姊妹之薄也，蓋有受我而厚之者也。』此出而輕也。然爲人後者與女子子事類同而義異，持重於大宗者降其小宗，統於太祖之尊，故小宗正尊皆降而且報。女子子適人則本宗正尊如故，故爲祖父母、曾祖父母皆不敢降，而祖父母、父母皆以出降之。惟祖父母、曾祖父母不敢降而父母之服獨降，然後既嫁天夫不貳斬之義明。女子子以父母之命而適人，則一心從所天而不敢貳尊，此義之至也。」

案：女子子適人，惟取天夫不貳尊之義，故爲父母期，而祖父母、曾祖父母皆不降。爲人後者則以持重於大宗、降其小宗，故本宗正尊旁親無不降。金氏榜說降其小宗至精，禮經校釋引而申之，更詳明矣。

## 五六

大夫降服尊君事，恩義相權有重輕。
要識士喪朝夕哭，各依本序盡哀情。

大夫爲旁親服降一等，以任國之重，不可因私喪較輕者而久曠君事也。然士喪禮：「朝夕哭，主人堂下直東序西面，兄弟皆即位。」文王世子曰：「大事以喪服之精粗爲序，以次主人。」謂以本親之服爲序也，則族親無問尊卑，皆依本服親疏，朝夕即位而哭盡哀可知，所謂不奪人親也。服有降而喪之實無降，此仁之至、義之盡也。抑經著大夫尊降服，以大夫之子發端，不以大夫發端，更有精義，詳禮經學解紛大夫尊降服辨。

## 五七

異姓主名別母婦，準之嫂叔義難推。
須知禮爲中人制，重別猶坊止水來。

禮經大義曰：「同姓從宗合族屬，異姓主名治際會，名著而男女有別。凡異姓來嫁者，與夫黨相爲服皆主乎名，自世叔母至族曾祖母，皆以母名而爲之服，昆弟之子婦、孫婦皆以婦名而報之服。蓋世叔父，父行也，其妻爲母道，母則尊。昆弟之子，子行也，其妻爲婦道，婦則卑。尊卑殊絶則不嫌，故相爲服。至於昆弟則己行也，兄之妻不可謂之母，弟之妻不可同於婦，更不可以妻道屬之昆弟之妻，義無可推，故分雖親而不服。記曰：『嫂叔之無服也，蓋推而遠之也。』分愈親則避嫌愈嚴，此先王制禮之精意。名者，人治之大，名不正則言不順，至於刑罰不中而民無所措手足。男女之別尤聖人正名之本，人之所以別於禽獸者在此，人之所以羣居和壹、長惠幼順、無相奪倫者皆在乎此。」

顧氏炎武曰：「兄弟之妻不可以母子爲比。以名言之，既有所閡而不通；以分言之，又有所嫌而不可以不遠。記曰：『嫂叔之無服也，蓋推而遠之也。』夫外親之同爨猶緦，而獨兄弟之妻不爲制服者，以其分親而年相亞，故聖人嫌之，嫌之故遠之而大爲之坊也。」沈氏彤曰：「程子謂叔與嫂何嫌之有，此程子自道其意，若先王之服術，通徹上下，不專爲中人以上制也。曲禮云『嫂叔不通問』，夫生則不通問，死則爲之衰麻，何義乎？且所以不爲服於其死者，正使之遠別於其生也。」

案：名著而男女有別，傳、記義本一貫，亭林、果堂説皆至當。

五八

禮責成人服降殤，長中下服各分章。

先王長長還慈幼，期降功緦等列詳。

六術五曰長幼，謂成人與殤也。禮經大義曰：「禮重成人，將責爲人子、爲人弟、爲人臣、爲人少者之禮行。孝弟忠順之行立，而后可以爲人。人之生也，心知與血氣俱長，必二十而後可責以成人之禮。天地生人，氣化不齊，降年有永有不永，自下殤而上至成人，其付畀之厚薄固大不同，此天道也。父母生子，自初生以至三月，以至八歲而齔、十二而一星終、十五而成童，至於滿十九之月數、入二十之限而冠。拊之畜之，長之育之，顧之復之，飲之食之，教之誨之，年愈長則劬勞之積愈久、屬望之情愈切，不幸而死，其痛之也亦愈甚。三殤與成人哀痛淺深必有差，此人情也。年之貴乎天下久矣，殤與成人之服不同，本天地生人、父母生子自然之理與情以爲節度。大功長殤九月，中殤七月。長殤、中殤降一等，下殤降二等。大功之殤中從上，小功之殤中從下。妻爲夫之黨服，則齊衰之殤中從上，大功之殤中從下，親疏之殺也。」

案：骨肉之親本一榦而分，殤者傷也，未成人而死可傷者，故禮隨其年之長少稱其痛傷之淺深而制之服，於是有祭殤或陰厭、或陽厭之禮，有與無後者並從祖祔食之法，此先王慈幼之仁也。

五九

綱常名教何人責，制服多緣士立文。
由此尊賢明貴賤，大夫以上服條分。

制禮自士始，孝經於士章備論資父事母、資父事君、移孝作忠、以敬事長之道。蓋綱常名教凡民所共由，而士實知其義、任其責，故喪服統論天子以下死而相喪衣服、年月、親疏、隆殺之禮，而服之本制皆據士立文。由是等而上之，以尊賢之義起貴貴之禮，而大夫以上之制備列焉。禮經大義曰：「五服之制，所謂尊尊、親親、長長、男女有別，百世不可得與民變革者。服無賢賢之制，古者貴貴尊賢，其義相因，尊尊即本賢賢之義。故曰親親之殺、尊賢之等，禮所生也」。蓋天下有道，小德役大德，小賢役大賢。士之賢著而德成者升爲大夫，其勛在國家則世禄弗替、以處其子孫。又或以功烈盛大，膺天子賜，則賜國之懋賞而爲諸侯，其禮遂殊絶於凡庶，而其本則皆自爲士始。士者，位之始而立德之基，故孟子論士曰：「居仁由義，大人之事備矣。」若天下無道，獨善其身，天秩民彝、百王之禮將於是乎繫，其自待尤不可不厚矣。

六〇

禮經五服無師弟，朋友加麻義得通。
師友相成能盡道，孔門服制見檀弓。

禮經大義曰：「人倫有五，師無當於五服，五服弗得不親，故爲師心喪三年，朋友麻。不列之五服者，師友之恩深淺不定，如七十子之於孔子，及羣相爲朋友服，則義之至也。三代之學皆所以明人倫，子與子言孝，弟與弟言弟，臣與臣言忠，師友所講明，無非親親、尊尊、長長、男女有別之義。此四者能盡其道，則其於師友之誼重可知矣。」

案：檀弓曰：「事師心喪三年，孔子之喪，門人若喪父而無服。」又曰：「孔子之喪，二三子皆絰而出。羣居則絰，出則否。」羣者謂七十子相爲服朋友服，此師友之極則也。

# 六一

西河傳訓範彝倫，至教微言受聖人。
願寫萬篇講萬遍，俾民大義識尊親。

喪服傳自漢以來並云子夏所爲，文句極類公羊、穀梁，而義尤精粹。雖鄭注微辨之處或出後師增續，而大體皆親受聖人微言大義，實孝敬之準式、人倫之師表。禮經大義曰：「斯道也，自伏羲定人倫以來，至堯、舜、禹而大綱始備，至周公而詳節備文，曲盡乎天秩民彝之正，孔子極論其大義以授子夏。蓋天地剖判以來神聖相傳之至教，人類之所以別於禽獸，草昧之所以變爲文明，禮樂刑政皆由此出焉。秦政滅禮，入漢復興，六朝禮議根據鄭學，遂啓唐律，因服弼教。歷明至我大清，彝倫敘於上，禮教達於下。蓋自周末以來二千餘年，天下屢亂而復治，實賴此大經大法有以維持乎人心。賢者明人倫，不肖者憚王法，故孝弟忠順貞節之行足以爲天地立心、爲生民立命，而淫逆大惡無所容於覆載之間。雖後王議禮未能盡得先聖本意，然如子爲母、婦爲舅姑加斬衰三年，猶本明王孝治天下之意；嫂叔有服，亦過而從厚。從未有裂冠毁冕，拔本塞源，忍心害理，敗綱斁倫，非聖無法，非孝無親，誨淫誨盜，率天下而入於禽獸如今日者。履霜堅冰，殃來有漸。慨自二十餘年前短喪廢服、父子平權之邪説已稍萌芽，涓涓不塞，遂至滔天。鴃舌鴞音，萬喙一沸；反易天常，惑亂人心。遂爲元惡大憝篡盜之資，貽薄海生靈塗炭之禍。因是民族大壞，逆節淫風蕩然無忌，殺氣彌天、亂靡有定。悲夫！傳曰：『亂之所生，惟禮可以已之。』今欲拯天下生民於獸蹄鳥迹之中，挽殺運而全生理，必自正人心始，正人心自明禮教始，明禮教自講喪服始。昔孔子作春秋討亂賊，復作孝經以立天下大本，講明喪服，即孝經之義疏也。易曰『碩果不食』，『天不變道亦不變』。」人能弘道，願與天下隆禮由禮之君子共勉之。